Une trop jolie gouvernante

Barbara Cartland est une romancière anglaise dont la réputation n'est plus à faire.

Ses romans variés et passionnants mêlent avec bonheur aventures et amour.

Vous retrouverez tous les titres disponibles dans le catalogue que vous remettra gratuitement votre libraire.

Barbara Cartland

Une trop jolie gouvernante

Traduit de l'anglais
par Monique Thies

Éditions J'ai lu

Titre original :

LESSONS OF LOVE

1

1890

– Je ne veux pas être méchante, mais, à trente-cinq ans, il serait ridicule que je chaperonne une jeune fille, dit d'un air de défi la nouvelle comtesse de Berrington à la nièce de son mari.

Elles savaient toutes deux que lady Berrington compterait quarante ans à son prochain anniversaire.

– Ne vous tracassez pas, tante Kitty, répondit Marisa. Je n'ai nullement l'intention d'être lancée dans le monde. L'expérience que j'en ai eue a été la plus désagréable de ma vie.

– C'est ridicule! Tu as dû beaucoup t'amuser au cours de cette saison, à Londres.

– Chaque seconde m'en a paru odieuse. Oh! notre cousine Octavie a fait tout ce qu'elle a pu. Elle m'a emmenée à tous les bals, à Hurlingham, à Henley, au Ranelagh. J'ai été dans l'enceinte royale, à Ascot, et présentée à la Reine, à Buckingham Palace. (Elle marqua une légère pause et ses yeux pétillèrent.) ... Sa Majesté m'a toisée avec dédain et j'ai fait une révérence d'une telle gaucherie que j'ai manqué m'étaler à ses pieds.

– Tu n'avais que dix-sept ans. Londres te plairait à présent. Il faut seulement trouver quelqu'un pour te chaperonner.

– Je vous l'ai déjà dit, je ne veux pas aller à Londres. Mais j'ai besoin de votre aide, tante Kitty.

– Mon aide? s'écria lady Berrington en levant les sourcils.

C'était, elle en avait parfaitement conscience, une habitude jugée charmante par les séduisants jeunes hommes qui fréquentaient sa maison avec la bénédiction apparente d'un époux indulgent.

– Oui, j'ai besoin de votre aide, tante Kitty, expliqua Marisa, car j'ai l'intention de devenir gouvernante.

– Gouvernante?

Une bombe aurait explosé dans son salon que la comtesse de Berrington ne se serait pas montrée plus étonnée.

– ... Mais pourquoi? Pour quelle raison?

Sa nièce, d'un coup d'œil par-dessus son épaule, s'assura qu'on ne les écoutait pas :

– Si je vous confie un secret, pouvez-vous me jurer, ma tante, que vous n'en parlerez à personne, pas même à l'oncle George?

– Oui, bien sûr. Mais pourquoi tant de mystère?

– J'écris un livre.

– Un livre? (Les jolis sourcils dessinèrent à nouveau leur arc gracieux.) Tu veux dire un roman?

– Absolument pas, répliqua Marisa d'un ton net. J'écris une étude sur les scandales de la haute société.

– Marisa, tu plaisantes! Je ne trouve pas cela du meilleur goût.

– Je suis très sérieuse, au contraire, Mr Charles Bradlaugh, avant de devenir membre de la Chambre des Communes, avait rédigé un pamphlet intitulé *Mise en accusation de la Maison de Brunswick* et qui avait beaucoup amusé papa. Par ma part, je le trouve écrit de façon trop prétentieuse pour avoir une portée réelle.

– Mais, mon Dieu, qu'est-ce que tout cela signifie?

– Cela veut dire que j'ai l'intention d'écrire un ouvrage amusant, scandaleux, indiscret, que tout le monde aura envie de lire et qui montrera la haute société sous son vrai jour.

– A savoir? demanda lady Berrington, stupéfaite.

– Un ramassis d'immoralité, d'extravagance et d'irresponsabilité.

La tête renversée en arrière, la comtesse se mit à rire. Mais c'est un peu mal à l'aise qu'elle dit à sa nièce :

– Tu te moques de moi, Marisa. Je ne peux pas admettre une seconde que tu puisses être assez cynique pour nous bouleverser, ton oncle et moi, pour tenir de tels propos, à plus forte raison pour les écrire.

– Je suis on ne peut plus sérieuse, ma tante. Mais, je vous le promets, vous ne risquerez rien, ni l'oncle George ni vous. J'écrirai sous un pseudonyme.

– C'est déjà ça! Mais il n'empêche que ton idée est ridicule. Que sais-tu du monde?

– Si cela vous intéresse, je vais vous le dire. En classant les papiers de famille, j'ai découvert le journal de notre grand-tante Augusta.

– Qui était-ce? demanda lady Berrington en plissant son front blanc et lisse.

– Elle vivait au siècle dernier, à l'époque où le prince de Galles, le futur George IV, causait scandales sur scandales; quand il était de bon ton de se montrer excentrique et que les extravagances des dandies qui fréquentaient Carlton House offraient un contraste écœurant avec la misère et la pauvreté dont les rues de Londres étaient le théâtre.

– Et qu'est-ce que ta grand-tante Augusta a à voir avec tout cela?

– Elle a écrit un compte rendu fort amusant, au jour le jour, de ce dont elle était témoin dans la haute société. J'ai l'intention de me servir de son journal pour révéler le comportement, non seulement des membres de la famille royale, mais de ceux qui leur ont léché les bottes jusqu'à maintenant.

– Tu ne sais certainement rien de ce qui se

passe à présent, dit lady Berrington d'un ton sec.

– Vous seriez surprise de ce que l'on apprend à la seule lecture du *Times*, répondit Marisa. Voyez un peu ce qui s'est passé dans les années 1860 ! Et l'histoire du neveu et héritier du duc de Wieklow, mort dans une maison de tolérance et dont la femme a cherché à faire passer comme légitime un enfant adopté? Papa connaissait lord Willoughby d'Eresby, grand chambellan, qui a ratiboisé plusieurs milliers de livres à sa maîtresse française avant de filer avec sa femme de chambre.

La comtesse crut s'étrangler :

– Je n'en crois rien.

– Je vous assure que c'est parfaitement exact. Et les mésaventures de lord Euston, fils et héritier de Grafton, qui avait fait un mariage désastreux avec une femme de la dernière vulgarité ? Il avait cru retrouver sa liberté en apprenant que sa femme était bigame, mais pour constater presque aussitôt que son premier mari était bigame, lui aussi, ce qui rendait son mariage, à lui, parfaitement légal.

– Je me demande où tu vas chercher des histoires pareilles ! s'écria lady Berrington. D'ailleurs, tout cela, c'est du passé.

– Vraiment? Et la passion du prince de Galles pour Mrs Lily Langtry? Et les lettres qu'il écrivit à lady Aylesford que lord Randolph Churchill a menacé de publier? Et, cette année, le scandale Tranbycroft, quand Son Altesse Royale a dû apparaître à la barre des témoins? Vous avez certainement lu ce que les journaux ont dit au sujet des joueurs de baccara, les amis du Prince !

– Veux-tu t'arrêter... commença lady Berrington.

– Personne mieux que vous, ma tante, continua Marisa impitoyable, ne sait que la passion de Son Altesse pour la ravissante lady Brooke est le sujet de toutes les conversations.

– Je n'en écouterai pas davantage ! s'écria sa tante, fort irritée. Te rends-tu compte, Marisa, qu'un seul mot de cette conversation répété à Marlborough House (1) provoquerait notre ruine, à George et à moi ? Nous ne serions jamais plus invités nulle part et le Prince refuserait que nous assistions aux dîners où il paraît. De plus, tu serais poursuivie en diffamation et notre nom serait étalé dans les journaux les plus vulgaires.

– Je vous le promets, tante Kitty, mon livre sera beaucoup trop adroit pour cela. Je ne citerai aucun nom. Je me contenterai d'allusions, de pointillés, mais tout le monde comprendra à qui je fais allusion. Il serait très invraisemblable que quelqu'un vienne protester contre mes révélations qui, pour la plupart, auront déjà été étalées en public.

– Tu es folle. Je décline toute responsabilité en ce qui te concerne. Tout cela, c'est la faute de ton père. Combien de fois George a-t-il répété que, si son frère n'était pas comte, il aurait été révolutionnaire ou anarchiste.

Marisa se mit à rire, un rire musical, très amusé :

– Nous nous baptisons radicaux, mais mon cher papa était un vrai révolutionnaire et il haïssait la prétendue haute société.

– Pour une excellente raison, répliqua lady Berrington d'un ton aigre.

– Sans doute songez-vous à maman? Évidemment, papa a été jaloux et malheureux qu'elle s'enfuie avec lord Geltsdale. Mais, après tout, comme il a refusé de divorcer, le scandale que vous craigniez tant n'a pas eu lieu. Il n'y a eu aucun gros titre dans la presse.

– Mais tout le monde l'a su. Dans ses clubs même, George a été terriblement humilié par tout ce que l'on racontait. Ta mère a provoqué un horrible

(1) La demeure du prince de Galles, futur Édouard VII.

scandale dans la famille, Marisa, et on dirait que tu te prépares à faire la même chose.

– En tout cas, je peux vous promettre que je n'ai aucune intention de m'enfuir avec qui que ce soit, pas plus que de me marier. Inutile de trembler à l'idée que je puisse vous déshonorer en me trouvant compromise dans une affaire de divorce.

– Qu'entends-tu par : « Je n'ai pas l'intention de me marier ? » demanda lady Berrington d'un ton sec. Ce serait la meilleure chose qui puisse t'arriver. Épouse le premier qui te le demandera, Marisa, et abandonne ces idées grotesques. Écrire des livres qui seront notre perte à tous !

– Vous voulez dire qu'ils dérangeront votre vie mondaine. Eh bien, si vous m'aidez comme je vous le demande, vous aurez ma parole : je ferai en sorte de ne vous nuire en rien, à vous ou à l'oncle George.

– Que veux-tu au juste ? demanda la comtesse avec appréhension.

– Que vous me trouviez une place de préceptrice dans une grande maison. Je veux me rendre compte par moi-même du comportement de ses occupants. Je veux être absolument certaine que les histoires que l'on m'a racontées sont exactes et que papa n'exagérait pas. Vous connaissiez, n'est-ce pas, sa haine de la noblesse, représentée à ses yeux par lord Geltsdale.

– Ton père était un fanatique.

– Il aimait répéter que Guy Fawkes (1) avait commis une grande erreur. Ce n'est pas la Chambre des Communes qu'il aurait dû chercher à faire sauter mais la Chambre des Lords.

(1) Allusion au complot de 1605 qui avait pour objectif de faire sauter d'un seul coup la Chambre des Communes et le roi Jacques Ier afin de rétablir en Angleterre le catholicisme persécuté par le souverain. Ce complot est désigné sous le nom de Conspiration des Poudres. Il échoua. Guy Fawkes fut condamné à mort et exécuté *(N. d. T.)*.

– Je t'en prie, Marisa, renonce à cette idée ridicule, supplia la comtesse, faisant un effort visible pour se montrer conciliante. Jette le journal de ta grand-tante Augusta et mène une vie normale, comme n'importe quelle jeune fille de ton âge. Après tout, tu n'as que vingt et un ans... On a tous des idées un peu folles quand on est jeune.

– Mais j'adore écrire. Je suis navrée, ma tante, si je vous ai bouleversée. Peut-être aurait-il mieux valu que je ne vous dise rien. Mais j'ai vraiment besoin de votre aide si je veux obtenir une place dans une grande maison.

– T'aider ! s'écria lady Berrington d'une voix étranglée. Tu me rends malade de peur, d'horreur. Quant à te recommander à l'une de mes amies, penses-tu qu'elles ne se douteront pas de l'identité de l'auteur de ton livre ?

– Et pourquoi cela? Je ne suis pas stupide au point de me présenter sous mon propre nom. J'ai déjà décidé de m'appeler Mitton.

– Pourquoi Mitton ?

– Marisa Mitton, je trouve cela modeste et discret, un nom convenant parfaitement à une gouvernante. On ne peut tout de même pas s'attendre à trouver des gens prêts à employer une jeune personne répondant au nom de lady Marisa Berrington-Crecy. On trouverait cela embarrassant.

– De toute façon, ceux qui t'emploieront seront embarrassés, répliqua sa tante d'un ton sec.

Elle se leva, fort jolie dans sa robe de taffetas noir, à la jupe très ample bordée de crêpe. Sous un petit bonnet d'où cascadait un épais voile noir, ses cheveux blonds étaient coiffés selon la mode lancée par la princesse Alexandra (1). La comtesse revenait d'une

(1) Fille du roi Christian IX de Danemark, femme du prince de Galles (futur Édouard VII), elle devint reine de Grande-Bretagne en 1901.

promenade en voiture quand on avait annoncé sa nièce et, nerveuse, elle ôta ses longs gants de chevreau, les tordit entre ses doigts :

– ... Je ne puis tout simplement pas croire tout ce que tu viens de me dire, Marisa. Ce que tu me demandes est impossible, absolument impossible ! D'autre part, ma chère enfant, qui songerait à t'employer comme gouvernante? Ne t'es-tu donc pas regardée dans une glace?

Elle avait fait volte-face pour examiner la jeune fille, noter ses cheveux blond vénitien encadrant un petit visage étroit, au teint d'une blancheur incroyable. Elle remarqua, sans joie, que les grands yeux verts de Marisa étaient frangés de longs cils noirs et que sa bouche était d'un beau rouge ne devant rien au fard.

– Tu ressembles exactement à ta mère, dit-elle avec un petit reniflement. Je n'étais qu'une enfant quand je l'ai vue, mais, je m'en souviens, elle avait des cheveux comme les tiens et un visage, qui, je te l'assure, aurait interdit à n'importe quelle femme douée de bon sens de l'engager comme préceptrice.

– Mais il faut que je le devienne. Ne comprenez-vous pas, tante Kitty, qu'il n'y a que deux carrières possibles pour une jeune fille de bonne famille : gouvernante ou dame de compagnie. Si je deviens dame de compagnie, je serai enfermée avec quelque vieille bonne femme au fin fond de la campagne. Je n'y apprendrai rien. (Elle marqua un temps d'arrêt puis, avec un coup d'œil extrêmement malicieux à sa tante, elle ajouta :) ... Évidemment, la seule autre solution possible serait que vous me chaperonniez au moins pendant une saison. Je pourrais alors rencontrer tous vos amis. (Elle vit l'expression d'horreur de sa tante et continua.) ... Oncle George comprendrait, j'en suis sûre. Au fond, vous allez bientôt tous les deux vous installer à Berrington Park et je n'aurai plus de maison.

– Je me refuse à te servir de chaperon. Je ne le

ferai pas, quoi qu'en dise George, protesta lady Berrington, fort irritée. Je suis beaucoup trop jeune pour tenir ce rôle et me trouver mêlée aux douairières. D'autre part, tu es beaucoup trop jolie et tu le sais.

– Je suis heureuse de ressembler à ma mère, reconnut Marisa. Tout le monde la disait très belle, quoique Mrs Featherstonehaugh, quand elle séjournait à la maison, se plaisait à me dire que maman a été une *femme fatale* dès sa sortie de l'enfance.

Lady Berrington poussa une exclamation de dégoût :

– Mrs Featherstonehaugh ! Cette horrible vieille pipelette ! Elle n'a jamais pu me voir et elle adorait semer la zizanie où qu'elle aille. Si c'est d'elle que tu tiens tes renseignements sur la haute société, je puis t'assurer que tout ce qu'elle raconte est exagéré et venimeux.

– Elle était très amusante, sourit Marisa. Elle avait toujours un tas d'anecdotes scandaleuses à raconter à papa et, bien sûr, je l'écoutais. Je crois que, en dehors de maman, c'était la seule femme qui l'ait intéressé. Mais, elle le savait parfaitement, l'intérêt qu'il lui portait était fonction des renseignements qu'elle lui fournissait.

– Comprends donc, Marisa, que la haine de ton père pour le monde était due à la façon dont ta mère l'avait traité et était parfaitement anormale. Tu es une fille intelligente. Ton père est mort et tu peux oublier cette haine fanatique qui a tout déformé à ses yeux pendant des années.

– Je n'avais que cinq ans quand maman nous a quittés, j'ai eu largement le temps de me faire aux idées de papa. Après tout, tante Kitty, personne ne s'est beaucoup occupé de moi jusqu'à présent.

– J'ai toujours pensé que tu étais heureuse, au Park, répondit lady Berrington, mal à l'aise.

– Ça vous arrangeait de le penser, répliqua Marisa sans la moindre note de reproche.

– Je t'en prie, renonce à cette idée ridicule. Je demanderai à ton oncle de te verser une pension. Si ton père n'était pas mort, sans doute auriez-vous assez d'argent pour vivre de façon confortable. (Elle respira à fond avant de poursuivre.) ... Nous sommes, nous-mêmes, beaucoup trop serrés pour nous permettre de faire tout ce que nous désirons, mais George te donnera assez pour t'habiller de façon convenable et je trouverai quelqu'un de charmant avec qui tu puisses vivre. Ta cousine Alice, j'en suis sûre, sera ravie de t'avoir.

Marisa se mit à rire.

– Si vous vous imaginez, ma tante, que j'accepterai d'aller dans ce mausolée de Brighton et de passer le reste de mon existence à faire faire sa promenade au roquet de la cousine Alice, vous vous trompez grandement. Non, j'ai décidé de ce que je voulais faire. Alors si vous souhaitez que je me montre discrète et que je ne dérange pas votre charmant petit univers, eh bien, aidez-moi.

– C'est du chantage, Marisa. Il n'y a pas d'autre mot.

– C'est ce que font la plupart des gens quand ils ont un but précis.

– Je te le répète, c'est impossible. Imagine un peu ce que penseraient la duchesse de Richmond, la duchesse de Portland ou lady Brooke en prenant une jeune fille comme toi pour s'occuper de leurs enfants? D'ailleurs, tu es trop jeune.

– Je dirai que j'ai vingt-quatre ans. Et, si je me tire les cheveux en arrière, j'ai l'air parfaitement modeste et discrète. Je peux même me teindre, ajouta-t-elle, après un moment de réflexion.

– Ne sois pas stupide. Des cheveux teints n'ont jamais trompé personne et cela ne ferait que te faire remarquer davantage. Cela t'est facile de me bousculer, Marisa, mais je te l'ai dit, personne... (Elle s'interrompit brusquement.) J'ai une idée... mais non, c'est impossible !

– Qu'est-ce qui est impossible ?

– Parce que tu ne peux être la gouvernante d'aucun enfant, même pas de la fille de Valerius qui est à moitié folle, je crois.

– Valerius ! répéta Marisa. Voulez-vous parler du duc de Milverley ?

– Oui, évidemment. Nous étions à Vox Castle il y a quinze jours et quelqu'un, je ne sais plus qui, m'a raconté que cette enfant est épouvantable. Elle a neuf ou dix ans et aucune gouvernante ne veut rester avec elle. Elle en a déjà eu une douzaine.

– Qu'est-il arrivé à la duchesse ?

– Elle est morte. C'était une créature étrange, aux nerfs malades. Elle est morte à la naissance de l'enfant. Valerius et elle n'ont jamais eu la moindre chance de s'entendre.

– Alors, pourquoi se sont-ils mariés ?

– Oh ! c'est une longue histoire. Le duc était encore un tout jeune homme quand il est tombé éperdument amoureux de la belle comtesse de Grey. Or, cette dernière s'est paraît-il montrée aussi parfaitement qu'inutilement cruelle, éprise qu'elle était elle-même à l'époque d'un homme beaucoup plus âgé.

– Pas son mari, naturellement, commenta Marisa, sarcastique.

– Bien sûr que non. J'ai cru comprendre que l'on a plus ou moins contraint le duc à demander la main de la fille du marquis de Dorset, une jeune personne hystérique qui le détestait. Leurs querelles étaient un sujet de conversation universel. Quand ils recevaient, elle avait l'habitude de se lever de table, au beau milieu du dîner, et de se mettre à protester violemment parce que son mari avait dit quelque chose qui lui avait déplu. Sa mort a été un soulagement pour tout le monde mais, à ce qu'il paraît, sa fille a le même caractère.

– Vous n'avez pas vu cette enfant pendant votre séjour à Vox ?

— Valerius ne l'a jamais mentionnée en ma présence. Et, je t'assure, Marisa, que j'ai mieux à faire que me promener dans les nurseries des autres. La mienne m'occupe suffisamment.

— Et si vous me recommandiez au duc comme gouvernante pour sa fille ?

— Je ne lui écrirai certainement pas à lui, répliqua lady Berrington d'un ton sec. C'est miss Whitcham, sa secrétaire, qui s'occupe de tout. Elle est à Vox depuis toujours, la mère du duc l'employait déjà.

— Alors écrivez-lui, à elle. Vous n'avez rien à perdre. S'ils ont tant de difficultés avec leurs gouvernantes, cela leur plaira peut-être de tomber sur quelqu'un d'intelligent.

— Intelligent ! s'écria lady Berrington. Ma pauvre petite ! C'est aveugle, sourde et muette qu'il faut que tu sois. Si l'on t'agrée, tu comprendras ce que c'est que de s'occuper d'un enfant odieux qui n'est pas à soi.

— Vous acceptez d'écrire et de me recommander?

— Oui et grand bien te fasse.

— Alors, faites-le tout de suite. Je ne suis pas sûre que vous ne changiez pas d'avis dès que j'aurai le dos tourné.

— Réellement, Marisa, tu es la fille la plus exaspérante que j'aie jamais rencontrée. J'espère que le livre que tu te proposes d'écrire fera montre d'un peu plus de patience et de compréhension... Pourquoi cette animosité contre la société? demanda-t-elle après un silence. Je comprends l'attitude de ton père. Il est rare qu'un homme accepte de gaieté de cœur de se faire ridiculiser par sa femme. Mais, que je sache, tu n'as jamais eu de déboires sentimentaux.

— Je ne pense pas que vous compreniez si je vous le disais, répondit la jeune fille, évasive. Écrivez cette lettre, tante Kitty, et je disparaîtrai. Vous ne voulez pas qu'oncle George me trouve ici et pose trop de questions quant à ce que je me propose de faire?

(Elle sourit.) ... Je vous suggère de lui dire que je suis partie faire un séjour chez des amis, dans le nord de l'Angleterre, si toutefois il prend la peine de demander de mes nouvelles, ce dont je doute.

– Ton oncle a toujours eu beaucoup d'affection pour toi, protesta lady Berrington d'un ton qui manquait absolument de conviction. (Et, s'asseyant à son secrétaire, elle demanda :) Quelles sont tes qualifications ? Tu en as quelques-unes, je suppose ?

– Je parle français et italien. J'ai étudié le latin et je sais jouer du piano.

– Je ne pense pas qu'une enfant de neuf ans ait besoin de davantage. J'estime que c'est une erreur de faire faire des études à une fille. Les miennes en sauront le moins possible, je puis te l'assurer. S'il est une chose qu'un homme évite à tout prix, c'est bien une femme instruite.

– Comme je tiens à ce que l'on m'évite, cela me convient parfaitement, répondit Marisa.

Sa tante lui jeta un bref coup d'œil. Debout devant la fenêtre, les cheveux roux de la jeune fille brillaient, lumineux sous le bonnet noir démodé. Elle avait la peau très blanche et ses yeux paraissaient énormes dans son petit visage pâle. Sa robe était de serge bon marché et extrêmement mal coupée.

– Il te faudra quelques vêtements convenables, si tu vas à Vox, remarqua la comtesse poussée peut-être par un trouble de conscience. Même en tant que simple gouvernante, tu auras à accompagner l'enfant au salon. Mais je te déconseille de porter du noir.

– J'aurais cru que cela conviendrait, au contraire. Bien que, de l'avis de papa, porter le deuil est une coutume barbare qu'il faudrait abandonner.

– Avec ton teint et tes cheveux, le noir se remarque beaucoup trop. Pour ma part, je serai contrainte d'en porter pendant au moins neuf mois. George y tiendra absolument. Cela m'ennuie d'autant plus que je venais de faire faire plusieurs robes ravissantes qui seront complètement démodées quand je pourrai les mettre. Nous sommes de la même taille, le mieux serait que je te les donne.

Un sourire illumina le visage de la jeune fille :

– Vraiment, tante Kitty? Je vous en remercie infiniment. En dehors du fait que je n'ai pas d'argent à dépenser pour acheter des robes, j'ai horreur de rester debout des heures durant pour des essayages.

– L'ennui avec toi, Marisa, c'est que tu n'as rien de féminin. Il est normal, pour une femme, d'aimer la toilette, le bal, de vouloir se marier. Mais pas de vouloir écrire un livre.

– Un léopard peut-il faire disparaître ses taches? demanda la jeune fille en riant. J'ai pris certaines habitudes, ma tante, et si ce sont celles que m'a données papa, les seuls à blâmer ce sont les membres de notre famille. Savez-vous qu'à la mort de papa, le mois dernier, cela faisait plus de deux ans qu'aucun des siens n'était entré en contact avec lui?

– A qui la faute? Quand nous écrivions à ton père, ou bien il ne nous répondait pas ou bien il le faisait de façon désagréable.

Marisa s'adoucit un peu :

– Il n'empêche qu'il se sentait souvent bien seul. Il voulait voir son frère et il désirait compter pour quelqu'un d'autre que moi.

– Enfin, c'est trop tard, à présent, répondit lady Berrington d'un ton léger. Voilà ta lettre, Marisa, et Dieu nous protège tous si tu me déçois.

– Je ne le ferai pas, je vous le promets. Par parenthèse, je pense pouvoir faire une bonne gouvernante. Je me sens parfaitement capable de fourrer quelques notions utiles dans la tête de cette malheureuse enfant dont personne ne semble vouloir.

– Je n'ai jamais dit une chose pareille! s'écria la comtesse. J'ai simplement dit que le duc ne m'en avait pas parlé. Il adore peut-être sa fille. Il est toujours avec le Prince, et Son Altesse Royale aime beaucoup les enfants. Émily est sa filleule, tu le sais? (Tout en parlant, elle avait pris une photo sur le piano et la tendit à sa nièce :) Regarde comme elle devient jolie en grandissant.

Marisa regarda le portrait d'une petite fille endimanchée qui fixait l'objectif et se demanda si elle était le jouet de son imagination en trouvant une ressemblance dans ces yeux légèrement protubérants et cette bouche aux lèvres charnues avec ceux de l'héritier du trône.

Elle se souvenait fort bien des remarques caustiques, faites par son père, cinq ans auparavant, au sujet de l'intérêt manifesté par le prince de Galles à la séduisante comtesse de Berrington.

Malgré sa vie si calme à Berrington Park, son père semblait toujours au courant de ce qui se passait dans le cercle des intimes du Prince et de sa jolie épouse danoise.

Rien n'arrêtait les bavardages et, même à la campagne, on savait très vite que le Prince s'était épris de telle ou telle beauté et l'on n'ignorait pas que la Reine (1), cloîtrée à Windsor, était profondément choquée par ce qui se passait à Marlborough House.

Lady Berrington scella la lettre et la tendit à la jeune fille :

– Expédie-la toi-même, tu sauras ainsi que j'ai tenu parole.

Marisa regarda la grande enveloppe blanche adressée à « Miss Whitcham, aux bons soins de Sa Grâce le duc de Milverley. Vox Castle, Kent ».

– Me ferez-vous savoir quand vous aurez une réponse? demanda-t-elle.

– Tu retournes à Berrington?

– Je n'ai aucune envie de rester à Londres. J'atten-

(1) La reine Victoria, mère du prince de Galles.

drai d'avoir de vos nouvelles. Je viendrai alors chercher les robes que vous m'avez promises.

Sa tante l'écoutait, en la regardant avec attention.

– Sais-tu, Marisa, que si tu voulais t'en donner la peine, tu pourrais avoir beaucoup de succès. Ce n'est pas par méchanceté que je refuse de te chaperonner, c'est tout simplement de l'instinct de conservation. Tu es beaucoup trop jolie. Et, bien que tu n'aies pas de dot, je suis sûre que tu n'aurais aucun mal à trouver un mari riche, important même. (Elle s'interrompit avant de reprendre, avec ardeur :) Renonce à cette idée ridicule d'écrire un livre et je te trouverai quelqu'un ayant une fille de ton âge qui accepterait de te chaperonner contre une petite rémunération.

Un grand sourire éclaira les traits de Marisa :

– Vous êtes très gentille, ma tante, et je vous en remercie, mais la réponse est : non. Je sais exactement ce que je veux faire et j'ai tout préparé. Et de toutes les maisons où j'avais envisagé de travailler, c'est encore Vox qui me paraît la mieux.

– Pourquoi?

– Peut-être vous le dirai-je un jour! Mais pas avant d'y avoir été acceptée comme gouvernante.

Cinq jours plus tard, Marisa qui travaillait dans l'ancien bureau de son père, à Berrington Park, reçut un télégramme.

Prière te rendre à Vox immédiatement. Prendre bagages en passant par Londres.

Kitty Berrington

La jeune fille en lut deux fois le texte, puis elle poussa un petit cri de joie. Elle avait gagné.

Elle n'avait pas été très sûre de cette victoire. Mais, tout compte fait, elle avait réussi à persuader sa tante – même s'il avait fallu employer des méthodes un peu brutales – de faire ce qu'elle voulait. Et elle allait se rendre à Vox Castle.

Elle traversa la pièce et, debout devant la fenêtre, regarda la pelouse mal tenue faute de jardinier.

Son père, intéressé seulement par ses papiers, ses livres et la vendetta qu'il menait contre les classes dites supérieures, n'avait jamais su gérer ses propriétés. Il oubliait régulièrement de percevoir ses fermages et n'avait jamais songé à nommer quelqu'un pour le faire à sa place.

Ses fermes étaient négligées, les gens qu'il employait le volaient sans vergogne et la maison avait grand besoin de réparations.

Le nouveau comte, le frère cadet de son père, aurait beaucoup de mal à tout remettre en état et cela lui coûterait fort cher, Marisa le savait.

C'était l'une des raisons qui l'avaient poussée à ne pas ajouter aux charges de son oncle, en dehors du fait qu'elle était décidée à poursuivre la bataille dans laquelle elle avait toujours vu son père engagé.

Elle avait été enflammée par son enthousiasme, par le mépris qu'il vouait à ces minables, ces gaspilleurs qui disaient représenter la noblesse.

Le désir de réforme révolutionnaire de son père lui semblait parfaitement logique et elle s'en montrait une adepte d'autant plus fougueuse qu'elle avait, elle aussi, à se venger.

Animé tardivement du sens de ses responsabilités, le comte de Berrington avait envoyé sa fille faire ses débuts à Londres alors qu'elle n'avait que dix-sept ans, sous la surveillance d'une cousine qu'il n'avait pas vue depuis des années.

Fort mal habillée, totalement ignorante des grâces mondaines, Marisa, paralysée par la timidité, avait souffert le martyre.

Elle avait accumulé les gaffes par ignorance. Elle avait été victime du snobisme et avait été humiliée par les rires de ceux qu'amusaient ses façons gauches et ses toilettes sans goût.

Elle n'avait rien trouvé à dire aux jeunes gens poussés par sa cousine à l'inviter à danser et qui ne cachaient pas leur ennui ou leur indifférence, à table, à côté d'elle.

Elle n'avait pas compris, alors, ce qui n'allait pas. Elle avait seulement eu conscience d'être très malheureuse. Elle éprouvait une véritable douleur en songeant à la vie libre qu'elle menait à Berrington Park, à ses chevaux, ses chiens, les longues dissertations passionnantes de son père.

Mrs Featherstonehaugh, à la fin, réussit à lui faire comprendre que le fait d'être capable de tenir une conversation est à la base de la bonne éducation et qu'un invité se doit de compenser l'hospitalité qu'on lui offre en se montrant plaisant et aimable.

Elle avait aussi appris que la femme a pour rôle de paraître attrayante et d'embellir une pièce commc si elle était un vase de fleurs.

Les années passant, prenant conscience de sa beauté, Marisa avait acquis de l'assurance, de la confiance en soi, mais ces quelques mois horribles passés à Londres, quand elle avait dix-sept ans, étaient restés gravés comme une blessure dans sa mémoire. Tout s'était cristallisé le jour où la cousine Alice avait donné un bal.

Marisa se souvenait de la torture éprouvée à accueillir les invités debout à côté de l'hôtesse, avec Florence qui partageait avec elle les honneurs du bal.

La cousine Alice étant marquise, elle avait ses entrées dans les maisons les plus fermées de Londres et elle recevait tous ses amis, tout en lançant sa fille dans le monde. Étaient présents les représentants habituels des Devonshire, Richmond, Portland et Beaufort, avec ou sans leurs enfants. Il y avait profusion de diadèmes éblouissants et de décorations en l'honneur, non pas, hélas, du prince de Galles, mais de l'une des filles les moins réussies de la reine Victoria, la princesse Béatrice (1).

Marisa, après avoir été escortée au buffet par un jeune homme dépourvu de menton et qui n'avait qu'un seul sujet de conversation, les courses, s'était retrouvée seule. Elle était partie à la recherche de la cousine Alice pour se tenir à côté d'elle, comme l'exigeaient les convenances.

Ne la trouvant pas, elle avait traversé les pièces de réception et, de l'autre côté d'un pilier, avait vu deux personnes qui lui tournaient le dos, assises sur un canapé.

Elle s'apprêtait à s'éloigner discrètement quand elle entendit une dame couverte d'émeraudes dire :

– Soyez prudent, Valerius, vous savez à quel point les gens bavardent.

– Et vous pensez que cela me gêne ? avait rétorqué l'homme d'une voix dont le timbre grave avait frappé la jeune fille. Vous êtes très attirante, Dolly, et vous le savez bien.

– Je me dois de vous rappeler à vos devoirs, répondit la femme avec un rire léger. Au lieu de rester à bavarder avec moi, comme vous le faites depuis si longtemps, vous devriez aller faire danser les jeunes filles pour lesquelles on donne cette soirée. Ne perdez pas de vue, Valerius, que vous êtes un très beau parti.

– Croyez-vous réellement que je vais faire des grâces à cette fille au visage lunaire et aux yeux vides ? demanda l'homme d'une voix moqueuse. Ou à cette rouquine qui ressemble à une carotte qu'on aurait cueillie prématurément ?

Marisa s'était éloignée. Cette description avait été pour elle le coup final, dans une longue série d'insultes.

Malgré toutes les protestations de sa cousine, elle

(1) Épouse du prince Henri de Battenberg. Elle fut la dernière des enfants de la reine Victoria *(N. d. T.)*.

était retournée chez elle, le lendemain matin, sous le prétexte que son père, malade, avait besoin d'elle.

Elle n'avait pas eu de mal à apprendre l'identité de l'homme qui avait parlé d'elle de façon aussi odieuse. Il était le seul membre de la haute société à porter le prénom peu courant de Valerius.

Les journaux parlaient souvent du duc de Milverley et l'on y reproduisait sa magnifique demeure, Vox Castle, sous tous les angles, dessinée, ou photographiée. Les traits du duc étaient devenus familiers à la jeune fille.

Elle ne l'avait jamais vu en chair et en os, elle n'avait qu'entendu sa voix, mais elle était persuadée de pouvoir reconnaître n'importe où son nez au profil impérieux, sa bouche dure, presque cruelle, son menton carré et surtout l'expression cynique de son regard et les deux sillons qui couraient des narines aux lèvres.

« Je le hais », s'était-elle dit, ce soir-là, en quittant la salle de bal pour chercher refuge dans un cabinet de toilette au premier étage. « Je le hais », dit-elle à haute voix, en retournant à Berrington.

Cette haine, toute neuve, lui faisait encore mieux comprendre le mépris voué par son père à la classe dirigeante.

Quand le comte se rendait, rarement du reste, à la Chambre des Lords, Marisa l'accablait de questions, voulant savoir à qui il avait parlé, le sujet des discussions.

Et pourtant, pour une raison qu'elle ne s'expliquait pas elle-même, elle n'osait jamais lui demander si le duc de Milverley était présent.

Elle espérait toujours que son père citerait son nom, mais jamais il ne le fit et elle en était arrivée à la conclusion que, comme tant de ses contemporains, le duc ne s'intéressait ni à son pays ni aux conséquences politiques ou sociales des projets de loi adoptés, pas plus qu'aux réformes, urgentes cependant.

« Ces pairs qui brillent par leur absence sont des êtres méprisables, se dit-elle. Et, le duc, si riche, jouissant d'une telle influence, est le pire de tous. »

Mais, à présent, elle se rendait à Vox et elle logerait sous son toit.

Elle avait l'impression étrange que le destin la mettait exprès en contact avec l'homme qu'elle détestait le plus, celui qui s'était moqué d'elle, qui l'avait littéralement chassée de Londres et qui n'avait fait que confirmer la haine de Marisa pour ses pareils.

Marisa ouvrit un tiroir de son secrétaire. Son père avait été heureux qu'elle écrive dans la même pièce que lui.

Au début, il lui avait fait recopier ses articles, ses innombrables lettres au *Times* et les circulaires qu'il envoyait par centaines aux pairs et aux membres de la Chambre des Communes.

Puis il l'avait encouragée à écrire, mais sous un pseudonyme, devenu peu à peu familier aux rédacteurs en chef de beaucoup de journaux.

Elle avait vu ses lettres publiées dans le *Morning Post*, la *Review of Reviews*, *The Fortnightly* et, cette année, elle avait eu un grand triomphe avec le nouveau journal travailliste *The Clarion*.

Sur le bureau de son père s'entassaient des papiers qu'elle n'avait pas eu le temps de classer depuis sa mort, mais son propre bureau était parfaitement en ordre. Elle avait horreur de travailler dans le fouillis.

Glissant la main tout au fond du tiroir, elle en sortit deux lettres.

Elle les regarda, songeuse. Sur les enveloppes, l'écriture était hâtive et désordonnée, le papier froissé, taché, comme si elles avaient été manipulées souvent.

Elle les contempla plusieurs minutes, puis, très lentement, sans retirer les lettres de leurs enveloppes, elle les déchira en tout petits morceaux.

Puis elle les jeta dans la corbeille à papier.

C'était la fin. La fin de quelque chose à quoi elle avait beaucoup tenu, un sentiment de tendresse qu'elle avait été incapable d'oublier pour un homme qui n'avait vu en elle qu'une jolie petite voisine et pour lequel elle n'avait rien été... absolument rien.

L'espace de quelques secondes, son cœur se serra, elle venait de jeter le seul souvenir qu'elle ait eu de lui.

Il était venu voir son père au sujet d'un poulain qu'il voulait acheter.

Il était grand et séduisant et, pour une jeune fille sevrée de présence masculine, il lui avait fait l'effet de pénétrer dans le couloir aux murs lépreux avec la prestance d'un dieu grec.

– Bonjour, avait-il dit. Je m'appelle Harry Huntingdon. J'ai entendu dire que lord Berrington a un poulain à vendre. Je viens d'acheter un domaine à quelques kilomètres et j'y monte une écurie.

– Voulez-vous me suivre dans la bibliothèque, Mr Huntingdon? avait proposé Marisa, intimidée.

– En fait, si nous devons nous plier à un cérémonial, je suis sir Harold Huntingdon, avait-il précisé avec un sourire.

– Je suis confuse.

– Je vous en prie. Quel que soit le nom que vous me donniez, j'en suis ravi. Si le poulain est aussi joli que vous, je l'achète quel qu'en soit le prix.

Elle avait levé les yeux vers lui et elle avait cru que son cœur s'arrêtait de battre.

– ... Venez me montrer l'animal avant que je voie votre père, avait-il suggéré – et elle avait aussitôt accepté.

Cette visite avait été le prélude à de nombreuses autres. Après le poulain, il avait voulu voir la poulinière, puis l'étalon. Et seule Marisa pouvait les lui montrer.

Il faisait des compliments à la jeune fille, flirtait avec

elle avec l'habileté d'un homme qui réussit à faire croire à toutes les femmes auxquelles il parle qu'elles occupent la première place dans sa vie.

Au bout d'une semaine, Marisa était persuadée de l'aimer. Il lui donnait rendez-vous le matin de bonne heure et ils faisaient de longues chevauchées à travers la campagne.

Elle ne se rendait pas compte qu'il la traitait comme une ravissante enfant qui l'amusait et qu'il était trop bien élevé pour tirer avantage de la tendresse visible de ses sentiments pour lui.

C'est après trois semaines d'extase qu'elle avait appris qu'il était marié et que sa femme, en visite chez des parents, rentrait chez elle le lendemain.

Quand Harry Huntingdon lui annonça qu'ils ne pourraient plus monter à cheval ensemble car sa femme serait jalouse, elle eut l'impression de recevoir une balle en plein cœur.

Elle était revenue chez elle sans rien voir et avait été malade comme un chien pendant trois jours. Puis elle l'avait résolument chassé de son esprit.

Mais elle n'avait jamais pu se résoudre à détruire les deux seules lettres qu'elle ait reçues de lui, deux notes brèves la priant de le retrouver à un endroit précisé du domaine. C'était tout ce qui lui restait.

A présent, elle trouvait presque risible qu'il ait pu modifier son attitude envers tous les hommes.

Mais si elle était honnête, elle devait reconnaître que sa décision de ne jamais se marier n'était pas due seulement aux sentiments éprouvés pour Harry, mais surtout au fait qu'elle ne voulait pas courir le risque de se comporter comme l'avait fait sa mère et de s'enfuir en oubliant derrière elle un enfant non désiré.

Combien de fois, la nuit, avait-elle pleuré parce qu'elle était toute seule, parce qu'il n'y avait personne pour l'embrasser dans son lit, parce que tout son être réclamait quelqu'un d'aimant dont elle pût dépendre.

Cela ne l'avait pas fait haïr sa mère qui l'avait abandonnée, mais mépriser avec violence l'homme qui l'avait enlevée. « Il était si séduisant. Aucune femme ne lui résistait. » C'était la description qu'on se plaisait à faire, à la moindre occasion, de lord Geltsdale quand on la croyait hors de portée d'oreille.

– Vous savez, Lionel, avait-elle entendu une fois Mrs Featherstonehaugh dire à son père, vous ne pouvez réellement pas blâmer Clarisse. Lord Geltsdale était un séducteur-né. Elle a été perdue dès le moment où il l'a remarquée.

Marisa n'avait pas attendu pour entendre la réponse de son père. Elle s'était éloignée, bouillant de haine contre les « séducteurs » qui prennent des femmes à leurs maris et qui font naître des espoirs sans raison dans le cœur de stupides petites filles.

Les hommes! Ils étaient l'ennemi, le piège qu'elle devait éviter à tout prix.

Elle se leva, gagna de nouveau la fenêtre. Demain, elle partirait pour Vox. Elle avait lutté de toutes ses forces pour faire ce qu'elle avait décidé et, à présent, elle ressentait une étrange répugnance à l'idée de s'embarquer pour l'inconnu.

Puis le visage cynique du duc s'offrit à ses yeux. « Je le décrirai. Je le mettrai dans mon livre et les gens le verront tel qu'il est. Je le ridiculiserai. J'en ferai un objet d'horreur et de dégoût même pour ceux qui l'admirent aujourd'hui. »

Elle rit, tout haut, pour elle-même. Ce serait sa vengeance, ce livre qui sèmerait la discorde dans le grand monde.

La perspective du succès lui fit oublier sa peur.

2

En route vers Vox Castle, Marisa songeait avec délice à ce qui l'attendait.

Elle avait décidé de faire une folie et de voyager en première classe. Le compartiment était confortable et il y avait peu de monde. Le train devait arriver en début d'après-midi.

Elle avait sonné chez sa tante, à Londres, à l'heure du petit déjeuner, et la comtesse l'avait fait attendre près d'une heure avant de la recevoir.

Enfin, elle était montée dans la chambre surchargée de meubles et de bibelots luxueux et avait trouvé lady Berrington devant sa coiffeuse, une femme de chambre lui arrangeant les cheveux.

– Laissez-nous, Rose, avait-elle dit à celle-ci. J'ai à parler à lady Marisa.

La femme de chambre était sortie et la comtesse avait fait pivoter son tabouret pour faire face à Marisa :

– Aurais-tu changé d'avis, par hasard ?

– Oh ! non, pas du tout, ma tante. Bonjour, et merci pour votre télégramme.

– Ils ont évidemment perdu encore une autre gouvernante, à Vox. Mais, Marisa, je n'ai pas pu dormir en songeant à cet horrible livre que tu veux écrire et au mal qu'il peut nous faire à tous.

– Je vous l'ai promis, je ne vous compromettrai ni vous ni l'oncle George. Personne ne saura jamais qui l'a écrit.

– Renonces-y ! Je t'en prie, renonces-y ! supplia lady Berrington, visiblement émue. J'ai peur, très peur, Marisa, que quelqu'un découvre l'identité de l'auteur. Et jamais l'on ne nous le pardonnerait! Jamais! Jamais!

– Je vous l'assure, cela n'arrivera pas, tante Kitty, la rassura Marisa. Dites-moi donc ce que vous avez appris de Vox.

– J'ai simplement reçu un télégramme en réponse à ma lettre. Il était, bien sûr, signé de miss Whitcham. Elle me demandait de t'envoyer immédiatement. Ce télégramme était quelque part par ici, mais il semble avoir disparu.

Elle lança un vague coup d'œil autour d'elle.

– Et avez-vous répondu? voulut savoir Marisa.

– Oui. J'ai expédié une dépêche hier soir pour dire que tu partirais aujourd'hui. Tu as assez d'argent pour le voyage, j'espère? On te le remboursera, évidemment.

– J'ai tout ce qu'il faut. Je vous suis si reconnaissante, ma tante. Je vous le promets, je ferai en sorte de ne plus vous importuner puisque vous m'avez rendu le seul service que je vous demandais.

– Si tu désirais vraiment m'en rendre un, à moi, tu ne partirais pas, répondit lady Berrington. Ce départ me rend si nerveuse que je crois que je préférerais encore te chaperonner plutôt que de te laisser écrire ce livre ridicule.

– Même si vous me chaperonniez, je l'écrirais.

– Tu es désespérante.

Elle se retourna vers son miroir et se regarda fixement comme pour puiser réconfort à la vue de son gracieux reflet.

– Les robes sont en haut, dit-elle. Rose a tout empaqueté. Cela fait presque un trousseau. Ce serait tellement mieux si tu te mariais au lieu de prendre cette place absurde à Vox. Si cela se sait, nous serons tous couverts de honte... T'imagines-tu un peu ce que l'on raconterait si l'on découvrait que la nièce de George est une simple gouvernante? demanda-t-elle, après quelques secondes de réflexion.

Marisa sourit :

– Le prestige dont il jouit dans ses clubs risquerait d'en souffrir.

– Ce n'est pas un sujet de plaisanterie, protesta la comtesse d'un ton sec. Pour l'amour de Dieu, monte te changer ! Rose t'a sorti un costume de voyage. En noir, avec tes cheveux flamboyants, tu as l'air d'une vraie houri.

– Je vous l'ai dit, j'aurais dû les teindre.

– Va-t'en ! s'écria la comtesse, furieuse. Tu m'exaspères, Marisa, et cela me ride le front, c'est délibéré de ta part.

La jeune fille obéit à sa tante et se changea. Elle mit une robe bleu saphir et un manteau de même nuance qu'on lui avait préparés dans une chambre du second étage.

Il y avait aussi un petit chapeau assorti et, malgré ses cheveux tirés en arrière, tordus en chignon et emprisonnés dans une résille, elle dut admettre que personne, en la voyant, ne pourrait la prendre pour « une simple gouvernante » comme le disait sa tante.

Elle redescendit dans la chambre de lady Berrington et celle-ci la regarda avec insistance.

– Je ne peux dire qu'une chose, constata-t-elle. Il est heureux qu'il n'y ait pas de maîtresse de maison à Vox. Je te l'ai déjà dit, aucune femme normale ne t'engagerait comme préceptrice pour ses enfants.

– Le duc ne me remarquera peut-être même pas.

– Je suis en mesure de t'assurer que c'est là une éventualité à envisager, répliqua sa tante, en reniflant de mépris. Le duc, pour le moment, est extrêmement occupé par lady Wantage... quoique je me demande ce qu'il peut bien trouver à cette créature stupide qui passe son temps à ricaner.

– Lady Wantage, répéta Marisa, songeuse. N'est-ce pas l'une de nos « beautés professionnelles » ?

Cette étiquette et cette mode avaient été lancées dans les années 1870 par Lily Langtry.

L'exemple qu'elle avait donné, en posant pour des photographies vendues ensuite à un public d'admirateurs, avait été suivi par lady Randolph Churchill, lady Dudley, lady Helen Vincent et Mrs Cornwallis-West.

Une bonne partie de la haute société trouvait cette publicité d'une extrême vulgarité et se montrait choquée que des « dames » s'abaissent de la sorte. Elles contribuaient, disait-on, à la désintégration de leur milieu et cela était dû à l'influence du prince de Galles.

– Je n'ai jamais, quant à moi, admiré Hetty Wantage, déclara lady Berrington sur un ton qui en dit long à sa nièce sur l'animosité que nourrissaient les deux femmes l'une pour l'autre.

– Eh bien, si le duc a disposé de son cœur, dit la jeune fille d'un ton léger, vous n'avez pas à craindre qu'il m'accorde son attention.

Lady Berrington se mit à rire :

– Tu ne vas tout de même pas t'imaginer que Valerius s'abaisserait à regarder une gouvernante ? Si tu te rends à Vox avec l'arrière-pensée de capturer le célibataire le plus riche, le plus important et le plus insaisissable de notre monde, tu seras terriblement déçue.

– Cette idée de capturer le duc, selon votre expression, ne m'a même pas effleurée, répondit Marisa. Je vous l'ai déjà dit, tante Kitty, bien que vous ne me croyiez pas, les hommes ne m'intéressent pas. Je les déteste et je ne veux pas me marier.

– Tu changeras d'avis quand tu seras amoureuse. Quoique avec tes idées radicales, il y a fort peu de chances pour qu'un homme convenable s'éprenne de toi.

Marisa sourit :

– Alors, je suis tranquille. D'ailleurs, je vous

l'assure, l'amour n'a aucune place dans mes projets d'avenir. Si j'ai un cœur, ce dont je doute, il est glacé comme un iceberg. Il faudrait une éruption volcanique – et non pas un homme – pour le dégeler.

– Dans ce cas, tu ne ressembles pas à ta mère.

– Sous cet angle, certainement pas.

A présent, dans le train qui l'emportait, elle songeait à ce trait propre à sa tante et à ses amies, toutes obsédées par l'idée de l'amour et la conquête des hommes. Elles n'avaient rien d'autre à faire.

Marisa avait appris par Mrs Featherstonehaugh qu'en fait c'était un véritable jeu, avec ses règles précises.

Le Prince et ses contemporains ne faisaient jamais la cour à de jeunes mariées. Cela aurait été considéré comme de très mauvais goût et aurait provoqué un scandale.

De ces mêmes jeunes épouses on attendait qu'elles se comportent avec discrétion et donnent des enfants à leurs maris pendant au moins les dix premières années de leur mariage.

Après, discrètes et habilement menées, les affaires amoureuses étaient, dans la plupart des cas, tolérées par les maris, à moins qu'elles ne provoquent trop de bavardages.

Le duc, Marisa en était sûre, se conformait aux règles. Elle ne savait pas l'âge exact de lady Wantage. Sans doute avait-elle une trentaine d'années. Elle avait vu sa photo vendue sous forme de carte postale. Elle l'avait trouvée jolie, mais inexpressive.

Il faudrait qu'elle recueille le plus de détails possible. Pour brocarder le duc, dans son livre, elle aurait besoin de connaître tout sur ses aventures amoureuses passées et présentes.

Ce ne serait pas difficile. Quelle que soit la discrétion dont les personnages à la mode s'entouraient, il se trouvait toujours des gens au courant de ce qui se passait et que l'on pouvait toujours persuader de parler.

Marisa gloussa de joie à la pensée de l'épais manuscrit soigneusement empaqueté au fond d'un grand sac de cuir – fermé à clef – qu'elle gardait avec elle. Les domestiques pourraient vider les malles au couvercle bombé fournies par sa tante, mais elle ne confierait à personne son sac de cuir.

Le train avait presque atteint l'arrêt spécial réservé aux invités de Vox Castle que Marisa avait à peine accordé une pensée à l'enfant dont elle aurait à s'occuper.

Les gouvernantes s'étaient succédé et à une telle cadence qu'il était peu vraisemblable que la petite fille ait appris beaucoup de choses. Un instant, Marisa se demanda s'il n'aurait pas été sage d'apporter quelques livres simples.

A la réflexion, il serait beaucoup plus aisé de dresser une liste de ce dont elle aurait besoin. Le duc ne refuserait certainement pas d'offrir à sa fille les plus récentes publications à l'usage des enfants.

Une voiture fermée, tirée par une paire de chevaux magnifiques, l'attendait à l'extérieur de la gare miniature avec sa salle d'attente pour poupée.

Marisa s'adossa au siège moelleux en songeant qu'au moins l'on savait accueillir les gouvernantes, à en juger par l'équipage composé d'un cocher et d'un valet de pied. Mais elle avait parfaitement conscience que, dans la hiérarchie d'une grande maison, elle occupait un rang très modeste.

La vue de Vox lui coupa le souffle. Elle s'était attendue à quelque chose d'impressionnant, mais les photographies et les tableaux qu'elle en avait vus ne lui rendaient pas justice. C'était une magnifique demeure.

Une grande tour normande s'élevait sur l'un des côtés. Une profusion de toits, de cheminées, de statues se silhouettaient contre le ciel et le château se dressait, comme un joyau précieux, dans l'écrin de velours vert de la forêt qui l'entourait.

Des terrasses dallées, des gazons descendaient jusqu'à un lac alimenté par une rivière enjambée par plusieurs ponts. Des centaines de fenêtres renvoyaient la lumière du soleil et le tout formait un tableau d'une telle beauté, d'une telle majesté que Marisa le contemplait, immobile, captivée.

Puis elle songea soudain que ce château fabuleux appartenait à l'homme qu'elle haïssait. C'était lamentable qu'il ne se rendît même pas compte du charme de ce qu'il possédait.

Un vieux maître d'hôtel l'accueillit au sommet d'un perron menant à la porte d'entrée flanquée de colonnes, et l'un des nombreux valets reçut l'ordre de l'escorter au premier étage.

– Miss Whitcham vous attend, miss Mitton, dit le maître d'hôtel.

Il avait parlé d'un ton légèrement protecteur qu'il n'aurait certainement pas employé si elle était venue en visite et sous son véritable nom.

Elle réprima un sourire en suivant le valet qui bavardait, familier.

– Avez-vous fait un bon voyage, miss? J'espère que vous avez pris des premières. Quand on peut se le permettre, c'est bien. Pour ma part, je n'aime pas voyager sur une banquette dure, et quand on arrive à destination on a l'air d'un ramoneur.

– Il paraît que ça va être amélioré, répondit Marisa.

– Oui, eh bien! en attendant, je préfère me déplacer en voiture, répliqua le valet. Non pas que j'aille souvent à Londres – c'est trop cher pour des gens comme nous – à moins, bien sûr que ce ne soit Sa Grâce qui paye.

Il rit à ce qui lui parut être une fine plaisanterie, puis, ouvrant une porte donnant sur une sorte de salon, il dit d'un ton beaucoup plus respectueux :

– La nouvelle gouvernante, miss.

Marisa entra et vit une femme d'âge moyen se lever de derrière un bureau.

Comme miss Whitcham s'avançait vers elle, Marisa remarqua que la secrétaire était grasse. Elle avait les cheveux gris et un tailleur de tweed ouvrant sur un corsage de broderie anglaise.

Elle ôta le lorgnon qui chevauchait son nez et en glissa la chaînette dans le petit étui en émail bleu accroché au revers de sa veste de tailleur.

– Comment allez-vous, miss Mitton? C'est très aimable à vous de venir nous voir si vite.

– J'ai été ravie d'être libre et de vous rendre service, répondit Marisa d'un ton qu'elle espérait respectueux, mais digne.

– Je vous en prie, asseyez-vous, lui demanda miss Whitcham en lui indiquant une chaise et en s'asseyant en face d'elle... Lady Berrington dit grand bien de vous, enchaîna-t-elle. Comme le nouveau comte et elle-même sont des amis intimes de Sa Grâce, je n'avais pas besoin d'autre recommandation. Le duc est en Écosse, pour le moment, et, j'en suis sûre, voudrait que je vous accueille à Vox en son nom.

Marisa ne répondit pas et miss Whitcham reprit, après un moment de silence :

– Vous avez l'air extrêmement jeune. Avez-vous réellement vingt-quatre ans? C'est l'âge que mentionne lady Berrington, dans sa lettre.

– Je connais lady Berrington depuis des années.

Miss Whitcham semblait un peu nerveuse et il parut à Marisa qu'elle cherchait ses mots pour poursuivre.

– Je pense qu'il est de mon devoir de vous expliquer, miss Mitton, que lady Aline Verley, pour lui donner son titre, n'est pas une enfant facile.

– D'après ce que m'a dit lady Berrington, j'ai cru comprendre que vous avez eu, ici, un grand nombre de gouvernantes.

– Hélas ! ce n'est que trop vrai. Et miss Graves, que vous remplacez, est partie, j'ai le regret de le dire, du jour au lendemain et dans un état nerveux épouvantable.

– Par la faute de lady Aline ?

– Oui, admit miss Whitcham. On ne sait jamais ce qu'elle va inventer et l'on passe son temps à se demander ce qu'elle aura idée de faire.

– Et qu'a-t-elle fait à miss Graves ?

Marisa, un instant, pensa que miss Whitcham ne lui répondrait pas. Mais elle dit d'une voix étouffée par l'embarras :

– Elle a mis un serpent dans son lit !

– Comment, mon Dieu, cette enfant a-t-elle pu se procurer un serpent ?

– Ce n'était qu'une couleuvre inoffensive. Mais miss Graves n'a pas été s'en assurer. Elle a horreur de tous les reptiles. Elle m'a dit qu'elle ne resterait pas une nuit de plus dans la maison, même si on lui offrait cent livres à la minute.

Marisa fit effort pour ne pas sourire :

– Aline connaissait cette aversion de miss Graves, je suppose ?

– Cela ne me surprendrait pas. Je serai très franche avec vous, miss Mitton, en vous disant que, personnellement, je ne peux rien tirer d'Aline. J'ai tout essayé. Je lui ai parlé comme si j'étais sa mère. Mais elle est grossière et méfiante. Je ne puis qu'espérer, de tout mon cœur, que vous réussirez là où les autres ont échoué.

– Je ferai de mon mieux, promit Marisa.

Tout en parlant, elle songeait qu'elle avait au moins un avantage sur les gouvernantes qui l'avaient précédée : elle n'avait en aucune façon l'intention de prolonger son séjour.

En deux ou trois mois, elle aurait le temps de terminer son livre. Puis, si elle recevait l'avance qu'elle escomptait, ce dont elle était pratiquement sûre, elle demanderait à son oncle de lui laisser occuper une maisonnette sur le domaine, où elle vivrait avec sa vieille gouvernante qui avait pris sa retraite depuis des années.

Elles seraient très heureuses ensemble et miss Gillingham s'occuperait d'elle avec amour. Elle écrirait et, si elle gagnait l'argent auquel elle s'attendait, elle serait en mesure de voyager.

Vox n'était qu'un marchepied pour ses ambitions et, de ce fait, les caprices de lady Aline, quels qu'ils fussent, lui seraient utiles pour démontrer la façon d'agir de la jeune génération de la haute société. Elle ne s'en formaliserait pas outre mesure.

– Sans doute devrait-on plutôt plaindre cette enfant, disait miss Whitcham. Après tout, elle n'a plus de mère et son père...

Elle s'interrompit.

– Le duc aime-t-il sa fille? demanda Marisa.

Miss Whitcham prit son temps avant de répondre, presque à contrecœur :

– Il est normal que vous sachiez la vérité. Le duc ne s'intéresse pas particulièrement à sa fille.

A la façon dont parlait miss Whitcham, Marisa comprit aussitôt que la secrétaire pourrait en dire bien davantage si elle le voulait.

C'était vraisemblablement une femme bavarde et, tôt ou tard, il serait facile de la persuader de révéler les secrets touchant à la vie du duc et à ses relations avec sa fille.

Mais le moment n'en était pas encore venu. Miss Whitcham se leva.

– Je pense, dit-elle, que le mieux serait que vous montiez faire connaissance avec Aline. Vous n'aurez à vous occuper d'elle que dans la journée. Sa vieille nourrice est toujours avec elle et une bonne et un valet sont attachés à son service.

Marisa ne put s'empêcher de sourire :

– Tout cela me paraît très confortable. Parlez-moi un peu de la nourrice.

Miss Whitcham se rapprocha de la porte et répondit en baissant la voix :

– Elle est très âgée et plutôt maniaque. Elle est venue à Vox avec la duchesse. Elle n'appartient pas au personnel attaché au château depuis toujours. (Elle ouvrit la porte et ajouta :) ... Oui, par tradition, les mêmes familles ont servi à Vox et sur le domaine depuis des générations. La nourrice d'Aline fait figure d'étrangère; elle ne s'est jamais entendue avec les autres domestiques.

Marisa suivit miss Whitcham qui lui fit gravir un autre escalier, jusqu'au second étage :

– Voici mon petit salon. J'espère que nous y bavarderons souvent toutes les deux.

– Merci.

– L'appartement d'Aline est à l'étage au-dessus. C'est une véritable ascension. Mais comme le disait ma mère : « Plus on monte haut, plus près on est du Ciel. » Je ne l'oublie pas.

Quand elles eurent atteint le troisième étage, miss Whitcham ouvrit la porte d'une grande chambre illuminée par le soleil.

Une vieille femme, assise devant une cheminée où brûlait un feu, reprisait une chaussette. Elle se leva en les voyant.

– Bonjour, nounou, dit la secrétaire en élevant la voix, comme si son interlocutrice était dure d'oreille. Voilà miss Mitton, la nouvelle gouvernante d'Aline.

Un coup d'œil circulaire apprit à la jeune fille qu'un piano s'adossait à un mur et que, dans un coin de la pièce, s'entassaient des jouets de prix.

Il y avait une maison de poupée, un cheval à bascule, de nombreuses poupées et des boîtes de cubes parfaitement en ordre, ce qui semblait indiquer qu'on ne s'en était pas servi de la journée.

Un grand carton était posé sur une table. La pièce contenait l'écran traditionnel orné de décalcomanies et de cartes de vœux. Le cuivre du pare-feu luisait.

Une autre table, au centre, supportait plusieurs livres d'exercices, un encrier et un plumier.

– J'ai prévenu Aline de votre venue, annonça la nourrice à Marisa. J'ai sorti ses livres pour que vous puissiez les voir. Ils sont dans un bel état !

– Où est Aline? demanda miss Whitcham d'un ton sec.

– Dans sa chambre, je crois. Elle en a assez des gouvernantes, m'a-t-elle dit.

Là-dessus, la vieille femme traversa la pièce, ouvrit une porte à l'autre extrémité et appela d'une voix cajoleuse :

– Allons, viens, mon poussin. Ne te montre pas sous un vilain jour à une jeune dame qui a fait le voyage de Londres pour te donner des leçons. Ne la laisse pas croire que tu es une ignorante.

Elle ne reçut pas de réponse et miss Whitcham intervint :

– Cela suffit, nounou. Laissez-moi lui parler.

– Vous aurez de la chance si elle vous écoute, grommela la vieille nourrice en se dirigeant vers la porte du couloir.

Avant de l'ouvrir, elle tourna la tête. Un léger sourire éclairait son visage ridé et la jeune fille eut la nette impression qu'elle se réjouissait que l'enfant fût difficile.

« Elle la monte contre toutes ses gouvernantes, j'en suis sûre. Évidemment, Aline a été son bébé, elle est jalouse d'une autre influence. »

Miss Whitcham avait atteint la porte de la chambre.

– Venez, Aline, dit-elle. Si vous ne venez pas dire bonjour, je serai obligée de dire à votre père que vous vous êtes montrée grossière. Et vous savez qu'il a horreur des gens mal élevés.

Cela fit l'effet d'une formule magique. L'enfant parut presque aussitôt. Elle était vêtue d'une robe en mousseline à fronces avec une large ceinture nouée, un peu trop enfantine pour elle. Elle était grande pour son âge, et bien bâtie. Elle aurait pu être jolie sans ses sourcils froncés au point de se rejoindre à la racine de son petit nez.

Elle avait de longs cheveux noirs et le regard, noir également, qu'elle adressa à Marisa lui parut beaucoup plus moqueur qu'hostile.

– Eh bien ! Aline, dit miss Whitcham de ce ton de fausse jovialité que prennent si souvent les adultes avec les enfants. Voici miss Mitton, je veux que vous lui disiez bonjour poliment.

Aline ne réagit pas et, pour faire passer un moment gênant, miss Whitcham ajouta vivement :

– ... Montrez-lui tous vos jouets et surtout cette ravissante poupée que lady Wantage vous a donnée, la semaine dernière. Je vois qu'elle est sur la table. Oh ! mon Dieu, cela me donne envie de redevenir une enfant. Jamais je n'ai eu une aussi belle poupée.

Aline, le sourcil toujours froncé, resta immobile sur le pas de sa porte pendant que la secrétaire se tournait vers le grand carton posé sur la table, parmi les autres jouets.

– ... Les poupées sont si belles aujourd'hui, dit-elle à Marisa. Et celle-là a une robe faite à la main, avec de la véritable dentelle. Lady Wantage m'a dit qu'elle vient de Paris. Vous rendez-vous compte, Aline, de Paris !

Tout en parlant, elle souleva le couvercle de la boîte. Puis, elle poussa un cri.

Marisa qui s'était rapprochée, sachant qu'on attendait cela d'elle, se pencha pour regarder.

Aucun doute, la poupée avait dû coûter fort cher. Mais, à présent, elle était décapitée et son visage écrasé comme avec un marteau; la robe rose pâle, bordée de dentelle, était déchirée, découpée en lanières.

– Comment avez-vous pu faire une chose aussi affreuse ! s'écria miss Whitcham. Que dira votre père, alors que lady Wantage avait eu la gentillesse de vous faire un si beau cadeau ?

– Je la déteste ! se mit à hurler la petite fille. Je la déteste et je déteste cette idiote de poupée qui lui ressemble.

– Vraiment..., commença miss Whitcham.

Marisa avança d'un pas, lui prit le couvercle des mains et le replaça sur la boîte.

– Je crois, dit-elle avec calme, que le mieux serait que vous nous laissiez seules, Aline et moi, pour que nous fassions connaissance.

– Oui, bien sûr, si vous le désirez, répondit l'autre, visiblement soulagée. Mais, Aline, je suis consternée par ce que vous avez fait ! Réellement consternée !

Puis elle sortit, refermant la porte derrière elle. Marisa enleva son manteau, le posa sur une chaise et se rapprocha de la cheminée.

Le soleil brillait et gardait encore sa chaleur, comme souvent au début de septembre, mais le vent était frais et la jeune fille s'en était aperçue à la gare.

Elle retira gants et bonnet et traversa la pièce pour les poser sur son manteau.

Sans la regarder, elle se rendit compte qu'Aline s'était approchée de l'une des fenêtres.

– Je n'apprendrai aucune leçon, déclara-t-elle enfin d'une voix boudeuse.

– Tant mieux ! Cela me laissera davantage de temps à moi pour apprendre tout ce que je veux savoir.

Il y eut quelques secondes de silence qu'Aline rompit d'un ton où perçait une légère curiosité :

– Mais vous êtes une grande personne... Qu'est-ce que vous voulez apprendre ?

– Oh ! des tas de choses. A commencer par toutes les histoires extraordinaires attachées à ce château. Je veux tout entendre, depuis le début, savoir pourquoi un sénateur romain avait construit une forteresse à cet endroit précis et pourquoi il l'avait appelée « Vox ».

– Tout le monde connaît cette vieille histoire idiote, répliqua Aline. On lui avait demandé comment il pourrait parler aux gens, en Angleterre, s'il s'enfermait dans une forteresse et il a dit : « Cette forteresse sera ma voix. »

– Oui, mais de quoi était-il censé leur parler? lui demanda Marisa sans relever son insolence. C'est ce que je veux savoir. Pensez-vous qu'il avait fait tout ce voyage, qu'il était venu de Rome pour enseigner des choses spéciales, magiques, aux Anglais? (Elle s'interrompit, quoique n'attendant pas de réponse, avant de reprendre :) ... J'ai lu quelque part que c'était un homme très mystérieux, qu'on le considérait presque comme un sorcier.

– Je n'ai jamais entendu parler de ça, dit Aline d'une voix qu'elle voulait encore insolente.

– Eh bien! c'est l'une des choses que je veux apprendre et, bien sûr, me renseigner sur les Normands qui ont construit un immense château au même endroit.

Elle avait traversé la pièce en parlant pour rejoindre Aline qui regardait les bois, de l'autre côté du parc.

– ... Et quand j'aurai exploré ce merveilleux château et tous ses trésors, trouvé peut-être des secrets que personne ne connaît, alors, j'irai explorer les bois.

Elle marqua un temps d'arrêt avant de réciter, à voix basse :

– *... Il règne une magie spéciale... jour et nuit,*
Dans les bois... où dorment les dragons, où jouent les fées.

– Vous avez dit... les fées?

– Oui, en effet.

– Nounou, elle, dit que les fées ça n'existe pas.

– A mon avis, c'est une chose dont on doit se rendre

compte soi-même. Pour ma part, j'ai vu, le matin, dans l'herbe, des cercles vert foncé, je suis sûre que des petits pieds avaient dansé là, la nuit d'avant. J'ai vu des champignons placés comme s'ils avaient servi de sièges, au bas des grands arbres. Et, l'oreille collée au tronc des vieux chênes, j'ai entendu des elfes qui travaillaient à l'intérieur.

Il y eut un silence, puis une petite voix s'éleva :

– Vous allez... découvrir tout ça, toute seule ?

– Vous pourrez venir avec moi si vous en avez envie, répondit Marisa, indifférente. Mais, si vous avez autre chose à faire, peu importe. (Elle se détacha de la fenêtre.) ... Ce que j'ai envie de découvrir, pour le moment, c'est l'endroit où je dois dormir et si l'on a monté mes affaires.

– Je vais vous montrer, proposa Alice presque enthousiaste. C'est la chambre en face. Elle est jolie, mais miss Graves ne l'aimait pas parce qu'elle donne sur le devant. Elle disait que les voitures l'empêchaient de dormir quand papa recevait.

– Pour ma part, je pense que ça doit plutôt être amusant de les voir. Vous ne trouvez pas que les gens ont des voitures qui leur ressemblent ? Certaines sont luxueuses, capitonnées, jolies comme tout ; d'autres sont de vieilles caisses branlantes traînées par un cheval qui ne peut aller qu'au pas et leurs propriétaires sont des bonhommes au teint rouge, avec des chapeaux cabossés et qui fument des pipes en terre.

Aline émit un gloussement de joie.

– Il y a des gens qui ressemblent à des chevaux, dit-elle.

– Oui, je l'ai souvent pensé.

Elles avaient traversé le couloir et la jeune fille remarqua que, déjà, l'on avait monté deux de ses malles. Tante Kitty s'était montrée extrêmement généreuse et elle en possédait quatre en tout.

Une petite femme de chambre aux joues fraîches

soulevait le couvercle de l'une d'elles dont un laquais avait défait les sangles.

– Dois-je accrocher vos affaires, miss? demanda-t-elle.

– Oui, merci.

Marisa posa son manteau et son bonnet et se tourna vers Aline :

– Nous devons avoir le temps de faire quelques découvertes avant le thé. Voudriez-vous me montrer les autres pièces, en bas?

Une heure s'était écoulée avant qu'elles regagnent le domaine de la petite fille.

Marisa avait eu le temps de voir une bonne partie de la grande maison. La longue galerie avec sa merveilleuse collection de van Dyck, les salons au magnifique mobilier et la bibliothèque qui lui avait arraché un cri de joie.

– C'est jamais qu'un tas de vieux bouquins, avait dit Aline.

Elle s'efforçait toujours, mais sans beaucoup de succès, de ne manifester aucun enthousiasme devant ce qui émerveillait Marisa.

– Des bouquins ! Mais, Aline, réfléchissez à ce qu'ils ont de prodigieux. Aux secrets extraordinaires qu'ils renferment. A toutes ces choses que nous voulons connaître, découvrir.

– Quelle sorte de secrets?

– Tous les secrets ! Si vous voulez vous renseigner sur les fées, par exemple, je vous trouverai des histoires sur elles, des poèmes, des descriptions. Et, en cherchant bien, on trouvera peut-être même leurs portraits.

– Vraiment? Personne ne m'a jamais parlé de ça avant.

– Peut-être ne voulait-on pas que vous le sachiez.

Comme elle l'avait bien pensé, cela décida immédiatement Aline à ne pas se laisser exclure.

– Et si on commençait à chercher maintenant? suggéra-t-elle.

– Nous allons avoir beaucoup de travail avant de nous y retrouver, répondit Marisa.

Tout en parlant, elle remarqua, sur un bureau au milieu de la vaste pièce, un livre relié de cuir rouge. Elle l'ouvrit et découvrit, comme elle s'y attendait, qu'il s'agissait d'un catalogue.

– ... Cela nous aidera. Mais je ne crois pas que nous ayons le temps maintenant, Aline, de chercher des contes de fées. Mais vous vous souvenez de ce que j'ai raconté, dans le grand salon, au sujet de cette belle petite table qui a appartenu à la reine Marie-Antoinette? Et des perruques ridicules que portaient les femmes de cette époque-là? Elles étaient si hautes qu'une dame, un jour, a découvert un nid de souris dans la sienne.

Aline se mit à rire :

– Elle devait être idiote. Elle devait les entendre couiner.

– Et si nous cherchions un portrait de femme coiffée de cette façon?

– Oh, oui !

Une galerie courait tout autour de la bibliothèque et l'on y accédait par un escalier en spirale.

Marisa découvrit la section réservée aux ouvrages français. Elles grimpèrent sur la galerie et, malgré tous ses efforts, Aline ne put cacher sa joie à la vue des dessins et gravures des costumes du règne de Louis XVI.

Le ridicule des perruques et des jupons baleinés les fit beaucoup rire. Puis Marisa remit soigneusement l'ouvrage à sa place.

– Il faut faire très attention à tout bien ranger ce dont on s'est servi, dit-elle, sans quoi on pourrait nous empêcher de revenir ici et ce serait terrible.

– On ne nous en empêchera pas! s'écria la petite fille. Je ne me laisserai pas faire.

– En tout cas, soyons prudentes et personne

n'essaiera de le faire, répliqua Marisa. Maintenant nous ferions mieux d'aller prendre notre thé.

– Je ne veux pas de thé.

– Eh bien ! moi, j'en veux. Si vous ne m'en donnez pas, je me sentirai trop faible pour vous raconter des histoires.

– Vous savez donc des tas d'histoires sur des tas de choses ?

– Des tas. Et celles que je ne connais pas, nous les trouverons ensemble dans cette bibliothèque.

– Il y a vraiment des trucs intéressants dans tous ces livres ? demanda la petite fille, incrédule. Nounou dit que c'est rien que des idioties sans intérêt.

Il était évident que la nourrice était grandement responsable non seulement du refus d'Aline d'apprendre, mais aussi de son comportement peu ordinaire.

La table était dressée pour le thé dans l'appartement de l'enfant. Marisa parla de se laver les mains.

– Je ne veux pas me les laver, décida Aline d'un ton insolent.

– Moi, oui, répondit Marisa. Pour ma part, je trouve que les trains sont des endroits crasseux et je n'aime pas mettre de la crasse sur ma nourriture. Manger de la crasse de train ! Pouah !

Elle se rendit dans sa chambre et, à son retour, elle remarqua, sans mot dire, qu'Aline s'était lavé les mains.

Elles s'installèrent à la table.

– A mon avis, dit Marisa, d'un ton neutre, il faudrait que toutes les deux, nous modifiions un peu cette pièce.

– Une de mes gouvernantes – miss Thompson – avait fait changer les meubles, répondit Aline. Mais, dès qu'elle est partie, nounou a fait tout remettre à sa place. Elle n'aime pas le changement.

– Pour ma part, je trouve le changement distrayant.

Pour commencer, je suggère qu'on l'appelle la salle d'études. Vous êtes beaucoup trop grande pour continuer à vivre dans une nursery.

– Vraiment?

– Oui. Et trop vieille pour tous ces jouets.

Le regard de la petite fille se posa sur une pile de ceux-ci, dans un coin de la pièce.

– Vous voulez dire qu'on peut les faire enlever?

– Et pourquoi pas? On peut les ranger ailleurs en attendant de trouver une petite fille pauvre qui serait très heureuse de les avoir. Vous pourriez les lui donner vous-même. (Remarquant que cette idée intéressait Aline, elle poursuivit :) ... Je pense qu'il faut aussi que nous nous débarrassions de cette poupée avant que quelqu'un d'autre ne la voie.

– Je la déteste.

– Parce que c'est un cadeau de lady Wantage?

La petite fille acquiesça d'un signe de tête :

– Elle veut que papa l'aime... Mais il ne l'aime pas. Il ne l'aime pas. Je le sais.

Tout était là. L'enfant adorait son père et était jalouse des femmes auxquelles il s'intéressait.

– Savez-vous ce que mon grand-père faisait quand il détestait quelqu'un? lui demanda Marisa.

Aline leva vers elle des yeux brillants.

– ... Il en écrivait le nom sur un morceau de papier qu'il mettait au fond d'un tiroir de son bureau. Cela l'empêchait d'y penser, disait-il, et d'en penser du mal ce qui portait malheur. Dix ans plus tard, s'il regardait dans le tiroir, il ne se souvenait plus qui étaient les gens dont il avait écrit les noms, ni pourquoi.

– C'était de la magie?

– Dans une certaine mesure, oui. Comprenez-vous : quand vous détestez quelqu'un, c'est comme si vous lui envoyiez un coup avec une épée invisible. On croit que ça va lui faire du mal, mais si l'autre a un truc magique spécial pour se protéger, l'épée se retourne et vous blesse, vous. Ça c'est de la vraie magie, je vous assure.

Aline la regarda longtemps avant de demander :

– Et quand on aime quelqu'un, qu'est-ce qui se passe ?

C'était là une question à laquelle Marisa n'avait jamais réfléchi. Mais, au bout de quelques secondes, elle répondit :

– Je crois que l'amour est quelque chose de beau que tout le monde désire; et on le garde quand on l'a... Vous aimez votre papa, n'est-ce pas ?

– Je l'aime et lui aussi. Oui, lui aussi ! cria la petite fille.

Elle avait mis une telle passion dans sa voix que Marisa en fut surprise.

– Nounou dit qu'il n'aime personne, sauf lui, poursuivit l'enfant. Mais il m'aime, je le sais.

Elle se leva précipitamment de table et Marisa comprit que c'était pour cacher ses larmes.

Elle changea de conversation.

Dans la soirée, quand Aline fut couchée, Marisa descendit dans le petit salon de miss Whitcham.

C'était une pièce chaude et confortable, pleine de colifichets, de souvenirs de voyage collectionnés depuis des années par leur propriétaire. Elle avait même conservé toutes les cartes de vœux données par la duchesse.

– Demain, j'espère que vous dînerez avec moi ici plutôt qu'en haut, dit-elle à la jeune fille. Je ne vous l'ai pas proposé ce soir car vous deviez être trop occupée à vous installer. Mais je sens que nous allons devenir d'excellentes amies. Je vous avoue qu'il m'arrive de me sentir bien seule.

– Cela ne m'étonne pas.

– Évidemment, je suis toujours très occupée. Le duc se repose entièrement sur moi pour veiller à tous les détails mondains. C'est à moi de décider de la façon de répartir les invités dans les chambres et je vous assure que c'est parfois un véritable casse-tête.

– Pourquoi ?

Miss Whitcham prit l'air embarrassé :

– La façon dont les gens sont placés est très importante. Si, par exemple, la duchesse de Manchester souhaite ne pas être éloignée de certain beau monsieur avec lequel elle flirte de façon discrète, elle sera fort ennuyée de constater qu'on l'a installée à un autre étage.

Marisa sourit :

– Oh ! En effet, j'avoue que cela exige une forte dose de diplomatie.

– Je vous assure qu'il se passe peu de choses dans cette maison dont je ne sois pas au courant. Bien entendu, je garde tout pour moi.

– Bien entendu, répéta Marisa, convaincue que la secrétaire devait, au contraire, être bavarde comme une pie.

– Le duc sait que je ne laisse rien passer. Le croirez-vous, mais on m'a raconté l'autre jour que l'on n'avait pas changé la grande feuille de papier-buvard, servant de sous-main, dans l'une des chambres d'invités d'un des plus beaux châteaux d'Angleterre ? Résultat : l'occupante suivante a pu lire une lettre plus que tendre adressée à son mari par une dame dont vous m'excuserez de ne pas vous dire le nom !

– C'est effrayant de penser qu'une si petite négligence puisse provoquer tant d'ennuis, s'écria Marisa.

– Cela a failli se terminer en cause *célèbre*, poursuivit miss Whitcham en français avec un épouvantable accent. Oh ! il faut que j'aie l'œil à tout. Sa Grâce me fait confiance.

– Et il a bien raison, j'en suis sûre. Comment ferait-il si vous n'étiez pas là ?

– Je me le demande souvent moi-même. Avant sa

mort, sa mère me le répétait. « Je n'ose pas penser à ce que l'on ferait sans vous, Whitchy. » Elle m'avait trouvé ce surnom.

– Aline est très attachée à son père, fit remarquer Marisa.

– Oh ! oui. Vous l'a-t-elle dit ?

– Oui. Elle m'a dit qu'elle l'aimait.

– Je me demande bien pourquoi, fit la secrétaire d'un ton sec. Il ne s'occupe même pas d'elle.

– Peut-être pourrait-on le persuader de lui montrer un peu plus d'affection ?

Miss Whitcham parut absolument horrifiée :

– Oh ! Je vous en supplie, miss Mitton, ne suggérez surtout rien de la sorte. C'est inimaginable !

– Mais pourquoi ? s'étonna la jeune fille. Cette petite n'a pas de mère. Le duc doit comprendre qu'il est parfaitement naturel qu'elle se tourne vers lui pour trouver l'amour et le sens de la sécurité que tout enfant cherche chez ses parents.

Miss Whitcham s'agita.

– Vous me placez dans une situation difficile, dit-elle enfin... Avec Aline, une rude tâche vous attend. Vous êtes très différente des autres gouvernantes que j'ai engagées jusqu'ici. Aussi curieux que cela paraisse – d'autant que vous avez l'air très jeune et que je vous connais à peine – je ne peux pas m'empêcher de vous dire que j'ai confiance en vous.

– Alors, j'espère que vous m'aiderez. Expliquez-moi pourquoi je ne puis suggérer au duc d'accorder à sa fille unique l'affection dont elle a visiblement tellement besoin ?

– Sans doute ne devrais-je pas vous le dire... mais vous l'apprendriez par un domestique ou par cette vieille commère de nourrice. En fait...

Elle s'interrompit.

– Je vous en prie, continuez, demanda Marisa.

– Bon. Sans doute savez-vous que la duchesse était

d'une nervosité extrême. Pour tout dire, elle donnait parfois l'impression de ne pas être en possession de toutes ses facultés. Elle prenait plaisir à faire souffrir son mari. Cela arrive souvent, je crois, chez les gens déséquilibrés. Ils paraissent haïr ceux qui font le plus pour eux. En tout cas, elle cherchait par tous les moyens à l'ennuyer ou à le blesser.

– Qu'a-t-elle fait au juste?

– Elle a dit à Sa Grâce, répondit la secrétaire dans un murmure, que l'enfant n'était pas de lui.

3

Le duc de Milverley descendit sur le quai à la gare de Saint-Pancras. Il était de mauvaise humeur.

Il avait fait le voyage, depuis le château de Dunrobin, en Écosse, dans le train privé du prince de Galles où l'on avait servi un repas somptueux et où l'on avait distribué aux invités la première édition des journaux du matin cueillis au passage à Crewe.

On avait joué au bridge jusqu'à l'aube et, n'eût été une autre raison à sa nervosité, cela aurait peut-être suffi à ce qu'il ne soit pas au mieux de sa forme.

Parmi les hôtes, venus chasser chez le duc de Sutherland, au château de Dunrobin, se trouvait le prince de Galles.

La princesse Alexandra et les deux princesses Victoria et Maud étaient au Danemark et Son Altesse Royale avait, comme à l'accoutumée, beaucoup apprécié la compagnie des jolies femmes conviées pour distraire les invités. Personne n'avait été surpris de reconnaître parmi elles la fascinante lady Brooke dont le prince était fort épris depuis deux ans.

Daisy Brooke, en demandant son aide à Son Altesse Royale au sujet d'une lettre indiscrète, avait non seulement gagné le cœur du Prince, mais commencé à comprendre qu'elle partageait ses sentiments. Très belle, elle possédait par surcroît un charme qui fascinait tous ceux qui l'approchaient. Les plus sages parmi ses parents – et les maîtresses de maison les plus collet monté – ne pouvaient s'empêcher d'aimer Daisy tout en réprouvant beaucoup de ce qu'elle faisait.

Le duc de Milverley, ayant été l'un des hôtes du château de Dunrobin, il allait de soi que lord et lady Wantage figurent sur la liste des invités.

C'était le premier séjour de lady Wantage dans ce château de contes de fées avec ses tours et ses tourelles, dominant la mer et ceint de magnifiques jardins ornés de fontaines rappelant celles de Versailles.

Hetty Wantage admirait tout et le duc trouvait son enthousiasme assez attendrissant. De plus, le grand air avivait son teint rose et faisait briller ses cheveux blonds : vêtue de tartan, elle était ravissante.

Mais, trois jours après leur arrivée, Hetty avait pris le duc à part pour lui annoncer que lord Wantage commençait à faire des difficultés.

– Qu'entendez-vous par là ?

– Il est jaloux, Valerius. Je vous l'ai déjà dit. Depuis onze ans que nous sommes mariés, je n'ai jamais regardé quelqu'un d'autre et Bernard n'apprécie pas notre amitié.

– Soupçonne-t-il quelque chose ?

Hetty haussa les épaules. C'était une petite manie qu'elle avait prise à des Français et elle savait que ce geste mettait en valeur ses blanches épaules et son cou de cygne.

– Il faut nous montrer prudents, dit le duc avec fermeté.

– Oui, évidemment, il faut être très prudents, admit Hetty dont les grands yeux bleus parurent s'emplir de larmes... Oh ! Valerius. Je ne peux pas, je ne peux pas renoncer à vous !

– Il n'en est pas question, répliqua le duc de sa voix grave. Mais faisons en sorte de ne pas attirer l'attention sur nous et, pour l'amour de Dieu, soyez charmante, le plus possible, avec votre époux.

Il le savait d'expérience, beaucoup de femmes amoureuses d'un autre homme – et c'était là le danger – négligeaient leur mari et même leur manifestaient parfois de l'aversion.

Il aurait été idiot, ce qui n'était pas le cas, s'il n'avait compris que l'attrait qu'il exerçait sur les femmes tenait, pour une bonne part, dans le fait qu'il ne les estimait pas indispensables à sa vie.

Il avait beaucoup d'autres sujets pour s'occuper l'esprit et, contrairement à nombre de ses contemporains, ne consacrait pas ses pensées, son temps et son énergie, à la poursuite du sexe faible.

Tout en étant parfaitement conscient de son charme et de ses inconvénients, il n'avait nullement l'intention de se laisser reprendre au piège d'un mariage avec quelque jeune personne stupide qui avait envie de porter les diamants des Milverley.

Depuis la mort de sa femme, il avait eu de nombreuses liaisons discrètes, mais fort agréables, avec des femmes mariées aux maris aveugles ou complaisants.

Il ne lui était pas venu à l'idée que lord Wantage avait remarqué qu'il faisait la cour à la délicieuse Hetty ou même qu'il puisse en prendre ombrage.

Bernard Wantage était un personnage que le duc qualifiait « d'excentrique délibéré ». Il s'habillait de façon voyante et portait fièrement une énorme moustache qui faisait les délices des caricaturistes et avait rendu ses traits familiers à l'homme de la rue.

Il jouissait d'une grande popularité sur les champs de courses, non seulement parce que ses chevaux gagnaient mais parce que, aux yeux du public moyen, il représentait le sportif idéal.

Avec son chapeau haut de forme repoussé en arrière

et sa moustache célèbre, il attirait l'attention, où qu'il allât.

Il avait toujours un œillet jaune à la boutonnière; la casaque de ses jockeys était jaune et la livrée de ses domestiques ainsi que ses voitures étaient jaune et noir.

On l'avait surnommé « Wantage la guêpe » et le duc commençait à se demander si ce surnom était dû au seul fait que ses voitures ressemblaient à cet insecte à l'aiguillon si désagréable.

Bien qu'il fût plus jeune que le prince de Galles, le duc et lui étaient fort liés et Milverley n'avait nulle envie de causer un scandale qui aurait des retombées immédiates sur Marlborough House.

Pour le moment, tous ceux qui aimaient le Prince s'efforçaient de ne pas prêter le flanc à la critique et de faire oublier l'affaire Tranby Croft dont les journaux s'étaient emparés, qui avait tellement outré la reine Victoria et qui, comme elle l'avait écrit à son fils, « avait jeté le discrédit sur la monarchie tout entière ». Même les gens du peuple comprenaient que tricher « ça ne se faisait pas ».

Que sir William Gordon-Cumming ait osé intenter un procès en diffamation contre ceux qui l'avaient accusé de tricher au baccara – et le prince de Galles était l'un de ceux-là – avait suscité de tels commentaires que, quelle qu'ait été l'issue du procès, il resterait toujours des traces de la boue remuée pendant les audiences.

On avait expulsé sir William de l'armée et de tous ses clubs mais c'est surtout au prince de Galles que le pays avait montré son indignation.

– La presse a été particulièrement cruelle et sévère parce que l'on sait que je ne peux pas me défendre, avait dit le Prince au duc.

Celui-ci n'avait pu qu'exprimer le vœu que le temps apportât l'oubli.

Mais, vu les circonstances, il avait parfaitement conscience que, si lord Wantage décidait de se montrer désagréable, la situation serait très difficile.

Il ne ferma pas l'œil pendant que le train fonçait dans la nuit. Il savait très bien que, s'il était raisonnable, il préviendrait lady Wantage que le mieux pour eux serait de ne plus se voir, sauf en public. Du moins, en attendant que les soupçons de son mari s'apaisent.

A Dunrobin, ce dernier s'était montré amusant comme toujours. Il avait raconté ses habituelles histoires lestes après le dîner. Il avait fait un beau tableau de chasse, perdu aux cartes avec bonne grâce et s'était comporté, en tout, de façon exemplaire.

Très honnêtement, si le duc avait cru discerner une certaine froideur dans la façon dont Bernard Wantage lui parlait, peut-être n'était-ce que le fait de son imagination.

« Il faut que je renonce à elle », se disait-il. Mais il réagissait aussitôt. « Et pourquoi diable? Elle me plaît et elle croit qu'elle est amoureuse de moi. »

Ses grands yeux bleus à demi noyés de larmes avaient beaucoup d'attrait. Le duc aimait les femmes très féminines. Elles lui conféraient une impression de supériorité et de force.

A vrai dire, toutes ses maîtresses avaient été des femmes qui s'accrochaient à lui, lui disaient leur amour. Il l'acceptait comme un sultan acceptant tribut de l'une de ses concubines.

Il rendit grâce au ciel, en prenant congé du Prince et de ses amis à la gare de Saint-Pancras, de n'être pas profondément amoureux. Il s'était juré, après son aventure avec lady de Grey, que jamais plus il ne tomberait amoureux. Et il avait tenu parole.

Il pouvait se sentir séduit, attiré, même légèrement captivé mais, dans son subconscient, une partie de lui-même veillait, froide, calculatrice. Jamais plus, il ne serait un jeune homme vulnérable, malade d'amour, déambulant la nuit dans les rues parce qu'incapable de fermer l'œil.

Il se souvenait des heures interminables qu'il avait passées, devant certaine maison de Berkeley Square, à rendre un silencieux hommage à la femme qu'il aimait.

Il ne se rappelait qu'avec trop d'acuité le bonheur fou provoqué par un mot aimable, un sourire de deux lèvres rouges... ou bien l'enfer de cette dépendance totale.

Il serait navré de devoir renoncer à Hetty Wantage mais, si son mari se mettait en tête de leur créer des difficultés, ce serait la seule solution. Il prendrait une décision à la fin de la semaine, après leur venue à Vox.

Le Prince avait déclaré qu'il aimerait venir au château le lendemain pour y rester jusqu'au lundi, la princesse Alexandra revenant le mardi. Le duc savait évidemment qui on voulait le voir inviter, et lord et lady Brooke figuraient sur sa liste.

– Restons entre nous, jeudi soir, avait suggéré le Prince.

– Bonne idée, Monseigneur.

– Les autres pourront arriver vendredi et voudront sûrement tirer vos perdreaux samedi.

– Cela sera facile à arranger.

Il avait décidé de se rendre directement à Vox en arrivant à Londres plutôt que de passer la nuit à Milverley House, Grosvenor Square.

Malgré le court délai, on lui avait réservé un compartiment dans le train pour le Sussex. Son valet de chambre personnel, sans lequel il ne voyageait jamais, et trois serviteurs de sa maison occupaient une autre voiture.

Un secrétaire les avait également rejoints en apprenant que son maître ne séjournait pas à Londres et avait apporté toutes les lettres qui l'attendaient à Milverley House.

Le duc ne se donna pas la peine de jeter un coup d'œil sur la pile de journaux posés à côté de lui ou de goûter au repas présenté dans un panier orné de la couronne ducale et préparé en un temps record par son chef, à Londres.

Il contempla d'un air presque dégoûté le pâté, les cailles en gelée, les côtelettes d'agneau et les énormes pêches venues directement des serres de Vox.

Mais il se versa du champagne et, appuyé au dossier de la banquette, il regarda, sans le voir, le paysage défiler devant ses yeux.

Il songeait à la chaleur, à la douceur du corps de Hetty, à la façon impulsive dont elle lui jetait les bras autour du cou dès qu'ils étaient seuls. Son visage s'illuminait quand elle le voyait entrer dans son salon et ils avaient passé de nombreux après-midi seuls, pendant que lord Wantage était à son club, avant de partir pour l'Écosse.

Hetty n'était peut-être pas aussi belle que certaines des autres femmes auxquelles le duc avait accordé son attention. Mais il la trouvait fascinante et répugnait à l'idée de se priver d'une créature aussi agréable, d'autant que s'éloigner c'était, à ses yeux, se conduire en lâche.

– Bon Dieu, Wantage pourrait se montrer plus civilisé !

Il avait parlé tout haut. Les rôles eussent-ils été inversés qu'il n'aurait vu, quant à lui, aucune objection à ce que sa femme ait ses petites aventures, dans la mesure où elle les mènerait avec discrétion.

Le duc était si absorbé par ses pensées que le train atteignit l'arrêt du château de Vox avant qu'il ait regardé son courrier ou ses journaux.

Sa voiture, avec un cocher et deux valets de pied, l'attendait. Il laissa ses autres domestiques s'occuper de ses armes et de ses bagages ramenés d'Écosse et partit.

Comme toujours, la vue de Vox exerça sur lui un effet calmant. Son domaine était si beau, faisait tellement partie de lui qu'il ne pouvait y revenir sans éprouver une chaude impression de plaisir.

Les arbres commençaient à perdre leurs feuilles, les chênes étaient roux et le vent de la fin de septembre commençait à avoir un mordant très stimulant.

Le maître d'hôtel salua lord Milverley d'une profonde inclinaison du buste.

– Que Monsieur le duc soit le bienvenu !

– Dites que l'on selle Samson. Je vais me changer et faire un tour.

– Bien, monsieur le Duc.

Ce dernier se précipita au premier étage avec la fougue d'un jeune garçon s'apprêtant à partir en vacances. Il était soudain pénétré de l'envie folle de sentir le vent sur son visage, de tout oublier, à l'exception de Vox.

A son retour, il verrait miss Whitcham pour mettre au point avec elle les détails de la réception projetée, convoquerait son garde-chasse pour décider quel gibier offrir au fusil de ses invités, samedi.

En attendant, la seule perspective de monter Samson, un étalon acheté depuis peu, était un plaisir en soi.

A peine à cheval, le duc prit le galop et, à travers le parc, se dirigea vers les bois. Il y avait, au nord du domaine, des terres sur lesquelles il n'était pas allé depuis longtemps. Peut-être offriraient-elles une réserve plus riche en perdrix que celles, plus proches, où l'on tirait plus souvent.

Le meilleur moyen de s'en rendre compte était encore d'y aller voir. Un épais tapis de feuilles tombées et d'aiguilles de pin recouvrait la mousse des sentiers rarement fréquentés et l'on entendait à peine le bruit des pas de son cheval.

Le cavalier venait d'émerger du sous-bois et cheminait

à travers des broussailles quand un coup de feu claqua.

L'idée qu'il pouvait avoir affaire à des braconniers lui vint immédiatement à l'esprit et il pressa l'allure.

Puis, juste en face de lui, il vit un faisan s'élever au-dessus des buissons.

– Ne tirez pas ! cria une femme.

Mais un autre coup de feu partit et le duc vit le faisan vaciller en l'air.

– Je l'ai eu ! Je l'ai eu ! s'écria un enfant.

– Il est blessé ! dit la femme.

L'oiseau, visiblement atteint, s'éloignait lourdement quand une nouvelle détonation claqua.

Le duc ne put s'empêcher d'admirer la remarquable adresse du tireur. Atteint à la tête, le faisan tomba comme une pierre.

Il y eut un cri de joie.

– Il est mort ! Il est mort !

Émergeant des broussailles, le duc aperçut tout d'abord un enfant dans lequel il reconnut sa fille, courant à travers un champ labouré, sans doute pour ramasser l'oiseau.

Une femme, debout, un fusil à la main, la regardait. Milverley se tourna vers elle, furieux.

– Qui êtes-vous? demanda-t-il. Et qui diable vous a donné l'idée de tuer mes faisans hors saison?

Il avait crié, emporté par la colère. La femme se tourna vers lui et il rencontra le regard de deux très grands yeux verts.

L'espace de quelques secondes, il y lut une question : qui était-il? Puis l'expression changea et, à sa grande surprise, il vit l'hostilité y briller, pour ne pas dire l'antipathie pure.

Il y eut un instant de silence et, d'une voix musicale, avec une dignité à laquelle il ne s'attendait pas, l'inconnue répondit :

– Je suis la nouvelle gouvernante d'Aline, monsieur le duc. Mon nom est Mitton.

– La nouvelle gouvernante! Et vous estimez que le tir doit faire partie de l'instruction d'une fille?

– Il apprend la précision, la rapidité d'appréciation et l'équilibre.

Le duc était sur le point de répondre quand il remarqua que la gouvernante regardait Aline ramasser l'oiseau et revenir vers eux. La jeune fille se retourna vers le cavalier.

– Dites à Aline que c'était un beau coup! dit-elle, la voix pressante. Il est très important que vous lui en fassiez compliment.

Elle avait parlé avec une telle insistance que la surprise lui coupa un instant la parole. Jamais il ne se serait attendu à ce qu'une gouvernante lui dise comment agir, à plus forte raison avec une telle autorité.

– Je pense, miss...

Il n'acheva pas. Aline l'avait vu et arrivait en courant, sautant par-dessus les mottes de terre en tenant le faisan par les pattes.

– Je l'ai tué, papa! Je l'ai tué! Vous m'avez vue?

– Oui, je t'ai vue, répondit-il, mais d'une voix sèche.

Il remarqua soudain le petit fusil qu'elle portait sous le bras et qui avait été le sien au même âge.

Cela freina les paroles cinglantes qu'il destinait à miss Mitton et quand Aline, atteignant le flanc de son cheval, lui tendit l'oiseau abattu, les joues rouges, les yeux brillants, il éprouva du mal à être aussi sévère qu'il en avait eu l'intention.

– Il est mort, papa! Je l'ai tué!

– Avec un peu d'aide de ta compagne, remarqua son père, le ton froid.

– Il est difficile de tuer un faisan avec une arme d'aussi faible calibre, déclara miss Mitton.

– Je sais tirer, papa! J'ai déjà tué un pigeon et je crois avoir touché un lapin, mais on n'a pas pu le retrouver.

Comme elle parlait, l'un des aides-gardes-chasse sortit du bois avec son chien. Il portait, sur l'épaule, un bâton auquel pendait tout un assortiment de gibier. Il y avait une demi-douzaine de pigeons, deux pies, une corneille, un geai et trois lapins.

– Le garde-chasse nous a autorisées à exterminer la vermine, expliqua Marisa.

– Beau tableau, miss ! dit le duc, sarcastique.

– Le faisan, évidemment, était une erreur. Aline était un peu surexcitée, sans doute, car nous savons parfaitement toutes les deux que la saison n'ouvre que la semaine prochaine.

– Cela me soulage d'apprendre l'étendue de vos connaissances dans ce domaine, fit le duc, du même ton sarcastique.

– J'ai fait un beau coup, n'est-ce pas, papa? continua Aline, son oiseau toujours à la main, la tête levée, presque implorante, vers son père.

– Tu l'as touché, c'est un fait, répondit-il.

Puis il fit faire demi-tour à son cheval et rentra dans le bois par où il était venu.

Aline le suivit des yeux d'un air tellement perdu que Marisa dit vivement :

– Il a jugé que c'était un très beau coup, Aline.

– Il ne l'a pas dit, répondit la petite fille d'une voix qui tremblait.

– Je crois qu'il a été plutôt surpris de nous voir. Si vous aviez été un garçon, votre père aurait trouvé parfaitement normal que vous vous serviez d'un fusil, mais il est habitué à l'idée qu'une fille ne fait pas une chose pareille.

– Si j'avais été un garçon, il aurait dit que c'était un très beau coup.

– Certainement, car c'est la vérité ! Mais, Aline, il faut que vous compreniez que les hommes attendent des femmes qu'elles restent assises bien sagement toute la journée à faire de la broderie ou des aquarelles. Il faut, vous et moi, que nous amenions votre père à admettre que nous voulons faire autre chose.

La lueur vive était revenue dans les yeux de l'enfant.

– Pourra-t-on le lui faire comprendre? demanda-t-elle.

– Nous nous y efforcerons. A présent, donnez votre faisan à Scott. Il faut retrouver la voiture et retourner au château. Je ne savais pas que votre père arrivait aujourd'hui.

Elle se demanda, pendant le trajet du retour, si le duc interdirait à sa fille de tirer de nouveau.

Elle espérait le persuader de n'en rien faire. Cependant, la colère de son ton et la sévérité de son visage lui faisaient mal augurer de l'avenir. Elle avait su qu'elle le détesterait en le voyant. Malgré la beauté et l'aspect paisible de Vox, elle sentait sa présence comme une menace tangible.

Mais elle avait cru savoir à quoi il ressemblait. Le voir, en chair et en os, l'avait surprise. Elle ne s'était pas attendue à ce qu'il soit aussi grand, aussi impressionnant. Il représentait la puissance, songeait-elle. On pouvait s'imaginer Alexandre le Grand sous ses traits ou Hannibal faisant franchir les Alpes à ses éléphants.

Elle avait senti, au premier coup d'œil, que c'était un lutteur, un chef, un homme qui ne se bornerait pas à des expédients, qui n'accepterait le jugement de la raison qu'à la condition qu'elle lui convienne.

Au fond, se dit-elle, le duc était encore pire que ce à quoi elle s'était attendue. Elle eut soudain terriblement peur qu'il détruise tout le bien qu'elle avait fait à Aline depuis sa venue à Vox.

Elle était au château depuis trois semaines et elle avait procédé à de tels changements qu'il était stupide de ne pas admettre qu'ils puissent déplaire au duc. Marisa avait été stupéfaite de constater à quel point Aline menait une existence malheureuse, bornée. Tout d'abord, elle ne prenait pratiquement jamais d'exercice.

Sa gouvernante précédente détestait la marche. Trois fois par semaine, on emmenait l'enfant faire une promenade sur un poney gras et paresseux mené à la longe.

Le reste du temps, elle se morfondait dans son appartement sans rien pour l'encourager à se servir de son cerveau ou de son imagination, sans personne pour s'occuper réellement d'elle, sauf pour lui apporter des repas mal équilibrés et lui répéter sans cesse de se tenir convenablement.

La cuisine était bien faite, mais selon la conception qu'avait le chef de l'alimentation propre aux enfants. Beaucoup de puddings indigestes, trop de pain blanc, de beurre, de gâteaux très sucrés. Très peu de fruits, malgré les pêches et le raisin dont regorgeaient les serres, et des légumes verts en quantité insuffisante.

Le fait qu'Aline eût des boutons sur le visage prouvait que sa nourriture ne lui convenait pas. Marisa demanda à établir les menus avec le chef et miss Whitcham, après avoir fait remarquer que cela ne s'était jamais fait, avait cédé d'assez bonne grâce.

Comme elle aimait beaucoup l'équitation, elle avait tenu à ce qu'Aline montât à cheval au moins deux heures chaque matin. Tous les après-midi, elles faisaient de longues promenades à pied. Elles exploraient les bois et, comme elle l'avait promis à l'enfant, elles y faisaient des découvertes de toutes sortes.

Marisa avait été horrifiée de constater qu'aucune de ses gouvernantes ne s'était donné la peine de montrer à Aline la différence entre un chêne et un frêne. Pas plus qu'on ne lui avait appris à reconnaître les plantes potagères les plus simples et leur usage. Aucune gouvernante n'avait creusé avec son élève dans un banc de sable qu'elles avaient découvert sous les pins, derrière un massif.

C'est là qu'elles avaient enterré, discrètement, la poupée mutilée, cadeau de lady Wantage. La petite fille avait beaucoup goûté le secret de l'opération et la joie de faire un trou assez profond pour dissimuler le jouet.

Marisa voyait avec ravissement les couleurs revenir aux joues de l'enfant et constatait qu'elle boudait beaucoup plus rarement.

Elle gagnait sa confiance et, de ce fait, il devenait plus facile de la manier. Quand elle piquait une crise de rage, ce qu'elle faisait quand on ne lui cédait pas, Marisa quittait la pièce.

Dix minutes plus tard, Aline venait frapper à sa porte pour demander pardon. Une fois où elle avait été particulièrement désagréable, Marisa était sortie faire un tour dans le jardin. Il se passa une demi-heure avant qu'elle sentît une petite main chaude se glisser dans la sienne et qu'elle entendît une petite voix terrifiée lui dire :

– Je ne pouvais pas arriver à vous trouver... J'ai eu peur que vous soyez partie !

– Je me demande ce que vous avez fait à cette enfant, avait remarqué miss Whitcham. Mais elle n'est plus du tout ce qu'elle était. Vous opérez vraiment des miracles, miss Mitton.

– Nullement, je me contente de faire preuve d'un peu de bon sens, avait répondu Marisa.

Elle était, en fait, profondément indignée de la façon dont on avait laissé Aline grandir sans règles précises et sans affection. Elle en blâmait le duc.

De retour au château, elles prirent le thé. Aline avait droit à un œuf à la coque. Il y avait des sandwiches à la tomate faits avec du pain bis cuit sur place et de la salade de cresson, ainsi qu'une grande coupe pleine de fruits.

– Croyez-vous que papa voudra me voir ? demanda la petite fille.

– Peut-être sera-t-il trop occupé ce soir, répondit Marisa qui serra les lèvres quand elle vit la déception assombrir les yeux de l'enfant.

Nounou, ronchonnant et aussi désagréable qu'elle l'osait avec Marisa, avait couché Aline avant qu'un valet de pied vînt frapper à la porte de la salle d'études.

– M. le duc voudrait parler à Mademoiselle. Il l'attend dans son bureau.

En l'entendant, Marisa comprit qu'elle s'était attendue à cette convocation. L'espace d'un instant, elle eut peur. A califourchon sur son grand étalon noir, le duc lui avait paru majestueux et un peu effrayant.

Mais elle releva le menton. Personne ne lui faisait peur. Après tout, qu'avait-elle à craindre? Au pis, qu'il la congédiât. De toute façon, elle n'avait pas l'intention de séjourner longtemps au château.

Mais ce serait ennuyeux qu'il la renvoyât aussi vite, car elle avait été si occupée par Aline qu'elle avait eu très peu de temps pour penser à son livre.

Elle s'était rendue presque chaque soir dans la bibliothèque, son dîner avec miss Whitcham terminé, mais le choix était tel et si tentant dans le seul domaine littéraire, qu'au lieu de se livrer aux recherches nécessaires à son propre ouvrage, elle s'était plongée dans les dernières éditions d'œuvres dont elle avait entendu parler mais qu'elle n'avait jamais eu l'occasion de lire.

Elle s'approcha du bureau où elle avait appris que le duc aimait se tenir, la tête haute, mais consciente que, tant pour le bien d'Aline que pour le sien, il ne lui fallait pas se montrer trop provocante.

La pièce donnait sur le lac et le soleil déclinant derrière les sapins l'illuminait de telle façon que le duc, se détachant de la fenêtre pour se rapprocher de Marisa, lui parut entouré d'un halo de feu.

Elle s'était arrêtée sur le seuil, la porte refermée. Ses cheveux étaient d'un roux flamboyant contre le panneau de bois sombre et faisaient oublier la sévérité de la robe vert foncé qu'elle avait choisie à cause de son col et de ses poignets blancs qui lui conféraient un petit air puritain. Lady Berrington l'avait achetée avec des flots de dentelle que Marisa avait ôtés, les jugeant trop ostentatoires pour une simple gouvernante. Cependant, elle ne pouvait empêcher sa couleur d'accentuer la blancheur de sa peau ou cacher le fait que ses yeux verts brillaient de colère, mais aussi un peu d'inquiétude.

– Entrez, miss, dit le duc. Je voudrais vous parler.

Il s'assit dans le fauteuil à haut dossier derrière son bureau et lui indiqua une chaise, en face.

Il était d'une extrême élégance, mais sans recherche exagérée. Ses vêtements, remarquablement coupés, semblaient pourtant n'être pour lui que des accessoires sans importance particulière. Cependant, Marisa trouva quelque chose d'arrogant à sa façon de s'adosser à son siège et ses yeux gris semblaient enregistrer chaque détail de la toilette de la jeune fille.

Elle eut l'impression qu'il la fouillait jusqu'au fond de l'âme comme s'il cherchait quelque chose... Mais quoi, elle l'ignorait. Peut-être sentait-il qu'elle n'était pas celle qu'elle prétendait être. Impossible, c'était une idée ridicule ! Le duc n'était qu'un dilettante, un homme sans scrupule ni morale qui n'avait d'autre but dans la vie que coucher avec les femmes des autres et négliger sa fille.

Pourtant, Marisa devait admettre qu'il était extrêmement beau malgré le pli cynique de sa bouche et sa façon indolente de fermer à demi les paupières.

De plus, le seul fait qu'elle le détestât la rendait terriblement consciente de sa personnalité. Elle s'en voulait furieusement d'être si émue par sa seule présence. Et, en dépit de sa résolution de paraître indifférente à tout ce qu'il pourrait dire, son cœur battait beaucoup plus fort qu'à l'accoutumée.

Un silence s'établit qui lui fit redresser le menton. Enfin, le duc parla :

– Miss Mitton, j'aimerais avoir votre avis sur ma fille. Les autres gouvernantes que j'ai employées m'ont toujours parlé de son intelligence en termes peu flatteurs. Est-elle stupide ?

– Tout au contraire. Je trouve qu'Aline a l'esprit très vif, répondit Marisa. Elle a une mémoire sûre et une imagination qu'on ne l'a jamais encouragée à exercer. Mais c'est, à mon avis, l'une des enfants les plus négligées que j'aie jamais rencontrées.

– Négligée !

Si Marisa avait eu l'intention de surprendre le duc, elle y était parvenue. Il se raidit sur son siège et lui adressa un regard brillant :

– Qu'entendez-vous par « négligée »? Vous n'allez pas me dire qu'il n'y a pas assez de monde pour s'occuper d'elle ?

– Il y a sa vieille nourrice, qui est beaucoup trop âgée pour veiller sur des enfants et qui devrait avoir pris sa retraite depuis longtemps. Elle est déterminée à ce que personne d'autre qu'elle n'ait d'influence sur Aline. Elle la rend agressive et lui bourre le crâne d'un tas d'histoires stupides. Tant que nounou restera avec Aline, une gouvernante aura très peu de chances de succès.

Marisa laissa à ses paroles le temps de faire leur chemin avant de poursuivre :

– ... Les autres personnes qui s'occupent d'elle sont évidemment des domestiques. Ils bavardent et racontent des histoires en sa présence comme si elle n'était pas là. C'est une habitude qui n'est pas réservée aux domestiques, monsieur le duc doit le savoir.

– Vous ne manquez certainement pas de franchise, miss Mitton. Puis-je vous demander de quelle façon vous vous proposez d'améliorer le sort d'Aline ?

– J'avais l'intention de vous demander, dès votre retour, s'il n'y avait pas d'autres enfants de son âge sur le domaine. Pouvez-vous vous imaginer ce que peut être pour une petite fille de l'âge d'Aline que de n'avoir personne avec qui jouer et rire? (A nouveau, elle s'interrompit avant de poursuivre.) Au fond, elle a été élevée de la même façon que le prince de Galles auquel on n'a jamais accordé la présence de garçons de son âge. Quand d'autres enfants venaient goûter avec lui, la Reine et le Prince consort étaient toujours là.

– Au moins, je ne commets pas la même erreur, remarqua le duc.

– Et pourtant, c'est la seule chose qui aiderait Aline, répondit Marisa.

Son interlocuteur l'interrompit aussitôt :

– J'ai su par miss Whitcham qu'Aline avait détruit une poupée fort coûteuse que lui avait donnée une de mes amies. J'ai l'intention de lui en parler, mais peut-être l'avez-vous déjà punie comme elle le méritait.

– Non. Je ne l'ai pas punie, répondit Marisa, mais nous avons enterré le corps du délit.

– Enterré ! s'écria le duc.

L'espace d'une seconde elle crut voir une étincelle dans son regard :

– Mais à quoi attribuez-vous une telle conduite de sa part?

– Au fait qu'elle est jalouse.

– Jalouse? Mais c'est absurde !

– Le croyez-vous réellement? Au fond, c'est parfaitement compréhensible. Ne voyant personne à l'exception des domestiques, tout son intérêt est centré sur vous. Les petites filles, c'est bien connu, adorent leur père. J'adorais le mien. Mais, avec Aline, cela tourne à l'obsession. De ce fait, et c'est facile à comprendre, elle déteste tous ceux qui retiennent votre attention ou qui, croit-elle, cherchent à le faire.

Le duc se leva, traversa la pièce en direction de la fenêtre :

– J'ai du mal à admettre que ce que vous me dites est exact.

– Je vous en prie, essayez de me croire. Si seulement vous vouliez être un peu gentil avec Aline, si vous acceptiez de l'encourager et de la laisser vous témoigner un peu d'affection, je vous assure qu'elle deviendrait une petite fille parfaitement normale et charmante.

Le duc ne répondit pas et resta à regarder le soleil couchant.

– Vous m'avez indiscutablement fourni un sujet de réflexion, dit-il au bout de quelques minutes. En attendant, avez-vous l'intention de continuer à apprendre à tirer à ma fille ? J'aurais pensé qu'elle était beaucoup trop jeune.

– Vous avez appris au même âge.

– J'étais un garçon.

– Vous étiez aussi un enfant, répliqua la jeune fille, vous aviez envie de l'intérêt, de l'excitation, de l'exercice que cela implique.

– Ce n'est pas une occupation particulièrement féminine.

– Aline n'est pas le genre de petite fille à s'intéresser à des travaux d'aiguilles ou à faire de jolies aquarelles, répondit Marisa, la voix dure. D'autre part, je n'ai jamais été convaincue que cela ajoute à la gentillesse ou au charme d'une femme.

Le duc se détacha de la fenêtre.

– Je commence à craindre, miss Mitton, que vous soyez l'une de ces femmes modernes dont parlent les journaux. Avec toutes ces idées étranges et révolutionnaires que vous introduisez dans la salle d'études, je ne puis qu'espérer que vos opinions politiques ne soient pas aussi explosives.

– Je ferai en sorte de ne pas faire figurer mes opinions politiques au programme scolaire d'Aline, répondit Marisa d'un ton posé.

– J'en conclus qu'elles ne sont pas les mêmes que les miennes, dit le duc.

Le silence tomba et lord Milverley regagna son siège, derrière son bureau :

– Très franchement, permettez-moi de vous dire que vos idées me surprennent. Mais miss Whitcham m'a raconté les progrès étonnants qu'Aline a faits depuis votre arrivée. Bien sûr, je vous en suis très reconnaissant. Me donnez-vous le temps de réfléchir à ce que vous m'avez dit au sujet d'autres enfants à élever avec elle? Peut-être pourrons-nous en reparler avant mon départ pour Londres, la semaine prochaine.

Marisa se leva :

– Je vous remercie, monsieur le duc. J'attendrai avec impatience que vous me donniez votre avis.

Le duc s'était levé. Au moment où la jeune fille se tournait vers la porte, il lui adressa à nouveau la parole et son ton avait changé :

– Qui êtes-vous? D'où venez-vous?

– J'ai été recommandée par lady Berrington, monsieur le duc. Elle me connaît depuis des années.

– Et vous habitez?

– Le Hertfordshire.

– Vos parents sont vivants?

– Non, monsieur le duc, ils sont morts, tous les deux.

– C'est pour cela qu'il vous faut gagner votre vie. Vous ne ressemblez pas à une gouvernante habituelle, miss Mitton.

– C'est évidemment un handicap sérieux.

– Je suis, quant à moi, d'avis que la plupart des gens doivent penser que la nature a été très généreuse avec vous, répondit-il avec gravité.

Un éclair de malice passa dans l'œil de la jeune fille :

– On m'a prévenue qu'au contraire cela pourrait être pour moi un grand désavantage si j'étais interrogée par la maîtresse de maison.

– Peut-être a-t-il mieux valu que je ne sois pas là quand vous êtes arrivée.

– Monsieur le duc veut-il me faire comprendre qu'il ne m'aurait pas autorisée à faire partie de sa maison?

– Absolument pas! Je suis seulement surpris qu'une jeune fille aussi jolie que vous l'êtes ne puisse trouver une situation lui convenant mieux.

– Je vous assure, monsieur le duc, que celle-ci me convient parfaitement. Il y a tant de beauté ici, et tant à apprendre, que rien qu'à regarder autour de moi, j'en ai le souffle coupé. (Elle eut un petit mouvement de la main avant de poursuivre :) Vous rendez-vous compte que personne n'a jamais essayé de raconter à Aline l'histoire de son héritage ou de lui expliquer ce que signifient ces livres, ces meubles, tous les objets de cette pièce?

– Je m'étonne que vous en sachiez tant. Comment avez-vous pu trouver le temps d'étudier tout cela à un âge si tendre?

– Je continue d'apprendre.

– Moi aussi, répondit-il. Peut-être est-il des matières que nous pourrons nous enseigner réciproquement.

Il avait parlé d'un ton neutre, mais, en levant les yeux, Marisa fut surprise par l'expression des siens. Ce fut un peu comme s'ils s'immobilisaient et le monde avec eux. Comme s'ils se rencontraient, non pas pour la première fois, mais par-delà l'éternité. Puis, dans le halo lumineux de ses cheveux baignés par le couchant, Marisa baissa les yeux et ses cils noirs tranchèrent sur la blancheur de sa peau.

– Je remercie Monsieur le duc d'avoir bien voulu m'écouter, dit-elle d'une voix presque inaudible.

Puis elle se dirigea vers la porte, l'ouvrit et sortit.

4

– ... Puis, il y a eu la marquise de Paddington, continua miss Whitcham. Elle était jolie et aimait beaucoup la chasse. Elle a laissé ses chevaux ici tout un hiver. Nous l'aimions tous beaucoup et elle adorait littéralement la trace des pas de M. le duc.

Marisa avait voulu se renseigner sur les diverses liaisons de son hôte, mais, à présent, sans se l'expliquer, elle éprouvait une curieuse gêne à fouiller son passé. Il y avait quelque chose d'un peu écœurant à écouter la secrétaire se délecter du récit de ses amours et la jeune fille ne pouvait s'empêcher de se demander comment cette commère invétérée avait fait pour conserver sa situation.

Miss Whitcham écoutait tous les ragots des domestiques et emmagasinait dans son esprit le moindre détail des indiscrétions recueillies. C'était évidemment le dérivatif classique du complexe de frustration de la vieille fille, se dit Marisa en se demandant si, un jour, elle ferait de même, si son avenir consisterait à vivre, par personne interposée, les aventures amoureuses des autres plutôt que d'en avoir elle-même. Non, elle était seulement un peu déprimée parce que le duc avait clairement fait comprendre qu'il désapprouvait ses méthodes avec Aline.

Elle le sentait, tôt ou tard, il l'empêcherait de faire tout ce qu'elle projetait pour l'enfant. Et peut-être même la renverrait-il.

Il y avait, en lui, quelque chose d'impitoyable, et aucun scrupule ne le freinerait s'il décidait de repousser quelqu'un se dressant sur son chemin ou s'opposant trop délibérément à lui.

– Je ne veux pas partir maintenant, dit tout haut la jeune fille.

Elle aurait beaucoup de mal à se passer du plaisir immense que lui donnait la bibliothèque, de la joie de monter les merveilleux chevaux du duc et de ne plus se sentir entourée par tant de beauté, de trésors.

Et, si elle était honnête, il y avait plus que cela encore. Malgré toutes ses résolutions, elle s'était attachée à Aline. L'enfant comptait pour elle beaucoup plus qu'elle n'osait l'admettre. Cela avait été un peu comme voir croître une plante que de constater qu'Aline pouvait fleurir, se développer grâce à des soins judicieux.

– Ne me donnerez-vous donc jamais aucune leçon? avait demandé Aline à la jeune fille, une semaine après son arrivée au château.

Marisa avait souri :

– Nous avons eu une longue leçon d'histoire ce matin quand nous avons parlé de ce beau tableau du duc de Wellington, dans le salon bleu.

Elle avait attendu quelques secondes, le temps que l'enfant saisisse la portée de ses paroles, avant de continuer :

– Et puis, vous vous souvenez, nous avons regardé la carte de Belgique dans la bibliothèque, et vu où avait eu lieu la bataille de Waterloo. Nous en avons trouvé l'illustration et aussi un dessin du bal donné à Bruxelles la veille de la grande bataille. C'était une leçon d'histoire et de géographie, ensemble.

– Vraiment? avait dit Aline, incrédule. Mais ça n'a pas été une vraie leçon. Ça m'a amusée.

– J'espère que toutes les leçons que je vous donnerai vous amuseront. Parce que je ne sais pas enseigner autrement.

– Mais c'est merveilleux! Merveilleux! s'était écriée la petite fille qui, saisissant Marisa à pleins bras, par la taille, l'avait serrée contre elle. C'est si agréable d'être avec vous !

Et Marisa avait senti sa gorge se contracter brusquement. Non, elle ne souhaitait pas quitter le château à présent. Elle détestait le duc, mais elle aimait ce qu'il possédait.

– Dites-moi, qui y aura-t-il comme invités ? demanda-t-elle à miss Whitcham pour tenter de la distraire de son récit des amours ducales.

– Inutile de vous dire que lord et lady Brooke en font partie, répondit-elle, avec un sourire. Le Prince n'ira nulle part, à moins que lady Brooke ne soit invitée. Il paraît qu'il n'a jamais été aussi amoureux qu'en ce moment.

– Cela paraît extraordinaire, remarqua Marisa, si l'on songe que Son Altesse Royale aura cinquante ans cette année.

– Et lady Brooke en a trente et un. Mais qu'est-ce que l'âge a à voir avec ça ? En dehors du fait que Son Altesse Royale plaît beaucoup aux femmes, lady Brooke profite de tous les avantages qu'il y a à être introduite à la Cour. (Elle eut un sourire entendu.) Je me suis laissé dire que, pendant la saison des courses, elle a voyagé avec le Prince, dans son train spécial et, bien sûr, elle a sa place dans la loge royale. Cela présente beaucoup d'agréments d'être, sinon l'épouse de Son Altesse Royale, mais au moins la reine de son cœur.

– Y aura-t-il beaucoup de monde ? demanda Marisa.

– Ce soir, nous serons quatorze. J'ai la liste des noms, ici. Demain, pour le déjeuner, nous serons vingt, trente pour le dîner et à peu près autant, dimanche.

– C'est un énorme travail, pour vous !

La secrétaire se rengorgea :

– Il y a si longtemps que j'en ai l'habitude. Évidemment, la présence du Prince change beaucoup de choses. Il faut prévoir l'installation d'un service postal et consacrer toute une aile, à l'office et dans les communs, pour sa suite.

– Amène-t-il beaucoup de domestiques avec lui?

– Deux valets, répondit miss Whitcham. Son valet de pied personnel qui porte la livrée royale, qui se tient derrière son siège, à table, et le sert. Deux chargeurs, pour ses fusils, si l'on chasse. Un gentilhomme de service et un ou deux écuyers. Si la Princesse accompagne Son Altesse Royale, le nombre s'élève à environ vingt-cinq.

– Dieu du ciel, mais c'est une véritable armée!

– Le Prince est l'héritier du trône, ma chère.

Marisa avait déjà appris que lord et lady Wantage figuraient parmi les invités, et elle espérait pouvoir le laisser ignorer à Aline.

Mais, malheureusement, miss Whitcham entra dans la salle d'études, le lendemain matin, au moment où Marisa et l'enfant prenaient leur petit déjeuner :

– J'ai oublié de vous dire, miss, que d'habitude, quand il y a du monde, Aline descend dans le salon à 5 heures, pendant que l'on prend le thé. Il vous faudra l'accompagner, bien sûr, et attendre discrètement au fond de la pièce qu'il soit temps de la faire remonter.

– Ne pourrai-je l'y laisser? demanda vivement la jeune fille.

– Non, certainement pas! répondit l'autre, choquée. Une gouvernante attend toujours.

Elle se tourna pour quitter la pièce, puis se ravisa et, d'une voix dont Marisa jugea la sévérité absolument inutile, s'adressa à Aline :

– Lady Wantage sera là, Aline. J'espère que si elle demande des nouvelles de la belle poupée qu'elle vous a donnée, vous ne lui direz pas la façon honteuse dont vous l'avez cassée. Elle serait, j'en suis sûre, profondément blessée d'apprendre la si vilaine façon dont vous avez réagi à sa gentillesse.

Aline posa son couteau et sa fourchette et fronça ses sourcils qui se rejoignirent au-dessus de son petit nez.

– Je lui dirai la vérité, répliqua-t-elle avec insolence. Je lui dirai ce que j'ai fait de son imbécile de poupée. Je suis trop vieille pour avoir des poupées... c'est miss Mitton qui me l'a dit.

– Cela suffit, Aline, intervint Marisa d'une voix calme. Nous discuterons de cela plus tard... quand nous serons seules.

Elle avait parlé en regardant la secrétaire qui comprit, mais qui crut devoir ajouter à l'intention d'Aline :

– Vous feriez bien de vous tenir convenablement, ou votre père saura vous punir.

A peine eut-elle quitté la pièce qu'Aline se leva d'un bond.

– Je déteste lady Wantage ! dit-elle. Je ne veux pas de ses cadeaux. Si elle m'en apporte d'autres, je les lui jetterai à la figure.

Marisa savait d'expérience qu'il était inutile de discuter avec elle quand elle était dans cet état.

– Si nous ne nous pressons pas, dit-elle en se levant à son tour, les chevaux vont nous attendre. J'ai prévu une longue promenade, aujourd'hui. Dépêchez-vous d'aller mettre vos bottes.

Elle sortit de la pièce avant qu'Aline ait pu ajouter quelque chose et, quand elles furent prêtes toutes les deux, elle entraîna vivement la petite fille au rez-de-chaussée et vers les écuries, par une porte latérale.

Aline boudait encore, le front plissé, mais Marisa n'en tint pas compte.

L'exercice et l'air frais étaient le meilleur remède à la mauvaise humeur et, après un quart d'heure de galop, Aline avait retrouvé son sourire.

Elles prirent une direction différente de celles qu'elles empruntaient d'habitude car Marisa souhaitait tenir Aline éloignée de la maison toute la matinée.

Elle avait compté trouver une occasion plus tard dans la journée pour apprendre à l'enfant que son père avait invité lord et lady Wantage. Mais, à présent que miss Whitcham avait mangé le morceau, elle ne pouvait qu'espérer que la fatigue rendrait l'enfant moins agressive.

Elles chevauchaient depuis plus d'une heure et le paysage changeait, devenait plus escarpé. Soudain un très vilain spectacle s'offrit à leurs yeux.

Le flanc de la colline était foré un peu partout, des tas de scories s'amoncelaient, des machines couvertes de rouille bordaient d'énormes excavations hérissées de poutres de soutènement.

– Qu'est-ce donc que cela? demanda Marisa, très surprise.

C'était terriblement incongru au sein du paradis de verdure que représentait le reste du domaine.

– C'est la vieille mine de fer, répondit Aline.

– Mais c'est intéressant! s'écria la jeune fille. Je savais qu'il y avait beaucoup de petites mines de fer dans le Sussex, au début du siècle, mais je n'en avais jamais vu et je les croyais toutes épuisées.

– Celle-là l'est, expliqua Aline. Ils sont partis maintenant s'installer pas très loin d'ici. J'ai entendu miss Whitcham et nounou parler des gens qui travaillent dans les mines. Ils sont vulgaires et grossiers. En principe, je n'ai pas le droit de venir par ici.

– Pourquoi ne pas me l'avoir dit? Quoique je ne voie pas quel mal il y a à cela.

– Moi non plus. Mais nounou est une vieille maniaque et, pour miss Whitcham, on est vulgaire si on n'est pas un ami du prince de Galles.

Marisa ne put s'empêcher de rire :

– Le monde est plein de gens snobs. Puisque nous sommes là, allons jeter un coup d'œil à la nouvelle mine.

Elles trottèrent pendant un kilomètre à peu près;

puis, arrivées au sommet d'une pente légère, elles virent au-dessous d'elles des voitures chargées de barres de fer, garées devant des ouvertures noires creusées dans la colline.

Il y avait aussi un très volumineux tas de scories et un autre de charbon à côté d'une chaudière d'apparence très primitive. Beaucoup d'hommes, inactifs à première vue, se tenaient debout, ou assis, parmi les débris.

Un hameau se dressait à quelques centaines de mètres. Les maisons semblaient misérables. Certaines d'entre elles étaient à peine plus que des cabanes. Les toits, crevés, étaient réparés avec des morceaux de planches et la plupart des fenêtres avaient les carreaux cassés.

– Cela appartient-il à votre père? demanda la jeune fille à l'enfant.

– Bien sûr. Il possède tout sur des kilomètres et des kilomètres.

– Ce n'est pas un endroit très attirant, remarqua Marisa presque pour elle-même.

– Nounou dit que les gens comme ça ne sont pas mieux que des animaux.

– Ce sont quand même des êtres humains, dit doucement Marisa. Ils ont des enfants auxquels il faut donner à manger, des enfants qu'ils aiment, qui pleurent quand ils sont malheureux et qui ont très peu de jouets et aucune des belles choses que vous avez, Aline. Je crois que nous avons trouvé où envoyer tous vos jouets.

– Vous avez dit que je pourrai les donner moi-même.

Marisa hésita :

– Il faudra que je demande si c'est possible. Votre père ne vous permettra peut-être pas d'aller jusqu'au village de ces mineurs.

– Je veux donner mes poupées à une petite fille

pauvre, répliqua Aline. Je veux voir si cela lui fait plaisir.

– Nous y réfléchirons.

Elle était sur le point de faire demi-tour lorsque trois des hommes gravirent la colline. A la vue de Marisa et d'Aline à cheval, ils les regardèrent avec une curiosité évidente. Ils avaient les traits rudes, un mouchoir noué autour du cou, une casquette décolorée sur leurs cheveux en broussaille. Ils fumaient de courtes pipes en terre.

Ils passèrent très près des chevaux et Marisa, ayant toujours vécu à la campagne, savait qu'il était d'usage de saluer quelqu'un que l'on rencontre par hasard.

– Bonjour, dit-elle.

Les hommes parurent surpris qu'elle leur parle, puis l'un d'eux, le plus âgé, toucha sa visière d'un geste respectueux.

– Bonjour, milady. Belle journée !

– En effet, répondit Marisa.

Un autre, plus jeune, regardait Aline :

– C'est-y pas la petite au duc ?

Aline réagit avant que Marisa ait pu répondre.

– Mon papa est le duc !

L'homme sourit, du coin de la bouche, et cracha :

– C'est c'qu'on pense !

Les mineurs s'éloignèrent là-dessus, et Marisa fit faire demi-tour à son cheval pour regagner la vallée.

En terrain plat, elle se retourna et aperçut les hommes, silhouettés contre le ciel et qui les regardaient.

– Ils ont l'air brutaux car ils sont forcés de travailler dans des conditions sales et pénibles, expliqua la jeune fille à l'enfant. Qu'ils creusent pour chercher du fer, du charbon ou de l'ardoise, la poussière leur entre dans les yeux et les narines, se colle à leur peau et à leurs cheveux. Le fer est l'un des métaux les plus anciens que l'on connaisse. On a trouvé, dans une pyramide, en Égypte, une feuille de fer qui avait au moins 5 000 ans.

Elle continua de raconter à Aline comment les premiers Anglais se servaient de barres de fer comme monnaie et que les magnifiques grilles de Vox étaient faites de fer forgé.

Aline était fort intéressée, comme toujours, car Marisa enseignait comme on raconte une histoire.

Elles arrivèrent au château, juste à temps pour le déjeuner. Le repas terminé, Aline fit une sieste et Marisa remonta dans sa chambre.

Elle était assise et lisait un livre particulièrement intéressant quand elle entendit une voiture s'approcher et s'arrêter devant la porte.

Poussée par la curiosité, elle se leva et, à sa grande surprise, vit une femme habillée à la dernière mode descendre d'un coupé attelé à deux.

Il semblait invraisemblable qu'un des invités arrivât aussi tôt, l'usage voulant qu'ils ne paraissent pas avant 5 ou 6 heures. Cela laissait aux domestiques le temps de défaire les bagages avant le dîner et n'obligeait pas l'hôte ou l'hôtesse à des devoirs supplémentaires avant l'heure prévue pour la réception.

Le fait de se poser des questions ne l'aidant pas à deviner l'identité de la nouvelle arrivée, Marisa s'était assise de nouveau quand miss Whitcham entra dans la pièce.

– Est-ce que je vous dérange, miss Mitton? demanda-t-elle.

Au premier coup d'œil, Marisa comprit qu'elle avait besoin de parler à quelqu'un. Au cours des dernières semaines, elle avait pris l'habitude de lui servir de confidente à chaque menace de crise. Miss Whitcham trouvait évidemment en elle une compagne plus intelligente que la vieille nourrice et elle était la seule personne, au château, avec laquelle elle se sentait sur un pied d'égalité.

– Que se passe-t-il? demanda Marisa, sachant qu'il avait dû se produire quelque chose de sensationnel pour la pousser à monter jusqu'à sa chambre.

– Jamais vous ne le croirez! Mais lady Wantage vient d'arriver! Et seule!

– Seule! répéta Marisa.

– J'ai entendu dire, et de bonne source, dit miss Whitcham en baissant le ton, que lord Wantage s'était montré assez désagréable avec le duc, pendant leur séjour en Écosse. Aussi pourquoi les jetterait-il délibérément dans les bras l'un de l'autre?

Marisa ne demanda pas à son interlocutrice de qui elle tenait ce genre de renseignement. Elle savait parfaitement que l'un des valets du duc était à sa dévotion.

– Mais cela va bousculer votre plan de table?

– Évidemment! Mais, heureusement, le duc m'a prévenue que lord Frederick Farrington séjourne en ce moment à une dizaine de kilomètres d'ici. Nous avons expédié un messager lui demandant de venir dîner et passer la nuit.

– Vous ne voudriez pas qu'ils soient treize à table? demanda Marisa avec un sourire.

Miss Whitcham poussa presque un cri:

– Il ne pourrait en être question! Jamais, jamais le Prince n'accepterait. Son Altesse Royale est très superstitieuse.

– Vraiment? Cela me paraît un peu enfantin.

– Oh! mais quand le Prince séjourne ici, je donne des ordres précis afin que l'on ne retourne pas les matelas le vendredi. Et, à l'office, on prend bien garde à la façon dont on place les couteaux. Ne jamais les croiser, surtout.

Marisa se mit à rire.

– Je parle sérieusement, affirma la secrétaire. Le Prince a des idées très arrêtées sur certains sujets. On m'a dit que, un soir où l'on donnait un dîner en son honneur, le quatorzième invité étant en retard, il a refusé de quitter le salon.

Marisa éclata à nouveau de rire :

– J'aime mieux être à ma place qu'à la vôtre.

– Je changerais bien avec vous, en ce moment. Mais vous rendez-vous compte de l'audace de lady Wantage arrivant avec trois heures d'avance? Évidemment, cela fait parler tout le monde, au château. Et si les autres invités l'apprennent, on se posera des questions, je puis vous l'assurer.

– Le duc sait-il qu'elle est là?

– Heureusement, il n'était pas sorti. Il était dans son bureau. A peine la porte refermée, il a dû l'accueillir à bras ouverts et ils ont eu un bon moment, seuls, tous les deux. (Miss Whitcham, à cette évocation, fit claquer ses lèvres avant d'ajouter :)... Mais je ne peux pas rester ici à bavarder avec vous ! J'ai tant à faire. (Elle marqua un temps d'arrêt sur le seuil.) Je dois m'assurer que tout est en ordre dans l'appartement réservé à lady Wantage, juste en face de celui de M. le duc, dit-elle d'un ton acide.

Elle sortit, referma la porte, et Marisa s'appuya au dossier de sa chaise. C'était là justement le genre de détail qu'elle avait voulu découvrir avant de venir à Vox. Elle devrait le noter dans son manuscrit dissimulé dans le sac de cuir fermé à clef et caché au fond de la penderie.

« Je n'ai pas le temps, se dit-elle. Il est l'heure d'emmener Aline se promener. »

Elle passa dans la salle d'études et un coup d'œil par la fenêtre lui apprit qu'il s'était mis à pleuvoir. Aline la rejoignit en se frottant les yeux :

– Je m'étais endormie.

Marisa lui sourit :

– Je m'y attendais. Nous avons fait beaucoup de cheval, ce matin.

– Est-ce qu'on va se promener?

– Il pleut. Peut-être pourrions-nous avoir une leçon de musique à la place.

Le pli familier se creusa sur le front de la petite fille :

– Je déteste la musique !

– Quel dommage ! Moi, je l'aime beaucoup.

Elle avait atteint le piano tout en parlant. Elle l'ouvrit, s'assit sur le tabouret. Il y avait eu tant à faire, depuis son arrivée, qu'elle n'avait pas eu le temps de parler musique à son élève. Elle avait cependant remarqué des partitions sur le piano et avait cru deviner que les gouvernantes précédentes avaient infligé d'innombrables gammes à la petite fille. Pour sa part, elle avait toujours pensé que c'était le meilleur moyen de dégoûter quelqu'un de la musique.

Installée au clavier, elle commença de jouer la chanson mise à la mode par Hayden Coffin, qui s'était répandue comme une traînée de poudre dans tous les salons victoriens et que sifflaient tous les garçons de course :

Pourquoi donc attendre à demain?
Vous êtes, ce soir, la reine de mon cœur.

Marisa chantait d'une voix douce et mélodieuse et sentit, sans avoir besoin de tourner la tête, qu'Aline s'était rapprochée du piano. Elle enchaîna aussitôt avec *Monkey on a Stick* dont Lettie Lynn avait fait un tel succès, puis elle continua avec :

Chut, chut voilà le croque-mitaine,
Mettez-vous la tête sous les draps – il
vous attrapera s'il le peut...

Elle la chanta jusqu'au bout, puis s'adressant à Aline :

– Chantez avec moi.

Elle joua le refrain à deux reprises et Aline, timide tout d'abord puis d'une voix de plus en plus assurée, se joignit à elle.

La jeune fille, ôtant ses mains de sur le clavier, se retourna complètement pour faire face à la petite fille :

– Alors, vous ne trouvez pas cela amusant ?

– Ce n'est pas une leçon de musique !

– Pourquoi ? Laissez-moi regarder vos mains.

Aline les lui tendit, paume en haut. Marisa les examina un moment, une expression de surprise sur les traits.

– Vous avez de très jolies mains, Aline, dit-elle enfin. Et avec cet écartement entre le pouce et l'index, vous pouvez très facilement atteindre un octave. Essayez avec moi. Ce n'est pas compliqué.

Marisa ne s'était pas trompée. Aline avait beaucoup d'oreille et, très vite, elle parvint à jouer d'un doigt, accompagnée par la jeune fille.

– J'aime ça ! s'écria-t-elle, triomphante, le morceau terminé sans une erreur. Vous m'en apprendrez un autre ?

– Bien sûr. Nous demanderons à miss Whitcham de nous faire venir de Londres toutes les nouvelles chansons : nous les jouerons et les chanterons ensemble.

– Je n'aurai pas besoin de faire des exercices ? demanda Aline.

– Non, à moins que vous ne vouliez vous assouplir les doigts. Cela peut être très amusant. Comme ça, par exemple.

Elle joignit le geste à la parole et exécuta un trille rapide.

– Oh, j'aimerais ça ! s'écria la petite fille.

– Eh bien, essayez, suggéra Marisa.

L'enfant s'efforçait de l'imiter lorsque l'on frappa à la porte.

– Qui est-ce ? demanda la jeune fille.

Un valet de pied parut :

– M. le duc présente ses compliments à miss

Mitton et lui demande de bien vouloir amener miss Aline dans le salon bleu.

Un coup d'œil à la pendule révéla à Marisa qu'il était 4 heures 5.

– Très bien, James, répondit-elle.

Pourquoi réclamait-on Aline si tôt? Pourvu que lady Wantage n'ait pas eu l'idée de lui apporter un autre cadeau !

« Je me demande pourquoi elle s'occupe tant de la petite? » se dit-elle.

Après tout ce n'était jamais qu'un vieux truc pour se gagner les faveurs d'un veuf par l'intermédiaire d'un enfant sans mère.

Aline avait été habillée en vue de faire une promenade. Il fallut à peine quelques minutes pour changer la simple robe de coton contre une tenue beaucoup plus recherchée, adornée de volants et de dentelles.

– Je déteste cette robe, décréta Aline.

– Moi aussi, admit Marisa, elle est beaucoup trop jeune pour vous. Quand la réception de votre père sera terminée, nous irons en ville et je verrai si l'on peut vous trouver quelque chose de mieux.

Les yeux d'Aline s'illuminèrent :

– Vraiment? On pourra le faire?

– Mais à une condition. Quand on porte des robes de grande fille, il faut se tenir comme une grande fille. Quand on n'est plus un bébé, on ne fait plus de scènes. Et si lady Wantage vous fait un présent, il faudra l'accepter poliment, vous contenter de la remercier correctement. (Elle attendit quelques secondes avant de poursuivre :) Et si elle demande des nouvelles de la poupée qu'elle vous a donnée, dites-lui qu'elle se repose. Après tout, c'est ce qu'elle fait dans le tas de sable.

Aline se mit à rire.

– J'ai votre promesse?

– Oui... je vous le promets, c'est ce que je dirai.

– A présent que vous êtes prête, je vais me recoiffer un peu.

Elle se hâta vers sa chambre. Elle n'avait pas pensé qu'on ne lui laisserait pas le temps de se changer avant de descendre et portait une robe d'une luxueuse simplicité, en mousseline mauve pâle, ornée de rubans de la même nuance. Cela lui donnait l'air très jeune et accentuait l'éclat doré de ses cheveux.

Elle eut une pensée pour sa robe au col et aux poignets stricts convenant beaucoup mieux à son rôle de gouvernante. Mais il était trop tard pour la mettre. Que le duc attende et peut-être serait-il fâché contre Aline.

Revenue très vite dans la salle d'études, elle y trouva Aline qui tenait à la main une petite bourse de soie rose de la couleur de sa robe.

– Vous tenez à emporter cela? lui demanda Marisa.

– J'y ai mis mon mouchoir.

– C'est très bien d'avoir pensé à le prendre.

Et, prenant l'enfant par la main, elle l'entraîna vers l'escalier. Il lui parut qu'elle se faisait un peu traîner.

– Vous m'avez fait une promesse, Aline.

– Je la tiendrai.

– Vous remercierez aimablement lady Wantage, si elle vous donne quelque chose?

Elles traversèrent la galerie et l'un des valets de pied leur ouvrit la porte du salon bleu. Le duc et lady Wantage étaient assis côte à côte sur un canapé, devant le feu.

Marisa fut frappée par l'expression du maître de maison. Il paraissait sombre, ennuyé même. Sa compagne, quant à elle, était toute douceur et séduction.

Elle avait pris le temps de changer son costume de voyage contre une robe d'après-midi très élégante et, Marisa dut l'admettre, elle était fort jolie. La soie bleu pâle mettait la finesse de sa taille en valeur et accentuait le bleu de ses beaux yeux au regard un peu vide.

– Mais, c'est cette petite Aline chérie! s'écria-t-elle avec affectation. Il y a un temps fou que je ne t'ai pas vue, mon trésor! Viens, et dis-moi tout ce que tu as fait de beau depuis la dernière fois.

Marisa, d'une légère poussée, incita l'enfant, figée sur place, à avancer. Lady Wantage tendit les bras dans un geste manquant totalement de naturel:

– Approche, ma chérie. Je sais comme tu dois te sentir isolée toute seule dans ce grand château.

Lentement, paraissant compter chacun de ses pas, Aline s'avança vers la jeune femme. Quand elle fut devant elle, elle leva les yeux vers son père.

– J'ai été faire une grande promenade à cheval, ce matin, papa.

Marisa, qui surveillait la scène, ne décela aucune lueur d'intérêt dans le regard du duc.

– Vraiment? fit-il, indifférent.

La jeune fille l'aurait giflé. Ne pouvait-il comprendre, après ce qu'elle lui avait dit, que jamais il n'aurait dû demander que l'on fasse descendre l'enfant pour voir lady Wantage? Mais le mal étant fait, il pourrait au moins paraître s'intéresser à ce qu'elle lui disait.

– Nous avons fait des kilomètres et des kilomètres. On a été jusqu'aux mines de fer.

Là, il réagit en tournant vivement la tête vers Marisa.

– La mine de fer! s'écria-t-il. Il n'y avait aucune raison d'emmener Aline dans cette direction, miss Mitton.

– Je suis navrée, monsieur le duc. Je n'ai compris que nous avions dépassé les limites du domaine qu'une fois sur place. Personne ne m'avait prévenue.

– C'était, de toute façon, une randonnée beaucoup trop longue pour une petite fille de l'âge d'Aline.

Il avait parlé sur un tel ton de reproche que l'indignation de Marisa eut raison de sa prudence.

– Vous chassiez à neuf ans, monsieur le duc !

– Il n'y a pas de comparaison, répondit-il d'un ton sec.

Lady Wantage avait baissé les bras et écoutait. Elle parut remarquer la jeune fille pour la première fois.

– Je ne crois pas connaître cette jeune personne, dit-elle. Il ne peut pas s'agir de la nouvelle gouvernante d'Aline.

– C'est miss Mitton, dit le duc.

Et Marisa fit une courte révérence.

– Je l'aurais crue beaucoup trop jeune pour une telle fonction.

Cela fut exprimé dans un murmure, mais qu'entendit parfaitement la jeune fille.

– Elle n'est pas trop jeune, intervint Aline avant que son père ait pu parler. Et elle m'a appris des tas et des tas de choses depuis qu'elle est là. Elle est épatante !

– Eh bien ! c'est parfait, dit lady Wantage, sans enthousiasme. Regarde, Aline. Je t'ai apporté quelque chose. N'est-ce pas gentil d'y avoir pensé ? (Elle prit un petit paquet posé sur une table, proche du canapé :) Voilà. Enveloppé tout exprès pour toi. J'espère que tous ceux qui viennent ici ce soir se seront souvenus de toi et que tu auras beaucoup de paquets à ouvrir.

Elle tendit son présent à Aline qui ne manifesta aucun empressement pour le prendre.

– Prends-le et dis merci, ordonna le duc d'un ton sec.

– Merci.

Elle saisit le paquet et le posa sur une chaise, à côté de son père.

– Tu ne veux pas l'ouvrir? s'étonna lady Wantage.

Et, comme Aline ne répondait pas, elle ajouta :

– Évidemment, tu es trop timide, pauvre petit chou. Tu l'ouvriras dans ta chambre. Je suis sûre que tu voudras le montrer à ta jolie poupée de Paris. As-tu bien joué avec elle?

Un silence tomba. Marisa retint sa respiration.

– Elle... se repose, en ce moment, répondit enfin Aline.

– Oh! elle a été mise au lit! s'écria la jeune femme. C'est adorable! Valerius votre fille est un amour!

Elle se tourna vers le duc en parlant, ses yeux bleus levés vers lui, s'efforçant, Marisa en aurait juré, d'avoir l'air doux et maternel. Le duc ne la regardait pas :

– A présent, tu peux remonter, Aline. Si quelqu'un d'autre demande à te voir, miss Mitton te ramènera ici plus tard.

– Mais tout le monde voudra la voir, Valerius! s'écria la visiteuse avec un petit rire.

Aline, immobile, la regardait fixement et Marisa, d'instinct, comprit qu'elle préparait quelque chose.

– ... Viens m'embrasser avant de repartir, mon trésor. Puis, obéis vite à ton papa. Il faut toujours faire ce que papa demande.

Elle émit à nouveau ce petit rire qu'un admirateur, un jour, avait comparé au tintement d'une clochette. Elle ne l'avait jamais oublié. Aline mit une main dans la petite bourse qui pendait à son poignet.

– J'ai... moi aussi, un cadeau pour vous, dit-elle lentement.

– Oh! que c'est gentil! Jamais je ne m'en séparerai.

Aline lui tendit sa main fermée. Inquiète, Marisa se demandait quel pouvait bien être le cadeau de la petite fille. Puis, lady Wantage offrant sa main blanche, Aline ouvrit les doigts.

Une petite chose brune resta immobile, une seconde, sur la paume tendue, puis sauta sur les genoux de la jeune femme. Il y eut un cri perçant, un véritable hurlement d'horreur. Puis lady Wantage s'accrocha au duc, glapissant de terreur :

– Enlevez ça... ! Enlevez ça ! Je ne peux pas le supporter !

Marisa traversa vivement la pièce vers Aline qui s'était mise à rire.

– ... Oh, mon Dieu... où est-elle... ? J'ai si peur des souris ! Valerius, délivrez-moi !

Le duc se dégagea de son étreinte.

– Monte dans ta chambre, Aline ! ordonna-t-il d'une voix tonnante. J'ai honte de toi.

Puis il s'adressa à Marisa qui prenait l'enfant par la main :

– Si c'est là le résultat de vos nouvelles méthodes éducatives, mes félicitations !

Elle entraîna la petite fille en hâte. Elles étaient arrivées au sommet de l'escalier qu'elles entendaient encore les sanglots et les cris de lady Wantage. Marisa ne dit pas un mot avant qu'elles soient dans la salle d'études.

– Où avez-vous trouvé cette souris? demanda-t-elle, alors.

– Dans ma chambre. Nounou avait mis un piège parce que j'avais entendu gratter, dans le mur. Elle n'aime pas les souricières qui les tuent. Celle-la a été attrapée dans une petite cage. On l'aurait noyée plus tard.

– Que puis-je vous dire? Vous saviez que c'était mal agir.

– Elle m'a fait un cadeau, moi aussi.

– Saviez-vous qu'elle avait peur des souris?

– Oui. La dernière fois qu'elle était là, j'ai entendu sa femme de chambre dire à nounou qu'elle en avait une peur folle.

– Alors c'est particulièrement méchant, dit Marisa sévèrement. Tout le monde a peur de quelque chose. Vous saviez que, pour miss Graves, il s'agissait des serpents, que ce sont les souris pour lady Wantage. De quoi avez-vous surtout peur, Aline?

Il y eut un long silence et, d'une toute petite voix, Aline répondit :

– Vous... ne m'enfermerez jamais... dans un placard noir?

– Pourquoi le ferais-je?

– Miss Thompson l'a fait, une fois. J'ai crié... je ne pouvais plus m'arrêter... Nounou a dit que si elle recommençait, il faudrait appeler le médecin.

– Alors, si vous vous souvenez de votre peur dans un placard noir, vous savez ce que les gens éprouvent quand ils ont peur.

– Je ne vous ferai pas peur, à vous. Je vous aime.

– Là n'est pas la question. C'est de la cruauté, pour n'importe qui. Et, à votre avis, quelle doit être votre punition?

– Je peux choisir?

– Vous pouvez proposer quelque chose. Mais il faut que ce soit une véritable punition. Il ne faut pas tricher.

– Je crois que ce qui m'ennuierait le plus, c'est si vous ne me racontiez plus d'histoires, répondit Aline, d'un ton lamentable.

– Très bien. Plus d'histoires pendant deux jours. Et je pense que vous pouvez aller vous coucher dès maintenant. Votre papa ne vous demandera certainement plus de redescendre, ce soir.

– Vous croyez qu'il est très fâché contre moi?

– Non seulement contre vous, mais aussi contre moi. Tout va être beaucoup plus difficile, maintenant. Nous ne pourrons peut-être plus faire les choses amusantes que nous faisions ensemble car il n'approuvera plus mes méthodes.

– Vous voulez dire qu'il m'empêchera de... de tirer... de faire du cheval... et de chercher... les secrets dans la bibliothèque?

– C'est très possible.

– Oh! Je regrette! Je ne voulais pas fâcher papa. C'est seulement que je savais qu'elle se mettrait à crier en voyant une souris et qu'il se rendrait compte comme elle est bête. Elle me fait des mines simplement pour faire croire à papa qu'elle m'aime. Mais elle ne m'aime pas vraiment.

Marisa eut envie de sourire. Il était difficile d'en conter à une enfant aussi intelligente. Elle aussi s'était parfaitement rendu compte que lady Wantage jouait la comédie pour faire bonne impression sur le duc. Mais il lui était difficile de lui dire qu'elle était du même avis.

– Pardonnez-moi, je vous en prie, pardonnez-moi!

Pour la première fois depuis que Marisa la connaissait, elle vit ses yeux se mouiller de larmes qui n'étaient pas de colère. Dans un geste impulsif, elle s'agenouilla, enlaça le petit corps.

– Ne pleure pas, ma chérie, dit-elle. C'était très mal et tu le sais. Mais nous ferons de notre mieux pour que ton père te pardonne.

Aline lui jeta les bras autour du cou.

– Je vous aime, dit-elle. Promettez-moi que vous ne partirez pas et que vous ne me laisserez pas toute seule, parce que je suis méchante?

– Non, je ne partirai pas parce que tu auras été méchante. Si jamais je m'en vais, ce ne sera pas pour cette raison.

– Vous... me promettez?

– Oui, je te le promets.

Elle serrait l'enfant contre elle et elle comprit soudain que, malgré toutes ses résolutions à son arrivée au château, elle s'était mise à l'aimer. Comme elle n'avait jamais aimé aucun enfant auparavant.

5

Marisa se brossait les cheveux qui lui tombaient jusqu'aux hanches, lorsque l'on frappa un coup sec à la porte. Sans attendre de réponse, miss Whitcham fit irruption.

– Vite, miss! s'écria-t-elle. Vous devez dîner avec les invités.

– Avec les invités? répéta Marisa très surprise.

– Oui... oui! répondit la secrétaire encore essoufflée d'avoir monté l'escalier en courant. Lady Elcho est arrivée avec de la fièvre. Elle s'est mise au lit aussitôt. Cela fait treize personnes à table.

Marisa sourit. Elle prenait conscience de son importance momentanée. Elle pouvait refuser parce qu'appelée à la dernière minute et cela mettrait le duc dans un cruel embarras.

– Nous n'avons pas le temps d'aller chercher quelqu'un d'autre, expliqua miss Whitcham. Et c'est Sa Grâce qui a pensé à vous. M. le duc m'a dit : « Demandez à miss Mitton de descendre. Je suppose qu'elle a une robe du soir. »

Ce dernier commentaire fit bouillir la jeune fille de rage. Comment le duc osait-il parler d'elle comme si elle était une miséreuse n'ayant jamais assisté à un dîner? Comment osait-il la traiter comme une domestique à laquelle il pouvait donner n'importe quel ordre sans même dire « s'il vous plaît »!

« Je refuse! » fut sa première réaction. « Je vais dire que j'ai la migraine et que je me suis couchée. » Puis sa colère même la fit changer d'avis.

Elle montrerait au duc qu'elle possédait effectivement une robe du soir. Elle lui donnerait la preuve qu'elle savait se tenir dans le monde, même en présence du prince de Galles.

Peut-être pensait-il qu'il ordonnait de descendre à une humble petite gouvernante, eh bien! il se rendrait compte de son erreur...

– Très bien, miss Whitcham, répondit-elle. Je dînerai en bas, ainsi que le suggère M. le duc.

La secrétaire ne cachait pas sa nervosité.

– Il faudra vous dépêcher. Il est déjà 7 h 20.

– Ne vous tracassez pas, je serai à l'heure. Mais envoyez-moi une femme de chambre adroite. J'aurai besoin de son aide, pour ma robe.

– Comptez sur moi. Mais, à présent, il faut que je me précipite pour refaire mon plan de table, pour la troisième fois.

Elle sortit en coup de vent et Marisa, abandonnant sa coiffeuse, se dirigea vers la penderie. Elle en ouvrit la porte et, le sourire aux lèvres, contempla les robes du soir incluses dans le trousseau donné par sa tante.

Lady Berrington avait toujours fait preuve d'extravagance et sa femme de chambre avait dû la prendre au mot lorsqu'elle lui avait dit d'empaqueter, pour sa nièce, toutes ses robes de couleur.

Il n'y avait pas moins de sept robes du soir, plus élégantes les unes que les autres et, pour la plupart, jamais encore portées.

Marisa les contempla pendant quelques minutes, puis retourna à sa coiffeuse. Là, elle tordit la masse de ses cheveux roux, les remonta sur le sommet de la tête selon la mode lancée par la princesse Alexandra. Puis, elle ouvrit son sac de cuir, resté fermé à clef jusque-là.

En plus du manuscrit, il contenait un coffret renfermant des bijoux qui avaient appartenu à sa grand-mère.

– Ma mère les destinait à son fils aîné, avait expliqué le comte en les donnant à Marisa. Comme je n'ai pas de fils, je préfère que ce soit toi qui les portes plutôt que cette coquette écervelée qu'est la femme de George.

Il parlait toujours de façon méprisante de sa belle-sœur qu'il n'aimait pas du tout.

Non seulement Marisa savait qu'il était parfaitement inutile de discuter avec son père quant aux droits légitimes de son oncle George, mais elle avait été heureuse de recevoir les bijoux.

D'une part, ils étaient fort beaux et, de l'autre, elle ne pouvait s'empêcher de penser qu'ils représentaient une assurance contre la pauvreté. Elle sortit de l'écrin doublé de velours trois étoiles en diamant. Du fait de la présence du prince de Galles, chaque femme assistant au dîner porterait un diadème ou une grosse épingle de diamant dans les cheveux.

Marisa piqua la plus grosse des étoiles au centre de sa coiffure. Les deux autres de chaque côté. Puis elle mit un collier, également de diamant. Ces joyaux n'étaient pas de très grande valeur, mais ils étaient d'un fort joli travail et leur éclat rivalisait avec la lueur combative de ses yeux.

A l'arrivée précipitée d'une femme de chambre, la jeune fille retourna à sa penderie. Son choix était déjà fait. Jamais elle n'aurait cru avoir l'occasion de mettre la robe qu'elle avait décidé de porter ce soir. De tulle vert, elle était entièrement rebrodée de strass, à l'exception de la traîne et du volant encadrant un décolleté un peu audacieux peut-être pour une jeune fille, mais peu importait.

Elle était prête à sa bataille avec le duc et, le miroir le lui confirma, indiscutablement ravissante.

Le duc aurait du mal à reconnaître en elle la petite gouvernante intimidée qu'il avait réprimandée pour la mauvaise conduite de sa fille. Il n'y avait rien d'humble en Marisa quand elle descendit sans hâte l'escalier d'honneur.

Tête haute, son cou élégant encerclé par des diamants et la couleur verte de sa robe donnant à sa peau blanche un reflet de magnolia, elle était en même temps racée et très belle.

Elle avait calculé son entrée dans le grand salon où les invités étaient réunis pour exactement 8 heures moins 2. Le maître d'hôtel eut un regard surpris quand elle parut. Il ouvrit la porte, l'annonça.

– Miss Mitton.

Marisa eut conscience du silence marquant son apparition. Elle traversa le grand tapis d'Aubusson en direction du groupe assemblé devant la cheminée.

L'espace de quelques instants, elle ne distingua aucun visage familier, puis le duc se détacha des autres pour venir au-devant d'elle.

– Il me faut vous remercier, miss Mitton, de nous permettre de sortir d'une situation très délicate, dit-il.

Il avait parlé d'un ton conventionnel, mais Marisa éprouva une impression de triomphe en notant la surprise de son regard enregistrant sa coiffure en couronne et l'extrême élégance de sa robe. Il l'entraîna vers le prince de Galles.

– Puis-je vous présenter miss Mitton, Monseigneur? Elle a eu la gentillesse de nous épargner d'être treize à table, ce soir.

Marisa ploya le genou dans une profonde révérence.

– Miss Mitton, nous sommes vos obligés, dit le Prince, sincère. (Puis, Marisa se relevant, il ajouta, un éclair dans le regard :) Êtes-vous très stricte sur la discipline, miss Mitton? Vous n'en avez pas l'air.

– Non, Monseigneur. Je suis l'exemple de Votre Altesse dans le domaine des affaires étrangères. Je m'efforce, en même temps, à la persuasion et au charme.

La tête renversée en arrière, le Prince éclata de rire, visiblement ravi du compliment. Puis le duc entraîna Marisa pour la présenter aux autres invités. Ce n'était qu'une foule de visages sur lequels elle avait du mal à mettre un nom. Mais, à table, elle se trouva assise à côté d'Arthur Balfour.

Elle le reconnut d'après ses photographies et savait qu'il venait d'être élu chef de l'opposition conservatrice à la Chambre des Communes.

Elle chercha à se souvenir de tout ce qu'elle avait entendu à son sujet. Son père, quoique d'opinion différente, avait parlé de son intelligence et elle entendait encore Mrs Featherstonehaugh disant : « Il est froid, mais il a du charme et une façon délicieuse de pencher la tête. »

Elle avait aussi entendu raconter à son père que Mr Balfour était très épris de la vicomtesse Elcho... C'était la place de cette dame qu'elle occupait à table et sans doute Mr Balfour était-il très déçu de l'avoir comme voisine et non pas la femme qu'il aimait.

Mrs Featherstonehaugh avait connu lady Elcho petite fille.

– Arthur Balfour la fascine, racontait-elle à son père. Elle le regarde avec émerveillement et admiration. Et qui l'en blâmerait? Il est érudit, musicien, il est bien élevé et c'est un cerveau. (La vieille dame, en battant des cils, avait ajouté :) C'est un charmeur-né. Aucune femme ne saurait lui résister.

– Il représente la vulgarité de cette société dépravée, avait grommelé le comte de Berrington.

– Grotesque, Lionel! Arthur Balfour n'est jamais vulgaire. C'est un gentilhomme et ses affaires d'amour ont toujours beaucoup de classe.

– Balzac disait que les grandes histoires d'amour commencent avec du champagne et se terminent avec de la tisane. En Angleterre, elles se terminent par des bâillements et du croquet!

Marisa croyait encore entendre résonner à ses oreilles le rire de Mrs Featherstonehaugh. Elle était la seule personne qui puisse faire oublier à son père sa morosité.

A présent, la jeune fille regardait avec intérêt et une certaine curiosité le vaste front et l'œil assez insolent de son voisin.

– Aimez-vous enseigner? lui demanda-t-il, dès qu'ils furent servis.

– Beaucoup, parce que l'on apprend beaucoup aussi en enseignant.

Elle songeait, en parlant, à tout ce qu'elle avait appris sur Aline et comment la traiter, depuis son arrivée.

– Vous avez raison, approuva-t-il. Et une curiosité totale, universelle, insatiable sur tout est un plaisir qui dure plus que n'importe quel autre.

– J'en suis persuadée. Et ici, dans ce château, cette forme de plaisir n'est pas mesurée. Il y a la bibliothèque la plus magnifique que j'aie jamais vue.

– Et, j'en suis sûr, notre hôte la tient à jour. N'oubliez pas, miss Mitton, d'apprendre à sa fille à parler les langues étrangères aussi bien que lui.

Marisa eut l'air si surprise qu'il lui demanda :

– Vous ne savez pas que le duc est un remarquable linguiste? Exceptionnel, je vous l'assure. Cette qualité a souvent été très utile au gouvernement.

– De quelle façon?

– Le Premier ministre et le ministre des Affaires étrangères répondraient mieux que moi à cette question. Mais je ne trahis aucun secret en vous disant que le duc est toujours le bienvenu au cours des nombreux voyages que Son Altesse Royale fait à l'étranger. Non seulement du fait de sa présence en soi, mais pour sa connaissance parfaite de la langue du pays visité.

– Je l'ignorais, murmura la jeune fille.

Elle était stupéfaite d'entendre un homme politique aussi brillant, aussi remarquable, parler du duc avec une telle chaleur.

Sa surprise visible amusa Balfour :

– Se pourrait-il, miss Mitton, que vous jugiez un homme de façon seulement superficielle?

– Je me serais crue plus perspicace, répondit-elle. Mais peut-être suis-je bornée, en ce qui concerne le duc.

– Peut-être vous fait-il peur parce que vous êtes son employée. Mais, le connaissant depuis des années, je puis vous assurer que ce que donne l'impression de surface ne compte pas. Creusez et vous trouverez un homme qui, s'il le voulait, pourrait rendre d'immenses services à son pays et représenter une véritable force à la Chambre des Lords.

Là-dessus, l'attention de Mr Balfour fut réclamée par sa voisine de droite et Marisa, encore stupéfaite par ce nouvel aspect du caractère du duc, se tourna vers son voisin de gauche.

Elle se souvint, ce faisant, qu'il s'agissait de lord Frederick Farrington, celui-là même que l'on avait invité si vite pour remplacer lord Wantage. C'était un homme corpulent, rouge de teint, d'une quarantaine d'années. Il avait la voix grave, les yeux protubérants et une bouche aux lèvres épaisses. Tout à fait le genre de ceux qu'elle s'était attendue à trouver dans l'entourage du prince de Galles.

Comme elle se tournait vers lui, elle sentit, à sa grande surprise, son genou contre le sien. Elle crut à un accident et se recula, pour comprendre aussitôt que le mouvement était voulu.

– Vous êtes beaucoup trop ravissante pour être gouvernante ! déclara, tout de go, lord Frederick. Où Milverley vous a-t-il trouvée ? Il est beaucoup plus malin que je l'aurais cru.

– J'ai été recommandée par lady Berrington, répondit Marisa avec froideur. C'est la secrétaire du duc qui m'a engagée, pendant son absence.

Il rit.

– Kitty Berrington vous a recommandée, dites-vous ? Évidemment, après vous avoir vue, elle n'a eu qu'une envie : se débarrasser de vous. Elle ne voulait pas une créature aussi mignonne avec George à la maison !

La familiarité de lord Frederick irritait Marisa. Mais, comme il ne lui aurait servi à rien d'être insolente, elle se consacra au contenu de son assiette, consciente, tout le temps, de la pression de son genou sur le sien.

– Quelle est votre histoire? lui murmura-t-il à l'oreille. Je ne peux pas croire que des cheveux comme les vôtres ne dénotent pas un tempérament de feu. Ou bien, seriez-vous une Belle au Bois Dormant?

– Je n'ai pas de réponse à vos questions. Ne pouvez-vous parler d'autre chose que de moi? C'est un sujet que je trouve parfaitement ennuyeux.

– Quant à moi, je vous trouve extrêmement intéressante, répliqua-t-il, très à l'aise. Vous êtes fort séduisante et cela me pousse à l'indiscrétion.

– Pas au cours d'un dîner comme celui-ci, j'espère, fit la jeune fille d'un ton de mise en garde.

– Nous ne resterons pas ici toute la nuit, répondit-il.

Chaque mot qu'il prononçait augmentait l'antipathie qu'elle éprouvait pour lui. Il avait exactement l'attitude qu'elle avait attendue d'un homme du monde à l'égard d'une femme privée de la protection d'un mari et dans une situation où il lui était difficile de se défendre.

– Participez-vous à la chasse, demain, lord Frederick? lui demanda-t-elle d'une façon, qui, elle l'espérait, lui ferait comprendre qu'elle ne voulait pas entendre ses insinuations.

– Vous êtes adorable, répondit-il. Vous êtes délicieuse avec vos efforts pour avoir l'air sévère. Vos lèvres sont faites pour les baisers, ma chère, pas pour gronder.

Furieuse, Marisa se tourna vers Mr Balfour. Mais celui-ci était en grande conversation avec sa voisine. A moins de faire scandale, elle ne pouvait faire autrement que de continuer à subir l'odieux personnage. Il comprit sa situation et se mit à rire.

– Il n'y a rien à faire, railla-t-il. Prenez-moi comme je suis, ravissante petite tentatrice, et parlez-moi de vous.

– Je n'ai rien à dire que vous ne sachiez déjà. Je

suis la gouvernante d'Aline et l'on m'a invitée ce soir pour qu'il n'y ait pas treize personnes à table.

– Vous êtes l'heureuse quatorzième et je suis votre heureux voisin. Dois-je vous dire que vous avez la peau la plus blanche que j'aie jamais vue et que l'expression réprobatrice de vos yeux verts est démentie par votre bouche rouge? Petite préceptrice divine, je suis tout prêt à tomber follement amoureux de vous.

– J'aimerais vous entendre me parler de façon plus sensée, répondit Marisa. La politique, l'art, la musique, les courses, que sais-je, ne vous intéressent-ils pas davantage que ce flirt futile et inutile?

– Même à Cendrillon on a permis de captiver le Prince Charmant, remarqua lord Frederick. Et comme Son Altesse Royale est occupée ailleurs, je la remplace!

Marisa eut un sourire méprisant :

– Comme Cendrillon, je disparaîtrai à minuit. Aussi, au lieu de me mettre en colère, faites en sorte que nous passions de façon plus agréable le temps que nous resterons ensemble.

– Rien ne peut m'être plus agréable, en ce qui me concerne et, ne l'oubliez pas, Cendrillon est tombée.

– Tout simplement parce qu'elle a perdu sa pantoufle de vair, répliqua Marisa. Je puis vous assurer que je garderai les deux miennes.

– C'est ce qu'on verra, rétorqua lord Frederick qui accentua la pression de son genou.

Chaque fois qu'elle était forcée de lui parler, il lui faisait des compliments. Ce n'était pas tant ce qu'il disait que la façon dont il la regardait qui donnait le frisson à la jeune fille. Il était huileux, déplaisant au possible. Il était, elle en était persuadée, comme la majorité de ses pareils qui n'avait pratiquement rien pour s'occuper l'esprit. Faire le siège d'une femme, cela représentait une sorte de sport. Ils poursuivaient celle qui attirait leur attention et n'abandonnaient la chasse que satisfaits par la défaite de la femme et le désir assouvi.

D'un coup d'œil, Marisa fit le tour de la table. Quelle mine de potins pour un échotier!

Il n'y avait pas à se tromper à la lueur qui brillait dans l'œil du Prince quand il s'adressait à lady Brooke, assise à sa droite, ni à la façon dont lady Wantage faisait des grâces au duc. Cette dernière n'avait pas caché son antipathie pour Marisa quand Milverley l'avait présentée à ses invités, avant le dîner. La jeune fille s'était immédiatement rendu compte que les yeux bleus et froids enregistraient chaque détail de la robe luxueuse, des diamants qui brillaient à son cou et dans ses cheveux. Elle ne perdrait certainement pas l'occasion d'être désagréable.

Marisa ne s'était trompée. A peine les femmes s'étaient-elles retirées dans le salon que lady Wantage, d'une voix faite pour être entendue de toutes, remarqua:

– J'admire vos diamants, miss Mitton, et, vous me pardonnerez, mais je suis un peu curieuse de savoir comment vous les avez obtenus.

En l'entendant, Marisa comprit soudain ce à quoi elle pensait et peut-être les autres femmes avec elle. Il ne lui était pas venu à l'esprit que le fait de se présenter dans une robe qui avait dû coûter plus que le salaire annuel d'une gouvernante, et scintillante de diamants, ne pouvait que faire penser qu'elle avait dû sa toilette à la générosité du duc.

Pouvait-on réellement croire qu'un gentilhomme, digne de ce nom, irait donner sa maîtresse comme gouvernante à sa fille? Mais elle comprit, rien qu'à l'expression soupçonneuse de lady Wantage et à la façon dont les autres femmes attendaient sa réponse, que c'était exactement ce à quoi elles avaient pensé.

– Mes diamants m'ont été légués par ma grand-mère, répondit-elle. C'est la première fois que je les mets et je suis ravie que ce soit pour une occasion aussi mémorable.

Ses auditrices en eurent presque un soupir de soulagement. Mais lady Wantage continua sur sa lancée, venimeuse.

– Et votre robe? Elle est fort élégante. Est-ce là aussi un cadeau de votre grand-mère?

Marisa dut faire effort pour ne pas lui conseiller de se mêler de ce qui la regardait. Mais, doucement, elle répondit avec tout l'accent de la vérité :

– Ma robe est un cadeau d'une amie, obligée de porter le deuil cette année. Elle m'en a donné beaucoup d'autres. Mais, là encore, je ne pensais pas avoir l'occasion de porter quelque chose d'aussi habillé.

Comme par magie, elle vit le soupçon s'effacer sur les visages alentour. Puis lady Brooke, avec le charme qui lui était propre, vint s'asseoir à côté d'elle.

– Dites-moi si cela vous plaît d'être à Vox, demanda-t-elle. Ce château a toujours été l'un de mes préférés.

Marisa succomba aussitôt au charme de deux beaux yeux où semblait danser une étincelle joyeuse mais qui étaient, en même temps, pleins de compréhension et de compassion. Elles bavardèrent un peu.

– Ne serait-il pas bon que je me mette au piano? demanda enfin la jeune fille.

C'était, pensait-elle, offrir à lady Brooke l'excuse de l'abandonner pour se joindre à ses amies. Elle avait parfaitement conscience de la gentillesse que lui manifestait cette femme d'expérience en restant auprès d'elle, après la grossièreté de lady Wantage.

– Ce serait charmant de votre part, répondit lady Brooke, mais ne vous offusquez pas si personne ne vous écoute.

– Je souhaite seulement offrir un fond musical à leurs conversations, fit Marisa avec un sourire que lady Brooke lui rendit quand elle se leva pour se diriger vers le piano.

C'était le plus bel instrument sur lequel elle ait jamais joué et, très vite, elle oublia où elle se trouvait, ses doigts courant sur les touches, scandant une valse de Chopin. Elle fut presque surprise de constater que les hommes avaient rejoint les femmes et que tout le monde bavardait autour de la cheminée. Le Prince étant là, devait-elle cesser de jouer et se lever? Après tout rien ne serait plus gênant que de rester plantée un peu à l'écart d'un cercle où tout le monde se connaissait.

Elle décida de continuer à jouer et vit le duc tourner la tête vers elle. La distance qui les séparait ne lui permettait pas de dire s'il approuvait ou non ce qu'elle faisait, mais elle ne put s'empêcher de constater à quel point il tranchait sur ses pareils.

Il y avait quelque chose dans la carrure de ses épaules, sa façon de porter la tête, l'équilibre de ses traits qui le distinguait des autres. Il lui était antipathique, certes, mais il n'était pas de ceux que l'on peut ignorer.

Tout en jouant, elle songeait qu'il n'y avait rien d'étonnant à ce qu'il ne soit pas le dilettante, le bon à rien qu'elle avait cru trouver en lui. Mr Balfour, elle en était sûre, aurait pu en dire bien davantage s'il l'avait voulu. Il n'y avait aucune raison qu'il ait rendu hommage à son hôte s'il n'avait pas été respecté dans les milieux politiques.

La jeune fille comprenait, à présent, pourquoi elle avait trouvé dans la bibliothèque les derniers ouvrages parus des auteurs français, sans parler des allemands, espagnols et italiens.

Un vieil homme venait deux fois par semaine mettre le catalogue à jour et placer sur les rayons les dernières publications. « J'aurais pu deviner que c'était le duc qui les avait choisies », songea-t-elle, en se demandant comment elle avait pu être assez bornée pour en attribuer le choix au vieux bibliothécaire.

Elle avait grande envie de parler avec Milverley de ses dernières acquisitions, mais il y avait fort peu de chances qu'ils aient jamais une telle conversation. A la réflexion, et Marisa sentit son cœur se serrer, il y avait de grandes chances pour qu'il lui donne son congé lundi. Jamais il ne lui pardonnerait l'attitude d'Aline avec lady Wantage.

Il faudrait qu'elle s'explique, qu'elle justifie son attitude à l'égard de son élève et tente de dissuader le duc de punir trop sévèrement sa fille. A cette seule pensée, elle sentit s'évanouir tout l'intérêt qu'elle avait éprouvé jusque-là pour la soirée.

Cela avait été une aventure assez extraordinaire que de descendre, d'assister à un dîner auquel participait le prince de Galles, de voir les somptueux bijoux de toutes les femmes qui ressemblaient à autant de fleurs. Elles avaient été la parure d'une table qui avait dépassé en magnificence tout ce que Marisa avait imaginé.

Les laquais en perruque poudrée derrière chaque siège, la somptueuse décoration florale du grand couloir et des salons, le menu délectable et si nouveau pour elle, tout, elle le savait, resterait gravé dans son esprit de façon indélébile.

Elle acheva un morceau et, les doigts sur les touches, réfléchit au choix du suivant. Soudain, elle eut conscience de l'odeur puissante d'un cigare et entendit, dans son dos, la voix odieuse de lord Frederick.

– Je vois que vous avez autant de talent que de beauté ! dit-il.

Elle lui jeta un bref coup d'œil. Il se rapprocha d'elle, si près qu'elle sentait son corps contre son épaule nue.

Vivement, elle entama un air vif et gai qui, elle l'espérait, couvrirait sa voix.

– Il faut que je vous revoie, dit-il. J'ai hâte de voir vos cheveux libres sur votre peau blanche.

– Dans ce cas vous serez déçu, rétorqua-t-elle, d'un ton sec.

– Écoutez-moi. Je vais vous dire ce que je vais faire...

Il ne put en dire davantage.

– Voulez-vous jouer au bridge, Freddie? l'interrompit le duc.

Il s'était approché du piano sans que Marisa s'en rendît compte et elle se demanda s'il la soupçonnait d'encourager lord Frederick.

– ... Son Altesse Royale ne veut pas jouer pour le moment, continua Milverley, mais Brookie y tient et je suis sûr que vous aimerez vous joindre à lui.

– Bien sûr, répondit l'interpellé.

Il s'éloigna en direction de l'endroit où l'on avait installé les tables de bridge. Marisa continua de jouer. Elle avait l'impression, sans lever les yeux, que le duc la regardait, mais elle n'aurait su dire si c'était avec réprobation, comme elle le craignait.

Elle joua encore pendant une demi-heure. Puis, à son grand soulagement, elle remarqua que le Prince, qui avait toujours aimé se coucher tôt, s'était levé.

Il était près de minuit et, les invités se souhaitant une bonne nuit, Marisa se dirigea vers la porte. Elle l'avait presque atteinte quand le duc la vit.

– Bonne nuit, miss Mitton, dit-il. Et merci.

– Bonne nuit, monsieur le duc.

Elle se demandait s'il était fâché contre elle autant qu'il l'avait été après ce qu'avait fait Aline dans le salon, quand elle se rendit compte soudain que lord Frederick était entre la porte et elle.

– Bonsoir, miss Mitton, dit-il en tendant la main.

Elle lui donna la sienne. Il l'étreignit et elle sentit son doigt qui lui chatouillait la paume. Elle leva les yeux pour constater qu'il la regardait avec insistance.

Ce n'était qu'une impression, mais quelque chose dans ses yeux globuleux et ses lèvres épaisses lui fit soudain peur. Elle lui arracha sa main et sortit vivement du salon.

Elle avait atteint le grand escalier quand elle changea d'avis, revint sur ses pas pour longer le couloir menant à une autre aile du château, jusqu'à la salle d'armes.

Y ayant trouvé ce qu'elle cherchait, elle monta chez elle par un escalier secondaire. Tout était calme. Le feu brûlait encore dans la salle d'études. Elle ouvrit la porte de la chambre d'Aline. Comme l'enfant avait peur de l'obscurité, elle dormait avec une veilleuse allumée. Elle respirait avec régularité, bien bordée.

Marisa laissa la porte de la chambre de l'enfant entrouverte comme elle le faisait toujours, puis celle de la salle d'études grande ouverte et, revenue dans sa propre chambre, tourna la clef dans la serrure.

Elle plaça l'objet remonté de la salle d'armes sur le dessus de son bureau. Puis elle traversa la pièce pour se regarder dans la glace.

Elle examina les cheveux roux et les étoiles de brillants qui y scintillaient, la robe verte qui lui allait mieux que tout ce qu'elle avait porté jusque-là et se mit à rire.

Rien d'étonnant à ce qu'elle les ait surpris. Qui se serait attendu à ce qu'une gouvernante ressemble à un oiseau de paradis? Mais, à présent, le bal était terminé et Cendrillon était rentrée chez elle. Cependant, elle n'avait aucune envie d'être désirée par lord Frederick. Il était horrible, si horrible que tout son mépris de la haute société inculqué par son père monta soudain en elle en une vague de dégoût pour lui.

Si elle avait été vraiment une pauvre petite gouvernante venue de nulle part, aurait-elle été séduite, excitée par les compliments du gros homme, sa manière d'être, la façon dont il avait cherché à la toucher?

Existait-il des femmes qui auraient apprécié tout cela, ou plutôt qui s'y seraient laissé prendre, pensant que c'était de l'intérêt réel, non pas un désir passager?

Marisa ôta sa robe, l'accrocha dans la penderie et acheva de se déshabiller. Ses longs cheveux, libérés des épingles, cascadèrent sur ses épaules en une masse de feu.

Elle était sur le point de se coucher quand elle

entendit un cri. Elle traversa aussitôt la pièce, écouta.

Le cri se répéta, c'était Aline. Marisa tendit la main vers la poignée de la porte, hésita et se tourna vers le bureau sur lequel elle avait posé ce qu'elle avait monté.

Elle ramassa l'objet, retourna à la porte et écouta. Aucun doute, Aline appelait au secours. La jeune fille ouvrit, traversa le couloir en courant, se précipita dans la salle d'études. Elle s'y arrêta un instant, le temps d'allumer une lampe à huile posée sur une table. Il fallut quelques secondes à la lumière dorée pour emplir la pièce, disperser les ombres.

Puis Marisa rejoignit l'enfant. Aline avait un cauchemar. La jeune fille alluma deux bougies et prit doucement la petite fille dans ses bras.

– Tout va bien, ma chérie, dit-elle. Réveille-toi. Ce n'est qu'un rêve.

– Au secours... au secours! cria Aline. Elle... veut... m'attraper.

Elle ouvrit les yeux, aperçut Marisa :

– Oh, miss Mitton! C'était horrible! Elle voulait... m'attraper... elle cherchait à me battre avec la poupée.

– Tu as rêvé. C'est un vilain rêve idiot, c'est tout, la rassura doucement Marisa.

Aline eut un petit sanglot.

– Regarde-moi. Je suis là. Il n'y a personne d'autre dans ta chambre.

– Je croyais que lady Wantage... cherchait à m'attraper, murmura la petite fille.

– Elle doit être en train de rêver la même chose.

Aline émit un léger rire :

– J'espère que ça la fait crier et pleurer, elle aussi!

Marisa ne put s'empêcher de sourire.

– Il est trop tard pour te montrer vindicative. D'autre part, n'oublie pas que tu regrettes d'avoir été méchante.

Aline se pelotonna contre elle.

– Racontez-moi une histoire, pour que je puisse me rendormir, supplia-t-elle.

– Je ne peux pas. Tu te souviens, on a décidé : pas d'histoires pendant deux jours, répliqua Marisa.

– C'est... vraiment très long.

– Une punition ne servirait à rien, si elle ne punissait pas.

Tout en parlant, elle serrait l'enfant contre elle et l'embrassa sur le front.

– Si vous me lisiez quelque chose, ce ne serait pas pareil, suggéra Aline, malicieuse.

– Nous en parlerons demain. Maintenant rendors-toi et ne fais plus de rêves idiots.

– Voulez-vous laisser une des bougies? Il fait horriblement noir ici, même avec la veilleuse.

– Oui, je vais la laisser. Mais tu sais que tu n'as pas le droit d'y toucher?

– Oui, oui, je sais. Je ne touche jamais aux bougies.

– Dans ce cas, je te les laisserai toutes les deux allumées, murmura Marisa. Mais enfonce-toi sous tes draps, pour que la lumière ne t'empêche pas de dormir.

Aline obéit aussitôt. Elle avait, en fait, grand sommeil. Marisa la borda et attendit que la respiration de l'enfant se régularise. Assurée qu'elle s'était rendormie, elle quitta doucement la chambre.

La lampe à huile qu'elle y avait laissée illuminait la salle d'études, mais ce ne fut qu'après avoir refermé la porte d'Aline, que la jeune fille sentit l'odeur d'un cigare et aperçut lord Frederick, debout devant la cheminée.

D'instinct, elle cacha derrière son dos l'objet qu'elle tenait à la main. Puis, maintenant les pans de son peignoir bien croisés, elle le regarda.

– Que voulez-vous? demanda-t-elle, à voix basse.

– Vous savez parfaitement ce que je veux, répliqua-t-il. (Tout en parlant, il jeta son cigare dans le feu :) Vos cheveux sont encore plus beaux que je l'imaginais. Des mèches de soie pour attacher le cœur d'un homme, le faire prisonnier.

– Allez-vous-en ! Vous n'avez pas le droit de venir ici et vous le savez fort bien.

– Quand une femme est aussi jolie que vous, ma chère, elle doit s'attendre à ce que les hommes s'intéressent à elle et avec ardeur.

Il avançait vers elle tout en parlant, mais quand il atteignit la table, Marisa sortit de derrière son dos le pistolet qu'elle avait été prendre dans la salle d'armes.

– Vous commettez une erreur, lord Frederick, dit-elle, la voix chargée de mépris. Vous trouverez des femmes qui apprécient les attentions d'un débauché de votre espèce, mais je ne suis pas de celles-là ! Ou bien vous quittez immédiatement cette pièce ou bien je tire.

– Vous bluffez, fit-il.

Mais il n'avançait plus et on voyait une lueur inquiète dans ses yeux.

– Pas le moins du monde. Et je tire très bien. Je ne vous tuerai pas car je n'ai pas l'intention d'être pendue pour un individu aussi méprisable que vous. Mais je vous atteindrai à la jambe ce qui vous empêchera, pendant quelques mois, de gravir deux étages à la poursuite de quelque pauvre fille trop effrayée pour se plaindre de votre attitude répugnante.

– Vous devenez ridicule. Un baiser et une petite caresse n'ont jamais fait de mal à personne et je vous en apprendrai en amour bien davantage que ne saurait le faire le genre de blancs-becs avec lesquels vous devez passer vos journées.

– Vous faites une grossière erreur si vous pensez que j'apprécierais quoi que ce soit que vous puissiez m'enseigner. Maintenant, sortez avant que je ne perde patience.

Elle avait parlé d'un ton sec, élevant un peu la voix. Au même moment, elle entendit un bruit de pas sur le palier et, comme elle finissait sa phrase, le duc s'encadra dans l'embrasure de la porte restée ouverte.

Il parut à la jeune fille qu'un regard lui suffit pour se rendre compte de la situation. Puis il parla, avec calme, presque sans expression :

– Oh ! vous êtes là, Freddie ! Je pensais que vous aviez pu vous égarer en regagnant votre chambre. J'ai bien peur que vous ne vous soyez trompé d'étage.

Les deux hommes se regardèrent, longtemps. Puis, lord Frederick capitula.

– Comme c'est aimable à vous, Valerius ! dit-il avec seulement une note de sarcasme dans sa voix. J'avoue qu'on se perd facilement dans ce château.

– Je me doutais que c'était la bonne explication, fit le duc.

Là-dessus, il s'écarta pour permettre à l'autre de passer, de le précéder, ce qu'il fit avec une dignité parfaitement feinte.

Avant de le suivre, Milverley se retourna vers Marisa. Il parut à celle-ci qu'il n'y avait que mépris dans le regard dont il enveloppa le déshabillé de mousseline sur la chemise de nuit et la masse lumineuse de ses cheveux sur ses épaules et dans son dos.

– Cela serait beaucoup plus efficace et certainement moins dramatique, miss Mitton, dit-il avec froideur, si vous fermiez votre porte à clef.

Puis il sortit, laissant Marisa dans une telle rage qu'elle songea, une seconde, à lui tirer dans le dos. Folle furieuse, elle ferma sa porte, tourna la clef dans la serrure et jeta le pistolet par terre.

Comment osait-il prétendre qu'elle avait laissé sa porte ouverte ! Qu'elle n'avait pas pris toutes les précautions pour s'épargner une scène comme celle qu'elle venait de vivre.

Si Aline n'avait pas eu un cauchemar, l'autre aurait pu frapper, cogner toute la nuit. Il n'aurait pas eu d'autre choix que de se retirer.

Elle se demandait si le duc avait remarqué les manœuvres d'approches de lord Frederick, au cours du dîner. Elle l'avait cru beaucoup trop occupé avec lady Wantage pour seulement regarder dans sa direction.

Ses soupçons s'étaient peut-être éveillés quand lord Frederick s'était rapproché du piano pendant qu'elle jouait. Avait-il trouvé un prétexte pour se rendre dans la chambre de son ami et, ne l'y trouvant pas, avait-il deviné où il pouvait être?

Autant de questions auxquelles elle ne pouvait répondre. Elle ne savait qu'une chose : une fois encore, le duc l'avait humiliée et mise dans une situation fausse. Comme par un fait exprès, elle ne pouvait jamais agir de façon judicieuse, à ses yeux.

Tout d'abord il avait trouvé Aline tuant un faisan hors saison, puis il y avait eu l'attitude de l'enfant avec lady Wantage et, à présent, cette histoire.

C'était assez pour qu'elle sente que ses jours au château étaient comptés. Elle pouvait aussi bien faire ses bagages avant qu'il lui ordonne de partir.

Marisa pensa alors à Aline et elle sut qu'elle ne céderait pas aussi facilement. Comment supporterait-elle de laisser l'enfant à présent qu'elle avait complètement changé sa vie?

D'autre part, avant de partir, elle avait une révélation importante à faire au duc.

La jeune fille marchait de long en large, dans sa chambre. Jamais, songeait-elle, elle ne pourrait oublier le timbre de sa voix quand il lui avait dit de fermer sa porte. Croyait-il réellement, qu'en chemise de nuit, les cheveux dénoués, elle attendait pour l'accueillir un individu comme lord Frederick? Tous les hommes étaient-ils si vains qu'ils pensaient qu'une femme n'avait rien de mieux à faire qu'attendre et espérer qu'ils daignent faire attention à elle?

– Je le déteste ! dit-elle tout haut.

Cependant, plus que de la haine, elle éprouvait une

impression de ressentiment contre lui parce qu'il se méprenait à son égard, qu'il se montrait délibérément critique pour tout ce qu'elle faisait. Elle était à ce point agitée et bouleversée par ce qui s'était passé qu'elle comprit qu'il lui était inutile de se coucher. Elle ranima le feu et s'assit par terre, devant la cheminée.

La chaleur des flammes dissipa peu à peu le froid qui lui serrait la poitrine. Elle l'avait dit à sa tante, son cœur était gelé, c'était exact, mais cela ne l'empêchait pas d'éprouver des impressions quand elle était en colère. Quelque chose, en elle, semblait lutter, se débattre et c'était très douloureux.

– Je le hais! Je le hais! répéta-t-elle en cherchant à se persuader que l'accent sévère de sa voix et le mépris de son regard n'avaient aucune importance.

Elle resta devant le feu jusqu'à ce qu'il s'éteigne et elle eut froid, soudain. Elle entendit sonner l'horloge, au-dessus de l'écurie. Il était 3 heures.

Marisa se leva, engourdie, et commença d'enlever son peignoir. Au même moment, elle entendit du bruit, au-dehors, dans l'allée. Curieuse, se demandant de qui il pouvait s'agir, elle alla à la fenêtre.

La lune était pleine et le ciel constellé d'étoiles. Sous la clarté lunaire, le parc et le lac étaient merveilleux de beauté. Si beaux qu'un moment Marisa contempla le spectacle offert, presque subjuguée. Puis, elle entendit à nouveau du bruit, en bas.

Elle regarda et, à son grand étonnement, vit un phaéton conduit par un homme en chapeau haut de forme. A côté de lui, assez à l'étroit, deux autres hommes coiffés tous deux de chapeaux melons. La voiture fit un demi-cercle et le groom, à l'arrière, sauta à terre pour courir à la tête des chevaux.

Le conducteur descendit lentement et, comme il se dirigeait vers la porte. Marisa le vit avec netteté, au clair de lune.

Il n'y avait pas à se méprendre. L'angle sous lequel

il portait son chapeau, son énorme moustache dont chaque pointe dépassait, à droite et à gauche, son visage étroit... D'où elle était, la jeune fille pouvait voir également l'œillet jaune de sa boutonnière, du même jaune que la voiture, aux roues noires.

C'était lord Wantage ! Elle l'avait vu assez souvent caricaturé et entendu miss Whitcham le décrire, riant de sa moustache et de son amour pour le jaune. « On l'appelle Wantage la guêpe, avait précisé la secrétaire. Et, d'après ce que je sais, il mérite bien son surnom. »

Fascinée, Marisa le regarda gravir le perron. Les deux hommes au chapeau melon l'avaient suivi, respectueux, et elle se demanda de qui il pouvait s'agir. Brusquement, elle comprit !

Seul lord Wantage avait pu songer à arriver au château au milieu de la nuit avec deux détectives.

L'espace d'une seconde, elle pensa que cela servirait de leçon à Milverley. Il n'aurait que ce qu'il méritait quand lord Wantage, avec ses deux témoins, le découvrirait dans la chambre de sa femme.

Puis, en un éclair, la raison prit le dessus. Il fallait absolument empêcher le drame avec, au château, le prince de Galles et Mr Arthur Balfour.

Quel scandale si lord Wantage demandait le divorce contre sa femme en citant le duc comme complice !

L'affaire serait en gros titres dans tous les journaux. La presse tout entière condamnerait non seulement le duc, mais aussi le Prince parce qu'un autre de ses amis était compromis. Il se pouvait même que l'on citât Son Altesse Royale comme témoin et, Marisa en était à peu près certaine, lord Wantage avec son amour de la publicité n'épargnerait ni son futur roi ni ses amis, s'il lui plaisait de punir sa femme et son amant.

Soudain, Marisa sut ce qu'elle avait à faire. Tremblante, elle serra les pans de son déshabillé, ouvrit sa porte et se précipita dans l'escalier.

Le chemin était long jusqu'à l'escalier d'honneur

au-delà duquel se trouvait l'appartement du duc et, en face, de l'autre côté du couloir, celui de lady Wantage.

Comme Marisa atteignait le haut du grand escalier, elle entendit le gardien de nuit qui traversait lentement le hall pour répondre à la cloche qu'agitait lord Wantage.

Marisa longea le palier, puis le couloir, en courant. Elle savait où était la chambre de Milverley et elle s'arrêta à la porte en face.

Elle frappa. Pas de réponse ! Elle frappa à nouveau.

Ce fut en entendant un murmure de voix de l'autre côté du couloir qu'elle comprit que lady Wantage avait dû aller elle-même chez le duc.

L'espace d'une seconde, elle hésita avant de heurter à la porte. Un silence puis la voix, sèche, de Milverley :

– Qu'est-ce que c'est?

– Lord Wantage et deux détectives viennent d'arriver! répondit Marisa hors d'haleine. Ils montent l'escalier en ce moment même.

Il y eut un cri aigu, mais la jeune fille n'attendit pas pour en entendre davantage. Elle fit demi-tour et repartit par où elle était venue.

Comme elle arrivait dans le haut de l'escalier, elle vit lord Wantage et les deux hommes qui l'accompagnaient approcher du palier. Elle se glissa dans l'obscurité de l'embrasure d'une porte.

Tout au bout du couloir, elle aperçut une ombre qui sortait de la chambre du duc et franchissait la porte, en face.

Avec un soupir de soulagement, elle s'engagea dans l'escalier menant à l'étage au-dessus, sans se presser.

6

Le duc dit adieu au dernier de ses invités et, comme les voitures s'éloignaient, il s'adressa à son maître d'hôtel.

– Dites qu'on selle Samson immédiatement.

Vingt minutes plus tard, galopant à travers le parc, il éprouvait une telle impression de liberté qu'il lui semblait qu'on venait de le faire sortir de prison.

Les trois derniers jours avaient été presque insupportables. Haïssant les subterfuges, se méprisant de jouer les hypocrites, il lui avait fallu faire effort pour manifester de la surprise à la vue de lord Wantage le vendredi matin et montrer beaucoup d'adresse pour éviter une scène avec lady Wantage durant tout le week-end.

Comme toutes les femmes, Hetty Wantage avait désiré parler de ce qui s'était passé, justifier son ignorance des faits et gestes de son mari et s'assurer que le duc restât son amant, malgré tout.

Là, il était décidé à ne pas lui laisser d'illusions. Il s'en était fallu d'un cheveu qu'un horrible scandale n'éclatât, qui aurait atteint tous ses amis et surtout le prince de Galles. Il ne pouvait pas arriver à admettre qu'il ait été assez stupide pour ne pas se méfier quand Wantage avait permis à sa femme de venir seule à Vox.

« Même un abruti aurait trouvé cela curieux », s'accusait-il.

Lord Wantage, il le comprenait, n'était pas homme à se laisser tromper impunément. Il ne reculerait pas devant la publicité d'un divorce et même se complairait dans le rôle du mari bafoué, trompé non seulement par sa femme, mais par un membre très distingué du monde qu'ils fréquentaient tous les deux.

« Son surnom lui va bien », murmura-t-il.

Mais il savait que, si ses pairs risquaient de désapprouver cette façon d'amener deux détectives chez un ami au milieu de la nuit, il aurait certainement eu la sympathie de la bourgeoisie respectable de l'Angleterre victorienne.

« Comment ai-je pu être aussi bête? » se répétait Milverley pour la millième fois.

Il éperonna Samson, prit le galop et la vitesse le libéra enfin de la terrible tension dont il souffrait. Arrivé aux limites du parc, le duc s'emplit les poumons de l'air frais d'octobre et guida l'étalon, à travers une petite plantation, vers une piste cavalière idéale pour l'entraînement.

Tracée par son père, la piste servait peu depuis que le duc avait transféré son écurie à Newmarket. Aussi fut-il surpris en sortant du sous-bois de voir deux chevaux venir à grande allure dans sa direction.

Le plus petit des deux chevaux semblait monté par un jockey. Comme ils s'approchaient, il constata qu'il ne s'agissait pas d'un garçon, mais de sa fille. Elle était à califourchon sur une monture qu'il aurait crue beaucoup trop grande pour elle. Coiffée d'une casquette de velours, et penchée sur l'encolure de sa bête, elle montait, il devait l'admettre, extrêmement bien.

Un peu en arrière, ayant visiblement donné une bonne avance à la petite fille, venait Marisa sur un cheval nerveux, croisé d'arabe. Remarquable cavalière, ce n'était visiblement pas une novice. Elle portait une amazone noire, un peu usagée mais qui lui allait bien. Le trousseau donné par lady Berrington n'incluait pas de tenue de cheval.

Le tulle blanc de son jabot se retrouvait dans le voile qui ceignait son chapeau à calotte haute et flottait derrière, comme elle galopait. Ses cheveux roux, noués en chignon, faisaient une tache de couleur que remarqua le duc quand elle passa devant lui sans le voir, tout occupée à surveiller l'enfant, un peu en avant d'elle.

Quand elles atteignirent un poteau planté là et piqué d'un mouchoir blanc, Marisa poussa sa monture de sorte que les deux animaux le passèrent en même temps.

– J'ai gagné! J'ai gagné! cria Aline quand elles s'arrêtèrent – et le duc l'entendit.

Elles refirent un petit temps de galop jusqu'au bout de la piste, puis tournèrent et revinrent sur leurs pas. Milverley entendit sa fille qui répétait :

– J'ai gagné, n'est-ce pas? miss Mitton.

– D'une courte tête, répondit Marisa, en souriant.

– Et j'ai bien mené Kingfisher?

– Très bien. Tu fais des progrès tous les jours.

– Pensez-vous que papa... commença Aline.

Elle s'interrompit à la vue de son père. Il se détacha des arbres, s'engagea sur la piste. Il s'approcha d'elles, souleva son chapeau à l'intention de Marisa et s'adressa d'un ton froid à sa fille :

– Tu montes comme je me serais attendu à voir monter un garçon d'écurie.

Aline sentit le reproche et l'éclat lumineux de ses yeux s'éteignit. Le duc se tourna vers Marisa, mais celle-ci ne lui laissa pas le temps de parler.

– J'ai une explication. Mais je préfère la donner à Votre Grâce sans témoins. Aline et moi pouvons-nous continuer notre promenade ou bien souhaitez-vous nous voir rentrer immédiatement au château?

Sa voix, glacée, contrastait avec le rouge de ses joues et les boucles minuscules échappées à son chignon sévère.

– Je vous en prie, achevez votre promenade, miss Mitton. Je vous verrai dans mon bureau, après le déjeuner.

A nouveau, il souleva son chapeau et s'éloigna. La jeune fille et l'enfant le suivirent des yeux sans mot dire. L'homme et le cheval, d'une telle puissance tous les deux, inspiraient le respect.

– Il semble ne faire qu'un avec sa monture, murmura Marisa, presque pour elle-même.

– Il était fâché, dit Aline à voix basse.

– Seulement parce que tu portais une culotte. Je pensais qu'il était reparti avec ses invités. Mais ta jupe-culotte doit arriver aujourd'hui, le tailleur l'a promis.

– Je ne savais pas que papa venait faire du cheval ici.

Il y avait une telle note de déception dans sa voix que Marisa voua le duc au diable. C'était toujours la même chose. A chacune de ses apparitions il enlevait toute joie à sa fille.

Elles chevauchèrent encore une demi-heure, mais sans plaisir. Aline se taisait et Marisa, plongée dans ses pensées, avait peu de chose à dire. Depuis le désastreux épisode avec lady Wantage, elle avait tenu l'enfant éloignée des invités.

Heureusement, personne n'avait demandé à la voir. Marisa en était persuadée, lady Wantage avait certainement profité des absences de Milverley pour raconter à tout le monde la plaisanterie de mauvais goût de la petite fille, blâmant non seulement Aline, mais sa gouvernante incapable de la surveiller.

Miss Whitcham l'avait tenue au courant du programme. Le vendredi, il y avait eu des promenades à cheval et en voiture. Le samedi matin, les hommes, à l'exception du Prince, étaient partis pour chasser dès 10 h 30 et revenus pour prendre le thé dans le salon bleu et blanc où les dames les attendaient, comme autant de jolis papillons dans leurs robes multicolores.

Après le goûter, où on leur servit des petits pains au lait tout chauds, de la confiture, de la crème, des sandwiches aux anchois et aux asperges, des cakes variés aux fruits confits, au chocolat, aux noisettes et du madère, les dames se retirèrent pour se reposer dans leurs chambres.

A 7 heures, les femmes de chambre étaient prêtes à lacer leurs maîtresses dans leurs corsets et à agrafer leurs robes à traîne, serrées à la taille et généreusement décolletées.

Ruisselantes de diadèmes, de bracelets, de colliers, de pendants d'oreilles et de bagues, elles descendaient pour dîner. Tout le monde se couchait à minuit.

– A Easton Lodge, avait dit miss Whitcham en gloussant de rire, lady Brooke prévient toujours ses invités que la cloche sonne à 6 heures du matin. C'est bien pratique !

Marisa le savait, le duc ne souhaitait pas discuter de l'histoire de la souris ou de quoi que ce soit avec elle avant le départ de ses hôtes. Elle avait espéré, sans trop y croire, qu'il partirait avec eux, ce qui lui aurait épargné une entrevue désagréable.

Elle ne pouvait s'empêcher de se demander s'il savait qui l'avait prévenu de l'arrivée de lord Wantage. Avait-il reconnu sa voix? Elle regrettait de ne pas avoir pensé à la déguiser. Peut-être aurait-il cru qu'il s'agissait d'une des femmes de chambre si elle avait pris un accent écossais. Elle ne pouvait qu'espérer, s'il l'avait reconnue, qu'il ferait preuve d'assez de diplomatie pour feindre l'ignorance, aussi bien pour elle que pour lui.

Le déjeuner terminé, Marisa, se sentant beaucoup plus dans la peau d'une élève que d'un professeur, descendit dans le bureau.

Elle avait pris soin de mettre sa robe neutre au col et aux poignets blancs. Elle avait tiré ses cheveux au maximum et les avait roulés en un chignon si serré qu'il en était douloureux. Mais sa nervosité rendait ses yeux plus verts que jamais et son visage très pâle.

Le duc était assis derrière sa table de travail. Il leva les yeux à son arrivée et se leva lentement.

– Venez, miss Mitton, dit-il. Nous avons plusieurs sujets de discussion, je crois.

Avec un effort terrible, Marisa se dirigea vers la chaise, de l'autre côté de la table, consciente du regard de Milverley sur elle.

Elle s'assit, très raide, et joignit les mains sur ses genoux, comme une enfant sur le point de réciter sa leçon. Il y eut un silence, puis le duc demanda :

– ... Alors, miss Mitton, par où commençons-nous?

Elle crut déceler une note d'amusement dans sa voix. Mécontente, elle se dit qu'il la mettait délibérément mal à l'aise. Soulevée par la colère, elle parvint à mettre de l'agressivité dans sa question.

– Quelle explication Votre Grâce veut-elle entendre en premier?

– Peut-être pouvons-nous commencer par la souris?

– Aline regrette beaucoup ce qu'elle a fait, mais Votre Grâce pardonnera mon impertinence si je lui dis qu'il n'était pas très judicieux, sachant ce qui était arrivé à la poupée, de demander à Aline de descendre alors que vous étiez seul avec lady Wantage.

Comme elle s'y était attendue, le duc leva les sourcils à cette réponse. Puis il dit tranquillement :

– Je n'avais pas le choix. Lady Wantage désirait donner personnellement à Aline le cadeau qu'elle lui avait apporté. Elle insistait, je ne pouvais décemment pas lui dire que ma fille ne voulait pas de ses présents.

– Sans doute était-ce difficile... mais pas nécessairement impossible, murmura Marisa.

– Ainsi, je suis à blâmer de ce qui est arrivé?

– Votre Grâce comprendra certainement qu'il y avait des circonstances atténuantes dans le comportement extrêmement répréhensible, je l'admets, d'Aline.

– Je suis heureux que vous l'admettiez. Et, maintenant, puis-je vous demander pourquoi ma fille monte à cheval d'une façon que les gens les plus larges d'esprit qualifieraient d'inconvenante?

– Aline n'est qu'une enfant, répondit vivement Marisa.

– Mais assez grande pour tirer?

Comprenant qu'il venait de marquer un point, elle continua.

– J'ai découvert que, bien qu'elle soit très douée pour l'équitation, on a, pendant des années, mené Aline à la longe. Cela lui donnait une impression d'insécurité, de crainte. J'ai aussi toujours pensé qu'il était difficile, pour une petite fille, d'apprendre à contrôler un animal en montant en amazone. Aussi, pour donner un peu de confiance en soi à Aline, je l'ai autorisée à monter à califourchon.

Le duc se taisant, Marisa poursuivit :

– Il est regrettable que Votre Grâce l'ait vue aujourd'hui. Demain, elle aura une jupe-culotte que je lui ai fait faire. Elle aura l'air plus féminine et peut-être gagnera-t-elle un peu à vos yeux.

– Vous n'allez tout de même pas prétendre que j'aurais dû la féliciter pour son comportement de jeudi après-midi?

– On peut être mécontent de ce que fait un enfant, mais rien ne blesse davantage que l'indifférence.

– Celle que je manifeste habituellement à ma fille? demanda le duc d'un ton où perçait le cynisme.

Marisa hésita un instant, puis sans le regarder, ses cils noirs tranchant sur la pâleur de ses joues, elle répliqua :

– Aline... vous ressemble beaucoup. Elle a la même netteté, la même... détermination, une fois qu'elle a pris une décision.

– Vous pensez réellement qu'elle me ressemble?

Impossible, cette fois, de se méprendre à l'amer cynisme de sa voix.

– Je pense que l'on ne peut échapper à certaines caractéristiques familiales.

Elle regarda le duc en face pour la première fois, et

il y avait une lueur de défi dans ses yeux quand elle continua :

– ... J'ai les cheveux roux comme ma mère, ma grand-mère et mon arrière-grand-mère. C'est un héritage de famille pour les femmes. Les hommes sont bruns, en général. Les Milverley ont, eux aussi, un trait commun.

Le duc ne put cacher sa surprise.

– ... Vous avez dû le remarquer sur les portraits de vos ancêtres, ajouta la jeune fille.

– Je n'ai aucune idée de ce dont vous voulez parler, répondit-il d'un ton indifférent, comme si la conversation avait dévié.

Marisa se leva.

– Je voudrais vous montrer quelque chose, dit-elle.

Elle traversa la pièce. Sans regarder derrière elle, elle sentit que le duc la suivait. Elle s'arrêta devant la cheminée. Au-dessus de celle-ci se trouvait un portrait du premier duc de Milverley, peint par van Dyck. Il portait le costume compliqué à la mode sous Charles II et une perruque sombre, bouclée jusqu'aux épaules, encadrait un visage intéressant, aux traits fins et aristocratiques.

C'était une œuvre magnifique. Vox Castle en arrière-plan, le duc était représenté appuyé négligemment contre une urne. Sa main gauche sortait avec élégance d'un poignet de dentelle.

– Constatez-vous qu'il a la même particularité que vous-même? demanda Marisa, doucement.

Le duc regarda le portrait de son ancêtre :

– Est-ce une devinette? Peut-être avons-nous quelques traits communs, mais...

– Pas dans son visage, mais dans sa main. Van Dyck peignait admirablement les mains. Cela se remarque dans tous ses portraits.

Le duc examina de plus près la main désignée.

– Et maintenant regardez la vôtre, dit Marisa.

Il étendit les doigts qu'il avait longs, fins, bien formés.

– Êtes-vous donc aveugle?

– Je suis navré, mais expliquez-moi. Sans doute suis-je obtus, mais je ne comprends absolument pas.

– Regardez votre index, dit Marisa. Ne constatez-vous pas qu'il est exactement de la même longueur que votre médius? C'est tout à fait inhabituel. Chez la plupart des gens, l'index est plus court, comme le mien.

Elle tendit la main tout en parlant, la mit à côté de celle du duc. Elle était très petite par comparaison, mais elle avait, elle aussi, des doigts longs et élégants. Ainsi qu'elle l'avait dit, son index était beaucoup plus court que son médius.

– ... Si vous regardez les portraits de vos parents qui sont partout dans ce château, continua la jeune fille, comme le duc contemplait sa main, vous constaterez, quand l'artiste a peint la main avec soin, que l'index a toujours la même longueur que le doigt voisin. (Elle désigna le tableau :) C'est curieux, mais cela ne se trouve que sur la main gauche des Milverley... La main d'Aline est exactement semblable à la vôtre. Son index a la même taille que le médius et elle a les mêmes ongles bombés.

Le duc garda le silence plusieurs secondes. Il regardait sa main.

– Est-ce vrai? demanda-t-il enfin, la voix rauque.

– Vous le constaterez vous-même.

– Mon Dieu! murmura-t-il.

Il s'écarta d'elle, traversa la pièce et, planté devant la fenêtre, regarda dans le jardin.

Marisa ne bougea pas. Il regardait au fond de son âme, elle le savait, et comprenait que pendant neuf ans il avait puni sa propre enfant parce que la femme à laquelle il avait été marié avait voulu le punir et l'humilier, lui.

Il garda le silence si longtemps que la jeune fille envisagea de sortir, sans bruit.

Puis, sans se retourner, il lui demanda :

– Comment avez-vous su, l'autre nuit, que lord Wantage venait d'arriver?

Marisa ne répondit pas aussitôt.

– Je ne dormais pas, dit-elle enfin, la voix sourde. Ma chambre donne sur le devant. Je l'ai entendu approcher, en voiture.

– Et comment saviez-vous qu'il avait amené des détectives avec lui?

– Je... je l'ai deviné, balbutia-t-elle. J'avais entendu dire que Sa Seigneurie... avait pris assez mal la cour que vous faisiez à sa femme... pendant votre séjour à Dunrobin.

Le duc fit volte-face sans cacher sa surprise :

– Vous avez entendu parler de ça? Mais comment donc avez-vous pu?

Marisa le regarda avant de répondre :

– Votre Grâce n'est pas assez naïve pour croire que tout ce qu'elle fait demeure secret. A peine êtes-vous arrivé que miss Whitcham a été mise au courant de ce qui s'était passé.

– C'est invraisemblable! s'écria-t-il. Réellement vous voulez me faire croire que des sujets aussi intimes, aussi personnels, sont le secret de polichinelle?

– Pas exactement, mais, si étrange que cela puisse vous paraître, les domestiques sont des êtres humains. Ils parlent, ils bavardent, et ce que font leurs maîtres les intéresse beaucoup!

Le duc retraversa la pièce et reprit place à son bureau :

– Vous me stupéfiez. Ainsi, vous vous attendiez à l'arrivée de lord Wantage.

– Nullement! Je ne m'attendais à rien de la sorte, répondit-elle d'un ton sec. Seulement, quand je l'ai vu arriver... j'ai compris pourquoi... il était venu.

Elle se rapprocha lentement du bureau et le duc la regarda, l'œil pénétrant.

– Ainsi, vous m'avez sauvé, dit-il. Pourquoi?

Elle battit des paupières sous son regard et, sans en avoir eu l'intention, elle s'assit. Il lui fallait lui répondre et lui dire la vérité.

– Je ne connais pas la réponse... à cette question, dit-elle, en hésitant. Je me la suis posée moi-même. Je... vous détestais pour la façon dont vous traitiez Aline... et pour d'autres raisons... et, cependant, alors que j'aurais pu attendre et vous voir déshonoré... je n'ai pas pu. Peut-être est-ce parce que je ne souhaitais pas voir le père d'Aline mêlé à un scandale.

– Vous êtes d'une belle franchise, miss Mitton.

– Vous m'avez posé une question.

– Oui, je vous ai priée de me dire la vérité, admit-il. A présent, je me demande de quelle façon je puis vous exprimer ma gratitude et comment je peux excuser le comportement d'un homme qui, jusque-là, était de mes amis.

– Il est tout à fait inutile que vous m'exprimiez votre gratitude ou que vous vous excusiez pour lord Frederick, répliqua Marisa. Il s'est comporté exactement comme je m'y attendais.

– Et vous êtes montée vous coucher avec un pistolet ! Vous avait-il dit qu'il monterait chez vous?

– Pas en termes précis, mais j'ai entendu raconter tellement d'histoires concernant la façon dont, dans les grandes maisons, les messieurs, qui n'ont rien de mieux à faire que poursuivre des femmes sans défense, traitent les gouvernantes et même les femmes de chambre !

Elle avait parlé d'un ton rageur, les yeux brillants.

– Vous avez de bonnes raisons d'être outragée par ce qui s'est passé l'autre nuit. Mais vous exagérez si vous pensez que la majorité des hommes de la bonne société traite de cette façon une femme dans votre situation.

– J'ai entendu dire que cela arrivait très souvent, beaucoup trop fréquemment pour classer ce qui s'est passé jeudi soir dans la catégorie des incidents isolés.

– Je ne puis que regretter plus vivement que cela se soit passé sous mon toit et j'espère que cela ne vous aura pas trop marquée.

– Je puis assurer à Votre Grâce que le comportement de lord Frederick n'a, en rien, changé l'opinion que j'ai des hommes, répondit Marisa.

Elle avait parlé avec une telle violence que le duc montra sa surprise.

– Vous parlez comme si vous méprisiez tous ceux de mon sexe !

– Parfaitement ! Je méprise et je déteste tous les hommes ! (Elle avait parlé sans réfléchir et s'empressa d'ajouter :) ... Je suis navrée... mes sentiments personnels n'ont aucun intérêt pour vous.

– Bien au contraire, je vous assure qu'ils m'intéressent beaucoup. Vous occupez une place très importante dans ma maison, miss Mitton et, comme vous éduquez ma fille, vos impressions et vos convictions ne peuvent pas m'être indifférentes.

– Jusqu'ici Aline n'a connu que la haine, dit tranquillement Marisa. Elle n'a jamais connu d'amour et c'est ce que j'ai tenté de vous faire comprendre depuis mon arrivée au château. Je n'irai pas lui infliger mes propres antipathies, je vous le promets.

Elle parlait avec une sincérité évidente, ses grands yeux cherchant à le convaincre.

– Mais vous persisterez à détester mes semblables, dit-il lentement.

– Qu'y puis-je ?

– Un jour, vous changerez. Vous tomberez amoureuse, miss Mitton, et vous vous rendrez compte, alors, qu'un homme n'est pas la créature abjecte que vous croyez.

– Je puis assurer à Votre Grâce que cela n'arrivera jamais.

– Comment pouvez-vous en être aussi sûre? demanda-t-il, une note amusée dans la voix.

– J'en suis certaine, déclara-t-elle. Croyez-vous que j'éprouve de l'intérêt pour le genre d'émotions écœurantes, lubriques, exprimées par des hommes comme lord Frederick ou même...

Elle s'interrompit brusquement en se rendant compte que, entraînée par sa violence, elle était sur le point d'être d'une extrême grossièreté.

– ... ou même comme moi, termina le duc.

Puis, soudain, à la grande surprise de Marisa, il frappa la table du poing.

– Mais, bon Dieu! Ce n'est pas de l'amour ça! dit-il avec colère. Me prenez-vous pour un simple d'esprit pour aller penser qu'une sentimentalité pleurnicharde, un interlude amoureux, ou un désir physique à peine caché soient dignes du nom d'amour? Cela n'a rien à voir! Vous devriez être assez intelligente pour comprendre que je parle de quelque chose de très différent. Je parle du véritable amour. Celui qu'un homme et une femme ne trouvent qu'une fois dans leur vie s'ils ont de la chance, mais qui, pour la majorité, demeure un rêve hors d'atteinte.

Il parlait avec une telle force que Marisa ne pouvait que le regarder, les yeux dilatés par l'étonnement.

– ... L'amour, miss Mitton, continua-t-il de sa voix grave, est quelque chose d'irrésistible, quelque chose que l'on ne peut ni contrôler ni éviter. C'est un feu qui consume tout. C'est une vague qui vous entraîne au fond d'une mer d'où l'on ne peut vous sauver. C'est une extase qui est à demi agonie, à demi ravissement et à laquelle on ne peut échapper.

Son regard retenait celui de Marisa et elle se sentait

subjuguée par sa façon de parler et par des mots qu'elle ne se serait jamais attendue à entendre dans sa bouche. Soudain, alors qu'ils se regardaient, dans un silence lourd de sens, il se leva, repoussa son siège et retourna à la fenêtre.

– C'est cela l'amour, miss Mitton, dit-il d'une voix plus posée. Et j'espère qu'un jour vous le rencontrerez.

Marisa se leva à son tour. Elle se sentait un peu essoufflée, comme si elle venait de nager longtemps, à contre-courant, dans une mer agitée. Les épaules du duc se découpaient, très larges, en contre-jour.

Elle aurait voulu lui poser bien d'autres questions, elle avait tant de choses à apprendre, mais, elle le sentait, il en avait terminé avec elle et elle n'avait plus qu'à se retirer. Elle attendait, irrésolue.

– Je pars cet après-midi, dit-il enfin. Je vais chasser demain avec lord Acton mais je serai revenu mardi soir. Dites à Aline que je l'emmènerai faire une promenade à cheval, mercredi.

Marisa ne put retenir un léger cri :

– Oh ! comme je suis contente. Aline va être ravie.

– L'invitation compte pour vous deux, précisa-t-il en se tournant. J'aimerais vous défier au galop, miss Mitton. Je serais très satisfait de vous battre !

– Je suis sûre que vous y parviendrez aisément.

– Si aisément que cela? Je me le demande.

Marisa avait l'étrange impression que leurs bouches prononçaient des mots, mais qu'ils pensaient à tout autre chose. Prise d'une brusque crise de timidité elle dit vivement :

– Votre Grâce... en a-t-elle terminé avec moi?

– Pour le moment, oui.

Comme elle s'apprêtait à faire demi-tour il se rapprocha d'elle et, dans un geste qui la surprit, il lui prit la main :

– Je vous dois un grand merci, dit-il – et il porta sa main à ses lèvres.

Elle sentit la chaleur de sa bouche contre sa peau. Alors, les joues brûlantes, le souffle court sans savoir pourquoi, elle sortit vivement de la pièce sans se retourner.

Il parut à la jeune fille que le reste de la journée se passa dans une sorte de rêve.

Quand elle dit à Aline que son père avait pardonné et qu'elles feraient du cheval avec lui, l'excitation de l'enfant eut quelque chose de pathétique. La petite fille avait une foule de questions à poser :

– Était-il très fâché contre moi? Qu'a-t-il dit parce que je montais à califourchon? M'a-t-il pardonné pour avoir donné une souris à lady Wantage ?

Elle voulait des détails, reposait sans cesse les mêmes questions sous des formes différentes et Marisa en était totalement étourdie.

Elles sortirent faire une promenade, mais cela ne mit pas un frein à la curiosité d'Aline et quand, enfin, on l'emmena se coucher, Marisa se sauva vers sa propre chambre avec une impression de soulagement. Elle tenta alors de faire le point au sujet de son entrevue avec le duc. Elle avait du mal à comprendre ses propres sentiments.

Elle l'avait détesté et, pourtant, quand elle lui avait prouvé qu'Aline était bel et bien son enfant, elle avait éprouvé une intense compassion pour lui, trompé pendant plus de neuf ans. Comment une femme avait-elle pu commettre un tel crime? Le priver de sa paternité, condamner sa propre fille au vide de la vie qui avait été la sienne, enfant non désirée, non aimée par son unique parent. C'était d'une cruauté que seul un monstre d'égoïsme pouvait manifester.

Marisa n'éprouvait que mépris pour cette femme qui, au fond, devait être déséquilibrée, comme certains le prétendaient.

« Mais je le déteste toujours, lui aussi, se dit-elle. Il représente parfaitement son milieu et, quoi qu'il puisse dire, il est aussi peu intéressant que ses amis. »

Cependant, tout cela sonnait faux. Elle avait tenté de réanimer sa colère à son égard en se remémorant la stupidité et la méchanceté de lady Wantage. Elle chercha à se souvenir de la façon dont elle l'avait haï quand il s'était moqué d'elle, quelques années plus tôt, au cours de ses débuts.

Mais le feu était mort et elle n'éprouvait, à sa place, qu'un intérêt étrange pour le duc, qui n'avait rien à voir avec ses aventures amoureuses. Elle ne pouvait s'empêcher de se rappeler la chaleur avec laquelle Arthur Balfour avait parlé de lui et, tout le reste de la journée, la voix grave du duc parlant de l'amour auquel on ne pouvait échapper lui parut vibrer dans ses oreilles.

« Je suis folle! Ce n'est qu'un homme et tous les hommes sont méprisables! »

Elle pensa à lui embrassant lady Wantage et la serrant contre lui pendant que lord Wantage approchait en voiture.

« Pourquoi ai-je été stupide au point de le prévenir? se demanda-t-elle. J'aurais dû le laisser punir pour son inconduite. J'aurais dû le laisser subir les conséquences de son acte. Coucher avec la femme d'un ami! »

Mais elle l'avait sauvé et elle se demandait quelle avait été la surprise, la déception peut-être, de lord Wantage trouvant sa femme seule dans sa chambre.

« Ils sont tous répugnants. »

Cependant, elle le savait, sa colère allait beaucoup plus à lord Wantage qu'au duc.

A l'heure du dîner, elle envoya un message à miss Whitcham pour lui dire qu'elle était fatiguée et qu'elle ne prendrait pas son repas avec elle. Elle se sentait incapable d'écouter les commérages de la secrétaire, commentant la réception, et se demandant les raisons de l'arrivée de lord Wantage au milieu de la nuit.

Le veilleur de nuit avait, bien entendu, parlé. Le

vendredi matin, tout le monde, au château, savait que lord Wantage était arrivé avec deux inconnus lesquels étaient repartis presque aussitôt. Mais, fort heureusement, personne ne connaissait le rôle joué par Marisa.

Miss Whitcham en avait conclu que, ou bien les manifestations amoureuses du duc avaient cessé avant l'arrivée de lord Wantage, ou qu'ils avaient réellement eu peur de l'attitude de ce dernier à Dunrobin Castle et n'avaient pas voulu courir de risques.

» Je ne peux pas en entendre davantage », s'était dit Marisa. Après un repas léger dans la salle d'études, elle retourna dans sa chambre dans l'intention de se coucher. Il n'était que 9 heures et, soudain, elle décida d'ouvrir son sac et d'en sortir le manuscrit qu'elle n'avait pas regardé depuis son arrivée. Elle l'étala sur le tapis devant le feu. Sans savoir pourquoi, elle éprouvait tout à coup une certaine répugnance à le lire.

Elle avait déjà couvert plusieurs centaines de feuillets s'inspirant de larges extraits du journal de sa grand-tante Augusta. Elle avait aussi découvert, dans la bibliothèque de son père, plusieurs livres qui l'avaient beaucoup aidée. Mais, elle le savait à présent, elle pouvait y ajouter de nombreux éléments grâce à la bibliothèque, au rez-de-chaussée. Elle resta à contempler les pages manuscrites.

« Je dois terminer ça et, ensuite, je pourrai quitter le château », se dit-elle, et cette seule pensée lui parut douloureuse.

Elle n'avait pas envie de partir, mais elle ne pouvait indubitablement pas rester gouvernante le reste de sa vie.

Sa tante avait raison, c'était une situation humble et dégradante pour quelqu'un comme elle. Elle partirait et irait habiter avec miss Gillingham, son ancienne gouvernante. Puis, elle écrirait. Une fois ce livre terminé et publié, le succès qu'il ne manquerait pas de connaître faciliterait la publication d'autres ouvrages.

Elle sentit le désir soudain de s'enfuir, de ne pas revoir le duc, de ne pas le réentendre parler d'amour. Elle avait peur de lui. Mais la peur éprouvée était très différente de celle qu'elle avait déjà connue. C'était une impression qu'elle ne comprenait pas.

Elle ramassa son manuscrit et, résolue, sortit de sa chambre et descendit. Elle avait encore beaucoup à faire et, plus tôt ce serait terminé, plus tôt elle pourrait partir.

La bibliothèque était encore éclairée, les domestiques avaient pris l'habitude de l'y voir travailler très tard.

Posant son manuscrit sur le bureau, au centre de la pièce, Marisa gravit l'échelle qui menait à la galerie.

Elle voulait des détails sur Guillaume IV et les dix enfants illégitimes qu'il avait eus de Mrs Jordan. Il y avait certainement là quelques ouvrages touchant à ce sujet et que son père n'avait pas eus.

Comme elle avançait en direction de l'endroit où elle pensait trouver les livres en question, elle remarqua, dans la section des ouvrages français, un nouveau livre de Guy de Maupassant. Il s'intitulait *Fort comme la mort* et sa publication datait à peine de quelques mois.

Elle le sortit de la rangée avec ravissement. Personne, à ses yeux, n'écrivait aussi bien et elle souhaitait, plus que tout, acquérir un style aussi vif, aussi brillant que le sien.

Elle ouvrit l'ouvrage dans l'intention de jeter un coup d'œil à la première page. Une demi-heure plus tard, plongée dans sa lecture, elle n'entendit pas la porte s'ouvrir et le duc entrer dans la pièce.

Il était revenu inopinément; son hôte tombé malade, la partie de chasse avait été remise. A son arrivée, le maître d'hôtel lui avait appris que miss Mitton était dans la bibliothèque. L'épaisseur du tapis étouffait le bruit de ses pas.

Il leva la tête, aperçut Marisa sur la galerie et, comme il était sur le point de lui parler, il remarqua le manuscrit posé sur la table.

Il était disposé en plusieurs piles et, presque machinalement, le duc lut le feuillet sur le dessus de la pile la plus proche de lui.

LES SCANDALES DE LA HAUTE SOCIÉTÉ

Un siècle de dépravation

1. Lettres d'amour du prince de Galles à une actrice.
2. La vie scandaleuse à Carlton House.
3. Lord Nelson ensorcelé par Emma Hamilton.
4. Prostituées, parasites et pairs du royaume.
5. Les dix bâtards de Guillaume IV.

Il y avait divers autres titres indiquant visiblement chaque fois un nouveau chapitre. Le regard du duc glissa au bas de la colonne où il put lire :

20. L'engouement du prince de Galles pour Lily Langtry.
21. La licence et les habitués de Marlborough House.
22. Tromperie à Tranby Croft.
23. Comment un noble duc se compromet.

Milverley eut sans doute une exclamation involontaire car Marisa leva les yeux de sur son livre et le vit.

Puis elle comprit ce qu'il avait à la main et se précipita le long de la galerie, descendit et traversa la pièce.

– Posez cela tout de suite ! s'écria-t-elle. Vous ne devez pas le lire... c'est... c'est à moi !

Il la regarda, absolument furieux :

– Ainsi, c'est ce que vous êtes ? Une espionne !

Une fouilleuse de fange qui écoute aux trous de serrures ! Quel est le journal qui vous paye pour cette ordure ?

– Personne... c'est faux, bredouilla-t-elle. J'écris ça... pour moi toute seule.

– Et vous espérez me faire croire ça? Vous vous êtes introduite chez moi dans le seul but de découvrir le moindre scandale, d'écouter les pires ragots, les plus ignobles saletés sur mon compte ou celui de mes amis. Comment avez-vous pu oser?

– Ce... ce n'est pas vrai.

– Vous mentez. Je lis dans vos yeux que vous mentez. Mais, maintenant, je sais qui vous êtes... une déterreuse de scandales, une calomniatrice. Vous avez l'intention de salir mes amis avec un livre répugnant et malveillant sans leur donner la moindre chance de se défendre.

– Non... non ! s'écria Marisa.

– Vous mentez encore. Je croyais que vous étiez différente des autres. Je ne pensais pas que vous étiez une gouvernante ordinaire, je me doutais qu'il devait y avoir une raison à votre présence ici. Mais je n'imaginais pas ça !

Sa voix avait des intonations terribles et il dominait la jeune fille de façon menaçante. Effrayée, elle tremblait, les yeux levés vers lui. D'un geste méprisant et furieux il indiqua le manuscrit :

– ... Ces obscénités passées et ces scandales actuels, votre petit esprit empoisonné a-t-il jamais un instant cherché à comprendre que si des hommes et des femmes font de telles choses, c'est parce qu'ils sont malheureux?

Il ne la quittait pas du regard :

– ... Avez-vous jamais songé qu'ils cherchent quelque chose, une chose qu'ils ne trouvent jamais? Nombre de ces scandales qui font vos délices n'existent, la plupart du temps, que parce que les gens concernés ont été forcés par les circonstances d'épouser quelqu'un qu'ils n'aimaient pas !

Il continua, les yeux noirs de fureur :

– ... Ne pouvez-vous, en tant que femme, comprendre que ces gens-là sont condamnés à une vie de tristesse et de solitude à moins que l'amour, sous une forme ou sous une autre, rende leur existence un peu plus supportable. Avez-vous songé à cela en les poursuivant et en les souillant ?

Il lui cracha littéralement sa dernière phrase, puis la regardant tremblante devant lui, les yeux dilatés par la peur, les lèvres frémissantes, il changea complètement d'expression.

– ... Je vous respectais, dit-il, brutalement. Je vous ai cru quand vous m'avez dit haïr les hommes et qu'ils vous dégoûtaient. Mais maintenant, je sais que vous mentiez. Peut-être même avez-vous attiré lord Frederick dans votre chambre pour avoir le plaisir de raconter sa façon de se comporter dans votre compte rendu d'activités sexuelles.

– C'est faux ! s'écria Marisa. Ce... ce n'est pas vrai.

– Et vous avez fait étalage devant moi de vos cheveux roux et de votre peau blanche, continua-t-il, les traits déformés par la colère. Quel idiot j'ai été de ne pas jouer le rôle que vous attendiez d'un noble libertin !

Marisa tenta de parler, mais elle en fut incapable.

– ... Mais nous pouvons toujours rattraper le temps perdu. Ce sera quelque chose d'autre à ajouter à votre torchon.

Tout en parlant, il l'avait prise brutalement dans ses bras. Elle poussa un cri de surprise.

Puis, sa bouche fut sur la sienne et il la serra avec une telle force qu'elle ne pouvait pas respirer. Il l'embrassa avec une fureur qui lui meurtrit la bouche. Elle tenta de se débattre, mais il l'immobilisait.

Il lui embrassa les lèvres avec une telle violence qu'elle crut s'évanouir. Puis, il lui baisa les paupières, les joues et, se courbant, il lui couvrit le cou de baisers.

– Je vous en supplie... lâchez-moi !

Mais, de sa bouche, il l'empêcha de parler davantage. Elle eut soudain l'impression qu'un feu s'allumait en elle, l'embrasait. Elle avait si peur qu'elle ne pouvait pas lier deux idées, mais rester seulement à frémir sous l'emprise passionnée de ses lèvres.

Personne encore ne l'avait embrassée et elle ignorait qu'un homme peut rendre une femme captive en lui prenant seulement la bouche. La colère qu'avait éprouvée le duc lui avait fait perdre tout contrôle de soi, elle le savait. Mais, à présent, il était en proie à une tout autre émotion et elle en avait beaucoup plus peur encore que de cette colère.

– ... Je vous en prie... je vous en prie, murmura-t-elle, consciente que, quoi qu'il fît, elle était beaucoup trop faible pour lutter contre lui.

Brusquement, il la repoussa.

– Que le diable vous emporte ! gronda-t-il. Que je ne vous voie plus !

L'instant d'après, il était sorti en claquant la porte.

Pendant quelques secondes, Marisa ne put que regarder le dessus de la table, persuadée qu'elle allait tomber.

Puis, avec un sanglot, elle ramassa son manuscrit éparpillé et, le serrant contre sa poitrine, elle quitta la pièce en courant et remonta dans sa chambre.

Hors d'haleine, elle s'adossa un instant contre la porte refermée avant de se diriger vers le feu et d'y jeter son manuscrit. Les flammes s'emparèrent aussitôt des feuillets couverts de son écriture régulière, montèrent, de plus en plus haut, en ronflant dans le conduit de la cheminée.

Secouée de sanglots, Marisa s'écroula sur le tapis.

7

Marisa pleura jusqu'à épuisement total et puis, grelottant de froid et de chagrin, elle se déhabilla et se coucha.

Dans l'obscurité, elle comprit ses torts et sut que le duc avait eu de bonnes raisons de lui parler comme il l'avait fait.

« Comment, se demandait-elle, ai-je pu m'abaisser jusqu'à devenir, pour employer ses propres termes, "une racleuse de boue, une calomniatrice" ? »

Jamais elle n'aurait cru qu'un homme puisse lui parler comme le duc l'avait fait et cependant l'honnêteté la forçait à admettre qu'il avait raison.

Mais ce qu'il ignorait et ce que Marisa comprenait à présent pour la première fois, c'est qu'elle n'avait été qu'un instrument de la rancœur et de l'amertume de son père. Elle le réentendait lui dire, alors qu'elle n'avait que cinq ans :

– N'oublie jamais, Marisa, que les hommes sont répugnants et bestiaux. Évite-les, déteste-les, car ils feindront d'être tes amis et te poignarderont dans le dos.

Elle comprenait à présent que, du fait qu'il avait peu d'amis et personne avec qui parler, son père s'entretenait avec elle comme si elle avait été un homme de son âge.

C'est devant elle qu'il s'en prenait à la haute société, lui attribuant tous les vices et les dépravations, et elle était trop jeune pour comprendre qu'au fond il ne visait qu'un seul homme : lord Geltsdale.

C'est son père qui, quand elle avait grandi, lui avait

suggéré d'écrire aux journaux, aux revues et lui avait mis dans la tête l'idée d'écrire un livre.

Il aurait pu le faire lui-même, mais, la plume à la main, son style devenait lourd et pompeux.

Quand Marisa, ayant découvert le journal de la grand-tante Augusta, le lui avait montré, il s'était écrié :

– Intéressant ! Très intéressant, Marisa. Pourquoi ne transformes-tu pas cela en pamphlet, ou mieux, en livre ? Il y avait tant de scandales à l'époque où ta grand-tante a écrit ces pages que ce serait une lecture instructive pour les générations à venir. (Il s'était interrompu avant de reprendre, l'œil brillant :) Les dandies de toutes espèces avec lesquels George IV, quand il était prince de Galles et régent, s'amusait étaient des créatures si dissolues que l'histoire de leur vie servirait de leçon à tous les gens « bien ».

– Je suppose qu'il existe des ouvrages qui racontent ce qu'ils ont fait, avait dit Marisa, avouant son ignorance totale du sujet.

– Je te les trouverai et tu pourras continuer de décrire le comportement de cette société jusqu'à nos jours. Nos prétendus gentilshommes ont ruiné le pays. On devrait les pendre, jusqu'au dernier.

Il avait parlé avec une fureur réprimée qui disait toute sa douleur à sa fille. Elle était trop jeune pour se rendre compte qu'il avait nourri sa douleur et la haine qu'il vouait à lord Geltsdale avec le moindre scandale, toutes les anecdotes de mauvais goût touchant au milieu qu'avait fréquenté le séducteur de sa femme.

Ce n'était qu'à présent, le visage ruisselant de larmes contre son oreiller, que Marisa commençait à entrevoir la vérité. Les opinions radicales de son père, sa sympathie si souvent exprimée pour les mineurs, les ouvriers d'usine, les personnes âgées et les pauvres n'étaient que des traits décochés à l'adresse des aristocrates qui les ignoraient ou des employeurs qui les exploitaient. Il n'éprouvait aucun sentiment particulier pour les opprimés et se préoccupait peu de qui souffrait. Il n'avait qu'un but et s'y concentrait : la destruction de la structure sociale.

« Quelle idiote j'ai été de ne pas comprendre tout cela », se dit-elle.

Elle en avait toujours voulu profondément à sa mère d'être partie et de l'avoir abandonnée. Mais maintenant, elle commençait à se demander si sa mère n'avait pas eu des circonstances atténuantes.

Très belle et d'un naturel passionné, elle avait épousé, à dix-sept ans, un homme de vingt ans son aîné. C'était un lettré, un reclus qui, même à l'époque, détestait toute vie mondaine.

Les parents de la jeune femme, ravis de la voir épouser un homme distingué, d'âge mûr, porteur d'un titre et relativement fortuné, avaient accepté avec empressement la demande du comte. Ils avaient mené leur fille à l'autel avant qu'elle ait eu le temps de comprendre que, s'il était excitant d'être la fiancée d'un tel homme, il serait profondément ennuyeux de devenir sa femme.

Marisa avait entendu les domestiques dire que sa mère adorait danser, qu'elle aurait beaucoup voulu aller à la chasse mais qu'elle était rarement autorisée à faire l'un ou l'autre.

Le comte détestait la danse et la chasse. Quand il allait tirer, il ne demandait pas à sa femme de l'accompagner. Ce n'est que plus tard, en traitant Marisa comme si elle était son fils, qu'il lui avait appris à tirer et l'avait emmenée, à pied, pendant des kilomètres, à la recherche d'un gibier.

En tout cas, après six années d'ennui, quand lord Geltsdale, à peine plus âgé qu'elle, était entré dans sa vie, il était évident qu'elle avait été incapable de lui résister. Ils s'étaient rencontrés à la chasse et, l'été venu, ils avaient continué à se voir en secret, la mère de Marisa s'échappant chaque jour de la grande maison triste, laissant son époux indifférent enseveli dans ses livres.

Il avait été parfaitement inconscient de ce qui se passait jusqu'à ce qu'il soit trop tard. Elle avait dû aimer lord Geltsdale profondément, pensait Marisa, qui réentendait le duc lui dire que l'on ne pouvait échapper à l'amour.

« Comment en sait-il autant? » se demanda-t-elle. Puis elle se souvint que, lui aussi, avait été malheureux en ménage. Elle tenta de l'imaginer souffrant comme son père avait souffert et, pour la première fois, les gens qu'elle avait voulu brocarder prirent vie, cessèrent de n'être que des marionnettes connues seulement pour l'image qu'on en voit sur une page imprimée, sans chair ni sang.

Des extraits du journal de sa grand-tante Augusta lui revinrent en mémoire :

« Lord X est revenu chez lui hier soir et il a trouvé sir F... J... dans le boudoir de sa femme. Il l'a provoqué en duel et ce matin, à l'aube, laissa sir F... J... mortellement blessé. Lord X s'est enfui en France en attendant que le scandale s'éteigne. Lady X a toujours été de ces femmes faciles à émouvoir et, à mon avis, le mariage était condamné dès le départ. Mais, bien sûr, de son avis à elle, c'était un très beau parti. »

Marisa songea à quel point cette histoire de duel l'avait intéressée. Elle n'avait, jusque-là, jamais pensé au martyre de la dame en question, restée seule, son amant tué et son mari à l'étranger. L'amour qu'elle éprouvait pour sir F... J... avait-il été assez intense pour qu'elle estime que la vie avait cessé pour elle aussi?

Marisa se souvenait aussi de son père lui montrant

une caricature vulgaire de lady Hamilton et de lord Nelson. Cependant ce grand héros anglais avait eu un amour réel et profond pour l'une des plus jolies femmes que le monde ait jamais vues. En mourant, il avait demandé au pays qu'il avait si bien servi de prendre soin d'elle.

Il y a tant de façons de voir les scandales...

– Tu pourras mettre George IV au pilori dans ton livre, avait dit son père. C'était un gros homme dépourvu de qualités.

« Était-ce vrai ? » se demandait maintenant Marisa, dans l'obscurité.

George IV avait été très cultivé, doué de beaucoup d'esprit et d'un goût exquis. Le fait qu'il recherchait toujours la compagnie de femmes plus âgées que lui ne démontrait-il pas qu'il avait manqué, dans son enfance, de l'amour et de la compréhension de parents et qu'il en avait souffert ?

Quant à Guillaume IV, à la vie duquel, avec Mrs Jordan, elle avait consacré tout un chapitre, ne s'était-il pas comporté comme l'aurait fait un simple gentilhomme campagnard en vivant tranquillement à Buskey avec la femme qu'il aimait et qu'il ne pouvait pas épouser ? Quand il était monté sur le trône, il avait accumulé les faveurs sur la tête de leurs enfants, illégitimes il est vrai, mais qu'il aimait tendrement, leur donnant des titres et leur trouvant des places à la Cour.

« Il y a toujours deux faces à une image », avait dit miss Gillingham à Marisa.

A revoir son enfance, elle devait admettre que c'était sa gouvernante qui lui avait donné la stabilité et le sens des réalités qu'elle n'avait jamais trouvés chez son père. C'était miss Gillingham qui lui avait appris à connaître la nature. Sa gouvernante était d'origine paysanne et quoique très instruite et bonne linguiste, ce qui était très rare, elle éprouvait un véritable amour pour la campagne. Elle emmenait Marisa dans de longues promenades et lui expliquait les arbres, les fleurs et les plantes de la façon dont elle-même cherchait à le faire avec Aline.

Parce que Marisa était toute seule et qu'un enfant solitaire ne trouve des compagnons que dans son imagination, elle peuplait le bel univers simple de miss Gillingham de fées et d'elfes, de dragons et même, quoique se sentant un peu coupable de le faire, de chevaliers en armures étincelantes.

Pourtant, elle devait être sincère et admettre qu'elle avait éprouvé de la joie dans ses recherches pour écrire l'ouvrage suggéré par son père. Elle aimait beaucoup les livres. Elle éprouvait un réel plaisir à leur seul contact, à celui de tourner les pages, se demandant quelle nouvelle découverte elle ferait. Mais quand elle prenait note des événements scandaleux qu'elle découvrait, assise au bureau de son père, il ne lui était jamais venu à l'idée qu'elle jouait avec la vie de gens bien réels ou que ceux sur lesquels elle écrivait pouvaient souffrir aussi cruellement qu'elle souffrait en ce moment même.

« Votre petit esprit empoisonné a-t-il jamais un instant cherché à comprendre que si des hommes et des femmes font de telles choses, c'est parce qu'ils sont malheureux ? »

Elle réentendait la colère dans la voix du duc. Le seul fait de se souvenir de ses paroles la faisait trembler des pieds à la tête. Non, elle n'y avait jamais pensé ! Elle avait simplement recopié ce qu'elle avait lu, comme une élève dans une salle d'études.

Elle le comprenait, à présent. Elle ne serait jamais un bon écrivain, quelle qu'ait été la docilité avec laquelle elle avait accepté les idées suggérées par son père.

Comment pourrait-elle écrire sur des sujets qu'elle ignorait ? Comment pourrait-elle décrire, ou même imaginer, des sentiments qu'elle n'avait jamais éprouvés ?

Ce qu'elle avait transcrit n'était qu'un assemblage de mots. Mots déjà écrits par quelqu'un d'autre, phrases copiées de livre en livre et sans grand intérêt si ce n'est qu'ils allaient dans le sens de la haine qui animait son père.

Mais c'était elle, et elle seule, qui avait recopié les histoires malpropres qui avaient attiré sur sa tête la colère du duc.

Comme si elle n'avait pas été suffisamment humiliée par ce qu'il lui avait dit... il l'avait embrassée.

Comment se faisait-il qu'elle n'ait pu se débattre davantage quand il la retenait, captive entre ses bras ? Il avait couvert ses lèvres, ses yeux, ses joues de baisers si brutaux qu'ils en étaient encore meurtris. Il l'avait méprisée pour ce qu'elle avait fait et l'avait punie en l'embrassant.

« Ce sera quelque chose d'autre à ajouter à votre torchon ! »

Puis, l'ayant rendue à demi inconsciente, il l'avait brutalement repoussée.

« Que le diable vous emporte ! Que je ne vous voie plus ! »

La dureté de son accent résonnait encore à ses oreilles et son impression d'humiliation était telle que ses yeux s'emplirent de nouveau de larmes.

Elle avait projeté de quitter le château, mais pas de cette façon, comme une paria, comme quelqu'un dont il se souviendrait toujours comme d'un être malpropre, écœurant.

« Mon Dieu, comment puis-je lui faire comprendre ? Comment puis-je lui démontrer que je ne voulais pas tout cela ? »

Jamais, elle le savait, elle ne pourrait lui expliquer les circonstances qui l'avaient amenée à faire ce que son père lui avait demandé et, pour cela, chercher dans sa bibliothèque les éléments scandaleux nécessaires.

Mais, si elle était honnête, elle devait bien admettre qu'elle avait eu l'intention d'écrire sur le duc lui-même.

Elle l'avait détesté pour ce qu'il avait dit au cours de cet horrible bal où personne n'avait manifesté l'envie de danser avec elle et où les jeunes gens, ayant accompli leur devoir, s'empressaient de la planter là pour chercher des jeunes filles plus attirantes. Elle l'avait détesté, mais il l'avait troublée. Il y avait quelque chose dans sa voix grave qu'elle n'avait jamais pu oublier. C'est pour cela qu'elle recherchait ses photos dans les revues qu'elle feuilletait. C'étaient elles qui l'avaient poussée à accumuler tous les renseignements sur le château de Vox, bien avant qu'elle s'y rende.

Elle devait bien se l'avouer, le beau visage cynique de Milverley était resté gravé dans sa mémoire dès la première fois où elle l'avait vu photographié. Et elle n'avait pu oublier sa voix, car elle l'entendait sans cesse la comparer, en riant, à une carotte. Elle s'était alors mise à le haïr avec une férocité qui égalait presque celle que son père vouait à la haute société.

Quand elle l'avait vu, en chair et en os, si grand, si puissant, la dominant sur son étalon noir, les sourcils froncés, les lèvres serrées par la colère, son cœur avait sauté de frayeur et elle s'était dit que c'était exactement ainsi qu'elle s'était attendue à le voir.

« Oui, mais quand je lui ai parlé d'Aline, j'étais navrée pour lui. »

C'était exact : elle avait éprouvé une pitié jamais ressentie encore quand il s'était écarté d'elle pour regarder par la fenêtre, sans rien voir. Elle avait compris à quel point il avait dû souffrir parce qu'il avait cru, en toute sincérité, que sa femme l'avait trompé et qu'il était le père officiel de l'enfant d'une autre homme.

Sa tante, Marisa s'en souvenait, lui avait raconté qu'on avait amené le duc au mariage par l'intrigue.

Était-ce exact? Quelque mère habile et ambitieuse était parvenue à le placer dans une position telle qu'il ne lui restait plus, pour sauver l'honneur, qu'à faire une demande en mariage?

Mrs Featherstonehaugh avait souvent affirmé que rien n'était plus facile, pour une de ces mères déterminées à marier leur fille, que de prendre un homme au piège.

– Rien d'étonnant à ce que les célibataires préfèrent la compagnie des femmes mariées, avait-elle ajouté en riant. Les mères ont tout de l'oiseau de proie qui les attend, prêt à fondre. Si un homme va jusqu'à danser deux fois de suite avec une jeune fille, cette attitude constitue pratiquement une demande en mariage. S'il se promène seul avec elle dans un jardin ou qu'on le trouve en conversation avec elle dans une pièce vide et il est bon pour l'autel qu'il le veuille ou non!

Le duc s'était-il laissé piéger de la même façon?

D'autre part, sa femme avait peut-être répugné tout autant que lui à se voir liée à lui par le mariage.

Tout cela était si compliqué, si difficile à comprendre et pourtant, Marisa le savait, le duc devait parler de lui quand il avait dit :

« ... Nombre de ces scandales qui font vos délices n'existent, la plupart du temps, que parce que les gens concernés ont été forcés par les circonstances à épouser quelqu'un qu'ils n'aimaient pas. »

C'est ce qui lui était arrivé et c'était là la cause de son cynisme. La dureté de son regard et les deux plis qui creusaient ses joues, du nez à la bouche, ne trompaient pas.

C'était, Marisa en était sûre, la marque de l'homme

qui a perdu confiance dans la vie et n'a aucun espoir que l'avenir soit différent du passé.

« Mais tout espoir n'est pas perdu pour lui ! » murmura la jeune fille.

Elle se souvenait de la violence de ses baisers, de la façon dont ses bras l'avaient encerclée, lui rendant tout mouvement impossible et l'empêchant presque de respirer.

Il était furieux contre elle et pourtant il avait voulu la toucher. Elle aurait compris qu'il la frappât, mais il l'avait embrassée. Elle trembla à ce seul souvenir et elle réentendait sa voix assourdie par la rage :

« Allez au diable ! Allez au diable ! Que je ne vous voie plus ! »

Il lui fallait quitter le château. Aucun doute à cela. Si elle ne partait pas d'elle-même, il la mettrait à la porte.

Elle devait quitter Vox. Quitter Aline... Le quitter... lui !

Dans un sanglot, la vérité lui apparut. Elle ne voulait pas partir. La seule idée que, dans quelques heures, elle y serait forcée et qu'elle ne le reverrait plus, lui causait une douleur comme elle n'en avait jamais éprouvée.

Et, en même temps, elle comprit pourquoi cette perspective était si douloureuse. Elle l'aimait.

C'était indiscutablement de l'amour qu'elle éprouvait pour lui. Cette douleur, cette angoisse au plus profond d'elle-même comme si quelqu'un lui enfonçait une lame dans la poitrine... c'était de l'amour.

Il l'avait mise en garde, mais elle ne l'avait pas cru. Il lui avait dit que l'amour était un feu qui consumait tout, une vague qui vous entraîne au fond d'une mer d'où l'on ne peut vous sauver.

C'est exactement ce dont elle faisait l'expérience et c'était beaucoup plus tumultueux, beaucoup plus intense qu'il le lui avait laissé entendre. Elle l'aimait.

Cela semblait impossible, mais elle le comprenait à présent. Bien que terrifiée par la violence de ses baisers, par la brutalité avec laquelle il l'avait serrée contre lui, elle ne s'était sentie ni révoltée ni même insultée.

Elle avait eu peur, car elle n'avait encore jamais été embrassée. Elle ignorait que les lèvres d'un homme pouvaient être aussi brutales ou qu'elle se sentirait aussi faible, aussi totalement désarmée entre ses bras et, pourtant, le seul fait de penser à lui à présent la faisait trembler.

Elle sentait en elle quelque chose qui la consumait comme une flamme allumée par le feu de son regard. Elle l'aimait. Elle l'aimait longtemps avant de venir à Vox... mais elle avait cru que c'était de la haine.

Elle l'aimait quand ils avaient parlé pour la première fois au sujet d'Aline et, plus tard, quand il lui avait expliqué ce qu'était l'amour.

Ce n'était pas de la compassion qu'elle avait sentie comme une vague chaude en elle quand elle lui avait dit qu'Aline était son enfant... mais de l'amour.

Un amour qui avait voulu effacer l'amertume que le mensonge de sa femme avait fait couver en lui pendant plus de neuf ans. Marisa le savait, à présent, elle aurait voulu traverser le bureau en courant, entourer Milverley de ses bras et le supplier d'oublier le passé.

Elle avait senti une montée soudaine de tendresse, d'affection maternelle pour cet homme qui avait souffert de façon aussi injuste. Mais elle était trop inexpérimentée, trop timide pour se comprendre elle-même.

« Amour, amour, amour ! » Elle répétait le mot, dans l'obscurité, tout en sachant qu'il était peu vraisemblable qu'elle revît jamais le duc. Il n'y aurait pas d'au revoir, aucun mot de remerciement pour les services qu'elle lui avait rendus.

Même si, par courtoisie, il tenait à la remercier encore pour lui avoir évité le scandale d'un divorce, elle se savait incapable de supporter la condamnation de son regard, la colère et le mépris de son visage, l'amertume de ses lèvres.

Poussée par le besoin soudain de partir, Marisa s'assit dans son lit et s'efforça de tracer un plan d'action.

Elle n'aurait pas le courage de dire à Aline qu'elle partait, la décision bouleverserait l'enfant. Elle en était sûre, Aline s'accrocherait à elle, la supplierait de rester. Une telle scène serait d'une cruauté inutile pour Aline et insupportable pour elle. Il lui faudrait agir avec précaution.

Miss Whitcham lui avait dit, un jour, que tous les trains à destination de Londres pouvaient s'arrêter à la station du château de Vox pour peu que l'on dispose un signal.

« Je vais envoyer Aline faire une promenade à cheval », décida la jeune fille.

Elle entendit les cinq coups de l'heure et, sortant de son lit, elle tira les rideaux. Il ne faisait pas encore jour et Marisa alluma les bougies sur sa coiffeuse.

Puis elle entreprit de plier ses vêtements, les plaça en piles nettes sur le lit. Les malles seraient vite faites.

« Il me faut être prudente, ne pas laisser Aline voir mes bagages ou elle soupçonnerait quelque chose. »

A 7 h 30, elle avait tout préparé, fait sa toilette et s'était habillée. Elle sortit de sa chambre, en ferma soigneusement la porte et passa dans la salle d'études. Gladys, la petite domestique qui s'occupait du ménage de cet étage, allumait le feu dans la cheminée.

– Oh ! vous êtes matinale miss, s'écria-t-elle en voyant Marisa.

– Oui, Gladys, et j'ai à vous parler.

Elle s'assura, d'un coup d'œil, que la porte d'Aline était bien fermée. On ne risquait pas de les entendre.

– ... Écoutez-moi, Gladys. Je suis forcée de partir et je ne veux pas que miss Aline soit bouleversée.

Quand nous aurons pris notre petit déjeuner, je l'enverrai faire une promenade à cheval avec l'un des palefreniers. Dès qu'elle sera descendue, demandez à deux des valets de pied d'apporter mes malles dans ma chambre.

Gladys la regardait avec appréhension et elle ajouta :

– Demandez à l'une des femmes de chambre de vous aider. Vous trouverez toutes mes affaires pliées sur mon lit. Vous n'aurez qu'à les mettre dans les malles et les faire descendre. Je partirai pour attraper un train dès que ce sera terminé.

– Bien, miss, mais miss Aline sera quand même toute retournée. Hier seulement on en parlait et on remarquait qu'elle ne jure plus que par vous. Depuis que vous êtes là, tout a changé pour elle. (Gladys s'interrompit avant de demander, une lueur anxieuse dans le regard :) Vous reviendrez, n'est-ce pas, miss ?

– J'ignore combien de temps durera mon absence, répondit Marisa, évasive.

De tout son cœur, elle souhaitait pouvoir revenir un jour. Mais, elle le savait, c'était impossible. La fin était là. Elle venait de terminer un chapitre de sa vie et il ne pouvait être question de revenir en arrière.

De crainte que Gladys ne pût lire sa détresse sur son visage elle alla ouvrir la porte de la chambre. Aline, assise sur son lit, était plongée dans un livre.

– Oh ! comme je suis contente que ce soit vous ! s'écria-t-elle. Je croyais que nounou viendrait m'habiller.

– Elle va bientôt venir. Mais aimerais-tu que je t'aide, ce matin ?

– Vous le feriez ? Oh ! oui j'aimerais, mais nounou serait jalouse.

– On peut lui faire la surprise de te trouver prête et habillée quand elle arrivera, suggéra Marisa.

Aline posa son livre, grimpa sur son lit et tendit les bras.

– Regardez ! cria-t-elle. Je suis une fée et je vole vers vous ! (Elle fit un bond et sauta au cou de Marisa.) Je vous aime, déclara-t-elle. Je me suis réveillée en pensant à toutes les merveilleuses histoires que vous allez me raconter.

– Tu feras d'abord une promenade à cheval et, Aline, cela t'ennuirait-il beaucoup que Hanson ou l'un des laquais t'accompagne ? J'ai mal à la tête.

– Oh ! je suis désolée, miss Mitton.

– Merci.

– Cela vous ferait encore plus mal d'être secouée sur un cheval ?

– J'en ai bien peur. Je vais faire prévenir à l'écurie et dire à l'un des laquais de t'accompagner.

– Je préférerais rester avec vous.

– Oh ! non, non. Tu t'ennuirais très vite et tu aimes trop monter à cheval. D'autre part, il faut que tu t'exerces aujourd'hui pour que ton père constate demain comme tu montes bien.

Aline sourit.

– Oh ! je suis impatiente. Croyez-vous vraiment que papa sera d'accord pour ma nouvelle jupe-culotte ?

– Bien sûr, répondit Marisa.

Mais elle se souvint avec un pincement au cœur qu'il lui avait demandé de les accompagner avant de découvrir qu'elle était méprisable et hypocrite.

– Vous avez l'air souffrante, remarqua Aline comme Marisa l'aidait à s'habiller.

– C'est mon mal de tête.

L'enfant comprendrait-elle si elle lui disait la vérité, à savoir que, en fait, c'était son cœur qui lui faisait mal ?

Elle donna son petit déjeuner à Aline mais fut incapable de manger quoi que soit. Cependant, elle s'efforça de raconter à l'enfant des choses dont elle voulait qu'elle se souvienne. Elle nourrissait l'illusion ridicule qu'elle pouvait, en une petite heure, lui dire tout ce qu'elle voulait qu'elle sache pour la vie entière.

Elle se sentait gonflée de tendresse pour la petite fille et se demandait si son affection était intensifiée du fait qu'elle était l'enfant de Milverley. Non, elle aimait Aline pour elle-même. Elle aimait cette chaude personnalité si mal traitée depuis sa venue au monde.

Mais le mal n'avait été que superficiel. Sous les crises de colère, l'agressivité et la bouderie, il y avait un cœur aimant et une nature généreuse.

– Tu n'oublieras pas de remercier Hanson ou celui qui t'accompagnera, n'est-ce pas ?

– Bien sûr ! Je remercie toujours, depuis que vous m'avez dit de le faire. En montant l'escalier, hier soir, j'ai entendu une des femmes de chambre dire à miss Whitcham : « La petite a de bonnes manières, à présent ! »

– On m'a toujours dit que les indiscrets n'entendent jamais de choses agréables sur leur compte, remarqua Marisa en souriant. Tu as de la chance.

– Je serai toujours bien élevée avec tout le monde, sauf avec lady Wantage, déclara Aline.

Marisa se contenta de la regarder et elle ajouta, confuse :

– ... C'est-à-dire que... je ne ferai plus... ce que j'ai fait. Mais je ne promets pas d'être... très polie.

Il était près de 10 heures quand Marisa accompagna l'enfant au rez-de-chaussée où son cheval l'attendait, devant la porte.

Ce n'était pas Hanson qui devait l'accompagner, mais un garçon beaucoup plus jeune, un certain Jim que l'enfant aimait bien et avec lequel elle pourrait bavarder plus librement qu'avec Hanson, de service au château depuis plus de trente ans.

– Faites bien attention à miss Aline, recommanda Marisa à Jim. Je veux qu'elle prenne beaucoup d'exercice, aussi, inutile de la ramener ici avant midi.

– Bien, miss, répondit le garçon qui se tourna vers la jeune cavalière. On va tout de suite piquer un galop ? Firefly est plutôt fringant ce matin.

– On va faire la course ! décida aussitôt Aline.

Ils s'éloignèrent, bavardant gaiement. Aline se retourna pour faire un signe à Marisa qui lui répondit, la gorge serrée. Elle avala sa salive avec peine avant de s'adresser au maître d'hôtel, debout à côté d'elle.

– J'ai un train à prendre pour Londres, ce matin, Turner. Voulez-vous, je vous prie, donner l'ordre que l'on fasse avancer une voiture dans une demi-heure environ.

Le maître d'hôtel ne put cacher sa surprise :

– Pour Londres, miss !

– Malheureusement, répondit Marisa. Mais je n'ai pas parlé de mon départ à miss Aline, pour ne pas l'attrister. Je vais laisser un mot pour elle, en haut, lui expliquant que j'ai dû partir.

– Très bien, miss.

Quand la jeune fille atteignit le second étage, elle aperçut, par la porte ouverte de sa chambre, trois femmes de chambre qui emplissaient de ses affaires les malles données par lady Berrington.

Ce seul spectacle lui donna envie de pleurer, de trouver une excuse, une raison pour rester. Puis elle se souvint qu'elle devait être partie non seulement avant le retour d'Aline, mais avant celui du duc.

Elle avait eu un moment de crainte quand elle s'était levée, à l'idée qu'il pût être au château, mais, fort heureusement pour elle, Aline lui avait épargné la peine de s'informer en demandant à sa nourrice où il était.

– Sa Grâce est revenue sans qu'on s'y attende, hier soir, avait-elle répondu.

Elle s'était montrée, comme Aline l'avait prévu, extrêmement jalouse de constater que Marisa l'avait privée de l'un de ses privilèges en habillant l'enfant, mais elle n'avait pu résister au plaisir de dire ce qu'elle savait.

– Je croyais que papa était parti. Je fais du cheval avec lui, demain !

– Eh bien ! il est revenu. Peut-être Sa grâce voudra-t-elle sortir avec vous aujourd'hui, seule.

Elle avait appuyé le dernier mot et lancé un regard mauvais à Marisa. Aline avait raconté à tout le monde qu'elle ferait du cheval avec son père et, visiblement, la nourrice ignorait que le duc avait prié Marisa de les accompagner.

– Oh, miss Mitton, croyez-vous que papa m'emmènera aussi aujourd'hui? s'était écriée la petite fille.

Avant que Marisa ait pu répondre, Gladys, qui aidait l'un des valets à servir le petit déjeuner, l'avait fait.

– Sa Grâce est partie à la chasse, miss Aline, j'ai entendu Turner en parler à l'office. M. le duc est parti très tôt car il y avait une longue route à faire.

– Alors je ne ferai pas de cheval avec lui, aujourd'hui, en avait conclu Aline avec une logique parfaite.

Si le duc chassait loin du château, il ne serait pas de retour avant 6 heures au plus tôt. En ce qui la concernait, la jeune fille avait tout son temps pour quitter Vox, mais elle ne voulait surtout pas faire du chagrin à la petite fille et elle ne devait pas perdre une minute.

Elle écrivit un petit mot affectueux, expliquant qu'elle avait dû partir en hâte. Puis elle le glissa dans une enveloppe adressée à Aline qu'elle laissa sur la table de la salle d'études.

Elle retourna ensuite chez elle où, malgré les trois femmes de chambre, les malles n'étaient pas encore terminées.

– Mettez les vêtements n'importe comment, dit-elle.

– Oh, miss, protesta Gladys, vous ne voudriez pas que vos robes soient froissées.

Comprenant qu'elle n'avait aucune chance de les faire se hâter, elle descendit et frappa à la porte du bureau de la secrétaire. Miss Whitcham, en compagnie du chef cuisinier, mettait au point le menu du dîner.

L'arrivée de Marisa la surprit visiblement.

– Bonjour, miss Mitton, dit-elle avant d'ajouter, à l'intention du cuisinier : Ce sera tout. Si vous ne pouvez pas avoir de cailles, vous servirez des perdrix.

– Très bien, miss.

Le chef s'inclina devant Marisa et quitta la pièce.

– Je vous croyais partie à cheval avec Aline, dit miss Whitcham, étonnée.

– Je ne suis pas sortie ce matin, parce que j'ai reçu un message urgent et je dois partir pour Londres.

– Partir ! s'écria miss Whitcham. J'espère qu'il ne s'agit pas de mauvaises nouvelles?

– Hélas, si. Je n'ai pas prévenu Aline de mon départ, mais je lui ai laissé une lettre, en haut.

– Oh ! que c'est ennuyeux ! Que dois-je dire à M. le duc ? Il sera navré d'apprendre que vous partez au moment où Aline fait de tels progrès. Mis à part ce qu'elle a fait à lady Wantage, elle se tient beaucoup mieux qu'auparavant.

– Je suis heureuse que vous le pensiez. C'est une charmante enfant. J'ai dit au duc qu'elle tirerait grand bien de leçons en commun avec d'autres enfants. Il doit y avoir des petites filles et même des petits garçons sur le domaine, et une gouvernante pourrait les éduquer tous ensemble. Cela provoquerait une sorte d'esprit de compétition que je crois très important pour des enfants.

– Et qu'est-ce que le duc a dit de cette idée? demanda miss Whitcham sans cacher sa surprise.

– Il a dit qu'il y réfléchirait. Encouragez-le à accepter. Cela ferait le plus grand bien à Aline.

– C'est à vous de le faire. Après tout, vous ne serez pas absente longtemps.

– J'espère que non. Mais, en cas contraire, trouvez une jeune gouvernante sympathique pour Aline. C'est une élève très facile si on sait capter son intérêt.

– Vous êtes la seule à avoir dit cela. Mais pourquoi parler de trouver quelqu'un d'autre ? Vous reviendrez ! Bien sûr que vous reviendrez ! C'est votre père ou votre mère qui est malade ?

– Ni l'un ni l'autre. Mais il faut que je parte et mes affaires doivent être prêtes, à présent. (Elle tendit la main à miss Whitcham) : Au revoir et merci de votre gentillesse avec moi.

– Oh ! mon Dieu, me remercier ! Cela m'a fait tellement plaisir de vous avoir avec moi. Il y a bien longtemps que je n'avais eu quelqu'un avec qui parler. Je suis souvent bien seule, vous savez.

– Oh ! oui, je le sais, répondit Marisa qui quitta la pièce en hâte pour éviter d'autres questions.

Les malles enfin remplies furent descendues et Marisa les suivit, portant la robe et le manteau bleu qu'elle avait en arrivant à Vox. Un regard dans le miroir lui démontra qu'elle était élégante et extrêmement jolie.

« C'est extraordinaire, pensa-t-elle. Aucune trace de la torture que j'endure. »

Un coupé l'attendait devant le perron et, derrière, une voiture pour les bagages, tous deux attelés d'une paire de beaux chevaux.

– Au revoir, Turner, dit-elle au maître d'hôtel.

– Au revoir, miss. Je vous souhaite un bon voyage. Le valet de pied fera signe au train et veillera à ce que vos bagages soient montés à bord.

– Merci beaucoup.

C'était la dernière fois qu'elle voyageait dans une voiture appartenant au duc, servie par ses domestiques, la dernière fois qu'elle profitait d'un tel luxe.

Mais, ce qui lui manquerait le plus, c'était la beauté du château. Sous le soleil d'octobre, les lacs ressemblaient à de l'argent fondu et les feuilles tombant des grands arbres du parc faisaient, par terre, une litière rouge dorée. Un vol de pigeons blancs passa vivement et un héron gris s'éleva avec lenteur au-dessus des roseaux.

Sans avoir besoin de se retourner, Marisa voyait derrière elle la tour normande et ses murs, usés par le temps, veiller sur les toits aux pignons élégants. Ses petites fenêtres contrastaient avec celles, beaucoup plus grandes, construites sous le règne de la reine Anne.

Vox Castle ! La voix du Normand qui l'avait construit ! Un endroit où elle avait trouvé l'amour pour le perdre aussitôt. Un amour qui, elle le savait, durerait toute sa vie.

Elle descendait le perron pour atteindre le coupé, quand elle vit Turner, à côté d'elle, regarder avec surprise en direction du parc. D'instinct, elle suivit son regard.

Cravachant son cheval, un homme arrivait vers eux au grand galop. L'espace d'une seconde, elle ne le reconnut pas. Puis, elle vit qu'il s'agissait de Jim et qu'il était seul.

– Mais c'est Jim, dit-elle.

– Oui, en effet, répondit Turner.

– Il y a peut-être eu un accident ! s'écria Marisa. Qu'a-t-il pu arriver à miss Aline ?

Anxieuse, elle avança au-devant du cavalier. Quand Jim la vit, il tira sur la bride de sa monture couverte d'écume et sauta à terre.

– Miss ! C'est miss Aline, fit-il, hors d'haleine.

– Que s'est-il passé ?

– Ils l'ont emmenée ! Ils l'ont enlevée, miss ! Je n'ai pas pu les en empêcher !

– Mais expliquez-vous !

– Les grévistes, miss ! Six d'entre eux ! Trois à cheval, si on peut appeler ça des chevaux ! Ils ont pris la bride du cheval de miss Aline et m'ont dit de revenir avec un mot pour M. le duc. Elle a crié, elle m'a demandé de ne pas la laisser, mais je ne pouvais rien faire et j'ai pensé que le mieux c'était de revenir pour dire ce qui c'était passé.

Marisa respira à fond.

– Donnez-moi le mot, dit-elle d'une voix assourdie par l'angoisse.

Jim sortit de sa poche une feuille de papier assez malpropre. Elle n'était pas scellée et la jeune fille la déplia.

Quelques mots y étaient tracés maladroitement, en capitales :

ON A LA PETITE. ELLE AURA FAIM ET FROID COMME LES AUTRES OU BIEN VOUS FAITES CE QU'ON VOUS DEMANDE.

Marisa fixa le message, s'efforçant d'en comprendre le sens.

– Vous avez parlé de grévistes? dit-elle enfin d'une voix qu'elle ne reconnut pas elle-même. Quels grévistes?

– Les hommes de la mine de fer. Ça fait trois semaines qu'ils se sont mis en grève. C'est des brutes; pourvu qu'ils ne fassent pas de mal à miss Aline.

Faisant demi-tour, Marisa revint près de Turner qui attendait à côté de la voiture.

– Où se trouve M. de duc? demanda-t-elle.

– A la chasse avec le colonel Fitzgerald, miss. Quand lord Acton est tombé malade, hier soir, le colonel a invité ses hôtes à venir chasser sur sa propriété. M. le duc est parti ce matin à 8 heures.

– Il faut le prévenir. Qu'il revienne immédiatement. Combien de temps faut-il pour l'atteindre?

– Une bonne heure pour un homme à cheval et il faudra une heure et demie à peu près à M. le duc pour faire le trajet de retour en voiture. Serait-il arrivé malheur à miss Aline?

– Oui. Il faut prévenir M. le duc dans les plus brefs délais. J'écrirai un mot. Faites venir un laquais.

Turner ne put cacher sa surprise de l'entendre donner des ordres. Mais il répondit aussitôt :

– Entendu, miss. Tout de suite.

Marisa s'écarta pour entrer dans le château, puis elle hésita.

– Je veux aussi un cheval et quelqu'un pour m'accompagner. Faites descendre Gladys et demandez-lui dans laquelle de ces malles elle a mis mon amazone.

– Très bien, miss, répondit Turner. Qu'est-il arrivé à miss Aline? demanda-t-il, incapable de cacher sa curiosité.

– Jim vous racontera ce qui s'est passé, répondit Marisa qui, traversant le couloir, marcha vivement vers la bibliothèque.

Il y avait du papier à lettres, de l'encre, des plumes, sur le grand bureau au milieu de la pièce. L'espace d'une seconde, elle se souvint de la scène de la veille. Mais elle chassa ce souvenir pour consacrer toutes ses pensées sur Aline. La petite fille devait certainement être terrorisée. Si seulement elle avait été avec elle!

Mais qui aurait pu prévoir un événement pareil à Vox? Elle avait entendu parler d'enfants enlevés par des bohémiens et vendus à des mendiants, mais jamais l'idée ne lui était venue que des grévistes, dans n'importe quelle industrie, puissent faire une chose pareille.

Soudain pétrifiée d'horreur, elle se demanda quelle serait la réaction du duc. Il lui avait confié Aline et elle n'avait pas justifié cette confiance. La tiendrait-il pour responsable? Et, en admettant qu'il le fasse, peu importait! Tout ce qui comptait c'était Aline... toute seule, à demi morte de peur.

Marisa avait vu les ravisseurs la semaine précédente,

quand elle avait été avec la petite fille auprès de la mine et qu'elle avait parlé à trois des mineurs. Elle s'en souvenait, l'un d'eux avait demandé si c'était la fille du duc.

La voir avait dû leur donner l'idée de l'enlever pour contraindre le duc à céder à leurs revendications.

« Tout cela est ma faute ! » Savoir Aline au pouvoir de ces hommes la torturait et elle faillit céder à son envie de pleurer.

Mais elle devait garder son sang-froid. Il ne servirait à rien d'attendre le retour du duc. Cela demanderait au moins deux ou trois heures et, pour rien au monde, il ne fallait, en attendant, laisser la petite fille seule et terrifiée.

En hâte, Marisa écrivit un message :

Aline a été enlevée. Prière revenir immédiatement.

Marisa Mitton.

Elle plia le feuillet marqué de la couronne ducale et le glissa dans une enveloppe au nom de « Sa Grâce le duc de Milverley ».

Puis elle se précipita dans le couloir et la donna à Turner qui attendait.

– Faites porter ce pli immédiatement à M. le duc.

– Un laquais se tient prêt à partir, miss, répondit Turner. Gladys a identifié la malle qui contient votre amazone. Un valet de pied l'a montée dans votre chambre.

– Parfait ! Veillez à ce que l'on me selle un cheval pendant que je me change.

Jamais, depuis son arrivée à Vox, elle n'avait parlé avec une telle autorité. Sans attendre la réponse de Turner, elle se jeta dans l'escalier, le gravit en courant, ainsi que celui de l'étage supérieur.

Elle mit à peine cinq minutes pour se changer et redescendre. Le cheval qu'elle avait l'habitude de monter l'attendait devant la porte. A côté, sur un superbe étalon, se trouvait Hanson.

A l'expression des domestiques qui l'entouraient, elle comprit qu'ils étaient tous profondément inquiets, mais elle n'avait pas le temps de discuter. Turner attendit qu'elle fût en selle pour dire, à voix contenue.

– L'homme est parti avec votre message, miss. Nous espérons tous que miss Aline n'aura pas trop souffert.

– Je l'espère aussi.

Tout frais, le cheval de Marisa ne demandait qu'à galoper et elle traversa le parc à vive allure, suivie par Hanson. Lorsqu'ils furent dans les bois, les arbres les contraignirent à ralentir et elle tourna la tête vers son compagnon :

– Pourquoi les mineurs sont-ils en grève ?

– Ils disent que la mine est dangereuse. Un homme a été écrasé par une chute de pierres. Les bois de soutènement étaient en mauvais état.

– Est-il mort ?

– Oui, miss. Mais, d'après ce que j'ai compris, Mr Nicholson a refusé de donner quelque chose à sa famille.

– Qui est Mr Nicholson ?

– L'agent de M. le duc, miss. Il gère le domaine et il a toujours été contre les mineurs. Cela fait des années qu'il veut fermer la mine, mais Sa Grâce ne veut pas en entendre parler.

– Pourquoi ?

– Sa Grâce dit que cette mine de fer a été exploitée à l'époque de son père, puis de son grand-père et que si on renvoyait les mineurs, comme ils n'ont pas l'habitude d'un autre travail, ils mourraient de faim ou tomberaient à la charge de la paroisse.

– De quel genre d'hommes s'agit-il ?

– Rudes, miss. Ils n'ont pas eu l'occasion d'être autrement. (Il resta silencieux un instant avant d'ajouter :) Petit garçon, mon grand-père a travaillé dans l'un des puits de mines du domaine. A l'époque, ils étaient indispensables.

– Il y avait beaucoup de mines de fer dans cette région, je crois.

– Oui. Mais on chauffait les chaudières au bois et ça forçait à abattre trop d'arbres. Alors, on a fermé beaucoup de puits.

– Mais on emploie du charbon, ici. J'en ai vu une réserve l'autre jour en passant à côté de la mine.

Hanson lança un coup d'œil à Marisa et parut sur le point de commenter le fait qu'elle ait été en cet endroit. Puis il dit :

– C'est le père de M. le duc qui a fait acheter du charbon pour ses mines. Il a fait construire une voie ferrée depuis la grand-route et les mineurs poussent les wagons sur les rails jusqu'au puits.

– Il m'a semblé qu'il y avait beaucoup d'hommes à travailler là-bas.

– Trente à quarante environ.

– N'est-ce pas beaucoup?

– C'est un puits important, miss. Il est en activité depuis très longtemps, mais Mr Nicholson n'a rien dépensé dedans depuis des années et les poteaux de soutènement sont usés. Ils s'écroulent, ou ils s'enfoncent, et les hommes se plaignent souvent de ne pas avoir d'outils convenables.

– Que se passe-t-il à présent qu'ils sont en grève?

– Ils ont faim, répondit Hanson, amer.

Ils avaient traversé le bois et Marisa donna de l'éperon à son cheval. Elle n'avait plus le temps de parler. Il lui fallait arriver à la mine le plus vite possible. Quand elle aperçut celle-ci, elle tira sur les rênes, s'arrêta à l'ombre d'un bouquet d'arbres :

– Je veux que vous restiez ici, Hanson.

– Vous n'allez pas aller là toute seule, miss !

– J'y serai bien plus en sécurité qu'avec vous. Je vais parler à ces hommes et s'ils m'empêchent de retourner pour raconter ce qui se passe à M. le duc, eh bien, je resterai avec miss Aline. (Elle jeta un coup d'œil à la mine et ajouta :) Attendez une heure et demie et, si je ne suis pas revenue, retournez au château et dites au duc ce qui s'est passé.

– Bien, miss... mais soyez prudente.

– Je m'y efforcerai.

Elle s'éloigna, laissant le laquais la suivre des yeux, contrarié.

On avait dû l'apercevoir depuis longtemps, car lorsqu'elle arriva devant la mine, une vingtaine d'hommes au moins l'attendaient. Elle arrêta son cheval, notant avec un serrement de cœur qu'ils semblaient brutaux et agressifs. Beaucoup d'entre eux tenaient à la main des bâtons ou des gourdins.

– Je suis miss Mitton, la gouvernante de miss Aline, dit-elle de sa voix calme et douce. Je viens voir ce que je peux faire pour vous aider. Je dis bien « vous aider ».

– Et qu'est-ce que vous pouvez faire ? demanda un homme d'un certain âge, d'un ton brusque.

– Oui, qu'est-ce qu'elle peut ? répétèrent plusieurs autres en un chœur fort déplaisant.

– Tout d'abord, dites-moi si miss Aline est en bonne santé et si elle n'a pas peur. Ce n'est qu'une enfant et, si vous avez toutes les raisons du monde de parler de vos difficultés, il n'y en a aucune pour la faire souffrir inutilement.

– Nos enfants, ils souffrent bien, eux. Ils ont rien eu à manger depuis trois jours, déclara l'un des hommes.

D'autres lui firent écho aussitôt :

– Oui, c'est vrai !

– Alors, plus tôt nous réglerons la question mieux cela vaudra, répliqua Marisa.

– Oui, à condition qu'on nous donne ce qu'on demande, répondit l'homme qui avait parlé en premier. Ou alors, la fille au duc, elle tâtera de la vie qu'on a fait à nos propres enfants.

– Menez-moi auprès d'elle, puis vous me direz exactement quelles sont vos revendications. J'ai cru comprendre que la mine n'était pas sûre.

– Ça, pour ce qui est d'être dangereuse, elle l'est! Et si le duc il s'amène avec la police ou l'armée, eh bien, la môme, on la fourrera dans une galerie encore plus profonde que celle où elle moisit à l'heure qu'il est.

– Vous ne l'avez pas enfermée dans la mine! s'écria Marisa, horrifiée. L'obscurité lui fait horriblement peur.

– Alors, c'est exactement ce qu'il lui faut.

– Aidez-moi à descendre de cheval, dit brusquement Marisa.

Un instant, elle pensa que les hommes allaient refuser. Mais plusieurs mains se tendirent vers elle. A terre, cependant, elle eut un moment de crainte à les voir tous tellement plus grands qu'elle. Puis elle leva les yeux vers l'aîné d'entre eux et dit tranquillement :

– Menez-moi auprès de miss Aline, que je me rende compte que vous ne lui avez pas fait de mal. Ensuite nous discuterons de ce que l'on peut faire pour vous. Le duc n'est pas au château. Je l'ai envoyé chercher, mais il ne pourra pas être revenu avant trois heures au moins.

– C'est bien la vérité, ça?

– La vérité. Je vous le promets.

L'homme la regarda avec attention. Puis, satisfait, lui dit d'un ton brusque :

– Venez avec moi.

Il y eut quelques protestations de la part des autres. Mais il n'en tint pas compte et guida Marisa jusqu'à la mine. Là, elle ramassa ses jupes et ils s'enfoncèrent dans l'obscurité.

Une lanterne avec une chandelle pendait à une paroi. L'homme la prit et s'engagea dans un tunnel noir et sans air descendant dans les entrailles de la terre. Marisa le suivit, courbée pour ne pas se cogner la tête à la voûte très basse. Il régnait une odeur de terre et de charbon brûlé, une odeur de sueur aussi, et d'autre chose qui était peut-être celle de la peur.

Tout en avançant, la jeune fille se demandait si la voûte allait s'écrouler et l'écraser, ou les parois s'affaisser, l'ensevelir. Elle cherchait à se représenter ce que cela pouvait être de travailler dans une pareille atmosphère pendant des années. Cela devait être assez pénible sans même se poser la question, chaque jour, de savoir si on en ressortirait vivant.

Enfin, alors qu'elle commençait à se demander si on la menait à Aline ou à une espèce de prison où on l'enfermerait, le tunnel s'élargit, la lueur d'une autre lanterne brilla et Marisa aperçut une petite cavité.

Aline était assise sur un banc de bois, un homme à côté d'elle.

A la vue de Marisa, l'enfant poussa un véritable cri de joie. Elle bondit sur ses pieds et se précipita vers elle.

– Oh ! vous êtes venue Vous êtes venue ! s'écria-t-elle. J'avais si peur que vous ne puissiez pas me trouver.

Elle éclata en sanglots et, s'agenouillant à côté d'elle, Marisa la prit dans ses bras, la serra contre elle :

– Tout va bien, ma chérie. Je suis là.

L'homme qui était assis à côté d'Aline se leva, lentement.

– Elle va bien, dit-il d'un ton rauque. On lui a pas fait de mal.

– Non, bien sûr, reconnut Marisa. Mais elle a peur du noir. C'est gentil de votre part d'être resté avec elle.

– C'était simplement pour l'empêcher de filer. Elle a essayé plusieurs fois.

– J'ai essayé... de m'échapper, murmura Aline entre deux sanglots. Mais... il m'a rattrapée.

– Ne t'inquiète pas, ma chérie, répondit Marisa. Je suis sûre que ces messieurs vont te laisser sortir maintenant, pendant qu'ils me raconteront ce qui se passe. (Elle s'adressait à l'aîné des deux hommes :) C'est possible, n'est-ce pas?

Visiblement mal à l'aise, il détourna le regard.

– Elle n'a que neuf ans, insista doucement Marisa. Sortons pour parler.

– Ouais, je suppose que c'est possible, admit-il à contrecœur. Mais pas question que vous la remmeniez. On la garde avec nous jusqu'à ce que le duc nous donne ce qu'on a droit.

– Oh ! faites que papa dise oui ! Faites-le ! supplia Aline.

– Je suis certaine que le duc sera d'accord avec vos revendications si elles sont raisonnables, dit Marisa.

– Pour être raisonnables, elles le sont, répondirent les deux hommes d'une seule voix.

– J'ai l'impression que M. le duc ne connaît rien de vos difficultés. Il se peut même qu'il ignore que vous êtes en grève.

– Mr Nicholson le sait parfaitement, répliqua l'aîné des deux hommes.

– Mr Nicholson n'est pas le duc, répliqua la jeune fille, et vous savez aussi bien que moi que lorsque des messages passent d'une personne à une autre, il est très facile de donner une image fausse de ce qui arrive. (Elle s'était redressée en parlant et avait pris Aline par la main :) A présent, si nous allions dehors, au soleil? Je déteste cet endroit lugubre autant que cette petite fille.

– Nous, on s'en arrange, dit l'homme qui avait servi de gardien à Aline.

– Mais je suppose que vous n'y amenez pas souvent

vos enfants, répliqua Marisa – et il ne répondit pas.

Lentement, ils refirent le trajet qu'avait fait la jeune fille pour venir. Quand ils arrivèrent au soleil, Aline, éblouie, se frotta les yeux, se souillant les joues de ses mains sales. Les autres hommes les attendaient en cercle autour de l'entrée.

– Maintenant, nous pouvons nous asseoir et parler? suggéra Marisa du ton aimable qu'elle aurait eu avec des gens venus prendre le thé. Ce serait plus confortable que de rester debout.

Tout en parlant, elle se dirigeait, entre deux rangées d'hommes hostiles, au-delà des tas de scories et de débris qui recouvraient les environs immédiats de la mine, vers un monticule où l'herbe paraissait à peu près propre.

Elle s'y assit, attirant Aline à côté d'elle. Les mineurs, visiblement impressionnés par son attitude, les entourèrent, pour discuter peut-être, mais aussi, elle le savait, pour les empêcher de s'enfuir.

– Asseyez-vous, s'il vous plaît, dit-elle. Vous êtes tous si grands que je me sens écrasée.

Hargneux, ils lui obéirent. Puis, en tendant son mouchoir à Aline pour qu'elle s'essuie le visage, elle ajouta, d'un ton égal :

– A présent, dites-moi exactement ce que vous voulez.

Ils se mirent tous à parler en même temps et, ne comprenant rien, Marisa insista pour entendre le vieil homme en premier. Elle put s'en convaincre en l'écoutant, ils avaient des causes réelles de revendications.

Le récit prit beaucoup de temps. Ainsi que Hanson le lui avait appris, on n'avait procédé à aucune modernisation depuis fort longtemps dans la mine. Pas un sou n'avait pas été dépensé et les mesures de protection étaient pratiquement inexistantes.

L'homme, mort écrasé par l'effondrement de poteaux de soutènement, avait laissé une veuve et cinq enfants. Ils n'avaient, pour vivre, que ce que les autres mineurs prélevaient de leurs salaires déjà fort maigres, chaque semaine.

Ces hommes, c'était évident, s'étaient mis en grève dans un mouvement de protestation. Et Nicholson, ne les aimant pas et pensant les amener sans doute à ses genoux, les avait abandonnés à leur sort.

Le fait que la mine ne produisait aucun minerai semblait n'avoir gêné personne et, ne voulant pas se rendre, ils mouraient lentement de faim.

Ils avaient réussi à prendre au piège quelques lapins, mangé toutes les poules qui leur fournissaient des œufs avant la grève et en étaient arrivés à un état désespéré.

Après avoir vu Marisa et Aline, quelques-uns parmi les plus jeunes avaient eu l'idée d'enlever l'enfant dans un dernier effort pour attirer l'attention de son père. Les plus jeunes étaient les plus féroces.

– S'il nous donne pas ce qu'on demande, la gosse on la mettra dans la mine, à un endroit où personne la retrouvera. Si elle pleure à crever, vous aurez à vous en prendre qu'à vous.

Le garçon qui avait parlé l'avait fait avec une telle sauvagerie, qu'Aline se mit à trembler de peur et se cacha le visage contre l'épaule de Marisa.

– C'est ridicule ! répondit Marisa avec un sourire. Vous êtes tous beaucoup trop gentils, au fond, pour faire quelque chose d'aussi cruel. Je vais vous suggérer mieux. Je retourne au château pour raconter au duc, dès qu'il arrivera, tout ce que vous m'avez dit. Puis, je le ramène pour qu'il voie la mine et discute de vos ennuis avec vous.

– Il y a gros à parier qu'il enverra Nicholson avec la police, oui !

– Je vous promets qu'il ne le fera pas, répondit Marisa. Je peux seulement vous demander de me faire confiance.

– Vous l'emmènerez pas avec vous, décida l'un des mineurs en désignant Aline du pouce.

– Non, évidemment ! Je comprends parfaitement que vous désiriez la garder en otage.

– Emmenez-moi ! Emmenez-moi ! s'écria Aline.

– Écoute-moi, dit la jeune fille de façon à être entendue de tous, tu représentes ici ton père. Ces hommes ont des problèmes que je comprends parfaitement et que ton père, j'en suis sûre, comprendra aussi. (Elle serra l'enfant contre elle :) Je suis certaine qu'on ne lui a pas dit la vérité en ce qui les concerne. Peut-être même ignore-t-il à quel point ils souffrent et qu'un homme est mort parce que l'on a négligé l'entretien de la mine. Je le ramènerai ici pour qu'il constate lui-même l'état des choses.

– Je veux... aller avec vous, murmura Aline, pathétique.

– Tu ne le peux pas. Ces hommes ont peur que nous partions pour ne jamais revenir. Mais je vais demander à l'un d'eux de t'emmener dans sa maison. Je suis sûre que tu trouveras une petite fille de ton âge. (Elle sourit à l'enfant :) Je veux que tu lui parles de ces jouets que nous avons mis de côté et, si cela lui fait plaisir de les avoir, tu pourras les lui apporter un jour dans ta voiture à poney.

– Je ne veux pas... rester ici... sans vous.

– Et faire croire à ton papa que tu es peureuse ?

– Papa... il voudrait que je reste ?

– Évidemment, car tu le représentes. Je ne serai pas longue. Je retourne au château, j'attends ton père et nous revenons ici aussi vite que possible. Mais je vais commencer par demander à ces messieurs de me montrer l'endroit où tu pourras rester en m'attendant.

Elle se leva, imitée par les hommes alentour.

– Je pense que ça peut aller, déclara l'un d'eux. Si on garde la petite, il viendra pas avec des gens armés.

– Mais non, il ne le fera pas, répondit Marisa. Je

vous en donne ma parole ! Je vous promets aussi que le duc sera seul avec moi. Personne ne l'accompagnera, ni police, ni gardes, ni laquais. Seulement le duc et moi. Cela vous va ?

– S'il vient ! dit un des hommes soupçonneux – mais les autres acceptaient la proposition, c'était visible.

– Maintenant, montrez-moi où miss Aline peut attendre. Lequel d'entre vous a une petite fille de neuf ans ?

– Moi, répondit quelqu'un. Et cinq autres gosses aussi.

– Bon, allons faire leur connaissance, décida Marisa avec un sourire.

Lentement, par groupes, ils se dirigèrent vers les maisons.

Certaines d'entre elles étaient particulièrement sales et mal tenues, et Marisa poussa un soupir de soulagement en constatant que celle du père de la petite fille de neuf ans semblait un peu plus soignée. Il y avait même des vitres aux fenêtres.

Des femmes et des enfants se tenaient sur les pas de portes, des chiens couchés à leurs pieds.

Marisa fut frappée par le calme insolite qui régnait partout. Les enfants auraient dû jouer et crier, les chiens aboyer. L'un deux souleva sa tête pour émettre un faible jappement, mais il ne se leva pas.

Puis, avec un sentiment d'horreur, la jeune fille comprit. Tous, femmes, enfants, chiens, étaient dans un état d'extrême faiblesse provoquée par le manque de nourriture. La vérité se lisait sur leurs visages gris, dans leurs yeux ternis. Ils étaient trop faibles même pour pleurer.

L'intérieur de la maison était horrible. Un faible feu brûlait dans la cheminée, alimenté par des branches ramassées dans les bois alentour. Les murs étaient noirs de fumée, le plâtre détaché par plaques.

Une table nue, trois chaises bancales et, par terre, des matelas innommables recouverts de lambeaux et de guenilles.

Une femme, assise à côté du feu, donnait le sein à un bébé. Marisa remarqua avec soulagement qu'elle avait un visage doux. La pièce contenait quatre autres enfants, dont deux petites filles, l'une de l'âge d'Aline et l'autre de dix-huit mois son aînée, peut-être. Ils étaient tous nu-pieds et, quoique vêtus de loques, relativement propres.

Ils restèrent tous bouche bée d'étonnement en voyant entrer Marisa tenant Aline par la main.

L'homme expliqua brièvement à sa femme qu'Aline allait rester chez eux jusqu'à l'arrivée du duc. La femme enleva le bébé de son sein et se leva.

– Nous n'avons pas de confort ici, miss, dit-elle à Marisa.

– Je m'en rends compte.

– Les petits ont faim, murmura la femme. Certains des hommes, ils vont chercher ce qu'ils peuvent trouver.

– Si on les prend, ça s'appellera voler, fit son mari d'un ton dur.

– Comment vous appelez-vous? demanda Marisa.

– Crake, madame.

– Je vous serais très reconnaissante, Mrs Crake, si vous vouliez garder miss Aline, pendant que je retourne au château.

– On fera de son mieux, répondit la femme, mais d'un air désabusé.

– Je vais voir ce que je peux faire en ce qui concerne la nourriture pour tous les enfants, promit Marisa. (Puis elle se pencha vers Aline :) Reste avec ces petites filles et je te promets de revenir avec ton papa aussi vite que je le pourrai. Souviens-toi que je veux te voir courageuse et que tu montres à tout le monde que tu es bien élevée.

Brusquement, les yeux d'Aline s'emplirent de larmes. Elle ne dit rien mais, passant ses bras autour du cou de Marisa, elle la serra très fort.

– Je suis fière de toi, dit doucement la jeune fille. (Puis, elle se redressa et s'adressa au mineur :) Maintenant, si je peux avoir mon cheval, je retourne au château chercher le duc.

Elle sortit pour constater que son cheval l'attendait. Les autres hommes la regardaient avec curiosité et méfiance, mais ils l'aidèrent à se mettre en selle. Comme elle s'éloignait :

– Bonne chance, miss, lui dit l'un d'eux avec une sorte d'admiration involontaire.

– La chance, c'est ce que j'espère vous rapporter, répondit-elle.

Et elle éperonna son cheval.

8

A son arrivée au château, Marisa trouva la moitié de ses occupants qui attendaient dans le vestibule d'entrée. Comme elle descendait de cheval, miss Whitcham se précipita vers elle.

– Comment va Aline ? demanda-t-elle, très agitée. Dites-moi vite ce qui s'est passé !

– Aline va bien, répondit la jeune fille. (Elle se tourna vers Turner :) Quelle heure est-il ?

– 1 h 30 à peu près, miss. M. le duc doit être sur le chemin du retour.

– Je l'espère, murmura Marisa.

– Évidemment, il faut compter avec le temps mis pour retrouver les chasseurs. Pour peu qu'ils aient été loin du château, M. le duc n'a pas pu se mettre en route à l'instant où on l'a prévenu.

– Non. Bien sûr que non.

Elle jeta un regard circulaire sur les visages anxieux autour d'elle, l'intendante, les femmes de chambre, les valets de pied, le valet de chambre personnel du duc, le chef et beaucoup d'autres domestiques qu'elle ne connaissait pas.

– Miss Aline est en bonne santé, dit-elle en élevant un peu la voix. Et dès le retour de M. le duc, j'ai promis qu'il irait visiter la mine et écouter les revendications des mineurs.

Le soulagement se peignit sur les visages.

– En attendant, dit Marisa à Turner, je veux que l'on mette dans une charrette toute la nourriture disponible aux cuisines, pour les familles des mineurs.

– Vraiment, miss Mitton ! intervint miss Whitcham. Je ne suis pas d'accord. Nous devons attendre M. le duc ou, pour le moins, prévenir Mr Nicholson. Il voudra savoir ce qui se passe et il trouvera notre conduite pour le moins étrange.

– Je me moque éperdument de ce que pense Mr Nicholson, répondit Marisa froidement. Et je prends l'entière responsabilité de ce que je demande. Je veux que la nourriture parvienne aux femmes et aux enfants le plus rapidement possible. (Elle s'interrompit pour réfléchir un instant :) Il doit y avoir beaucoup de jambons aux cuisines et je suis sûre qu'il reste des lapins et des lièvres du gibier tué samedi. Que l'on mette dans la charrette tout le pain du château. On pourra en cuire d'autre. (Elle vit l'expression de la secrétaire et ajouta en lui posant la main sur le bras :) Je vous certifie que c'est urgent et qu'il en va de la sécurité d'Aline.

Elle savait employer là des paroles magiques. Instantanément, miss Whitcham se montra prête à coopérer.

– Je vais aller moi-même aux cuisines, dit-elle. Il vous faudra des œufs, évidemment.

– Et tout le beurre que vous pourrez trouver.

Miss Whitcham s'éloigna sans perdre une seconde et Marisa s'adressa à Turner :

– En dehors du cocher, envoyez deux laquais et, s'il vous plaît, veillez à ce que l'on mette quelques couteaux bien affilés avec la viande. J'ai l'intention de faire les parts et la distribution moi-même.

– De combien de personnes s'agit-il, miss? demanda le maître d'hôtel.

Si Marisa n'avait pas été aussi préoccupée, elle aurait souri, car il avait employé le ton qu'il adoptait pour arranger un dîner mondain.

– Je pense qu'il doit y avoir une cinquantaine d'adultes et une trentaine d'enfants. Il est difficile de juger, mais une chose est certaine : ils meurent de faim. (Elle avait réfléchi en route à ce qu'il lui faudrait demander et elle se souvint soudain :) Oh ! une chose encore, Turner ! Envoyez quelqu'un à la ferme. La traite va commencer bientôt. Donnez des instructions pour que tout le lait soit apporté immédiatement à la mine ainsi que d'autres œufs et du beurre.

– Ce sera fait, miss.

Il commençait à donner des instructions à l'un des valets de pied pour courir à l'écurie faire atteler une voiture, quand Marisa l'interrompit se souvenant du valet d'écurie qui l'avait accompagnée :

– Hanson est dehors.

– Je vais lui parler moi-même, dit Turner.

– Autre chose encore : dès qu'arrivera M. le duc, dites aux garçons d'écurie d'amener Samson et un cheval frais pour moi.

Le maître d'hôtel descendit le perron avec dignité pour s'entretenir avec Hanson et Marisa se dépêcha vers l'escalier, pensant qu'elle aurait le temps de se laver les mains avant l'arrivée du duc.

– Puis-je vous apporter quelque chose, miss Mitton? lui demanda l'intendante, au passage. Vous n'avez pas déjeuné.

– Je vous remercie, mais je ne veux rien manger.
– Vous ne voulez même pas une tasse de thé?
– Cela serait très agréable, mais je la prendrai ici, en bas. Je veux attendre l'arrivée de M. le duc.
Elle ne prit que quelques minutes pour remettre de l'ordre dans sa toilette et se laver les mains. Puis elle alla dans la salle d'études reprendre la lettre qu'elle avait préparée pour Aline.
Elle la glissa dans un tiroir, dans sa chambre, en formant le vœu que personne ne soit assez stupide pour parler à l'enfant de ses malles faites et descendues. Puis, repoussant ce sujet comme de minime importance, elle redescendit, en hâte, dans la galerie.
Une tasse de thé l'y attendait. Elle la buvait quand miss Whitcham remonta de la cuisine.
– Nous avons réuni assez de nourriture pour nourrir un régiment, s'écria-t-elle.
– J'espère que cela suffira pour des mineurs mourant de faim et leurs familles! répondit froidement Marisa.
– Je me demande ce que va dire M. le duc, continua la secrétaire en hochant la tête. Et quant à Mr Nicholson...
– Je vous le répète, j'en prends l'entière responsabilité, dit la jeune fille d'un ton dur.
Et qu'importait, se dit-elle, que le duc fût ennuyé ou que Nicholson trépignât de rage?
En revenant de la mine, elle s'était sentie soulevée par une vague de colère contre le duc. Elle revoyait l'énorme quantité de nourriture engloutie la semaine passée lors de la visite du prince de Galles. Les plats luxueux qui s'étaient succédé au cours du dîner auquel elle avait assisté.
Cailles, ortolans, pâtés de foie gras, truffes, caviar, et les préparations les plus somptueuses que l'esprit pût imaginer avaient défilé. Et, pendant ce temps-là, à quelques kilomètres à peine, des enfants pleuraient de faim !

Rien d'étonnant, songeait la jeune fille, à ce que son père ait dénoncé l'égoïsme de la haute société. Mais, parce qu'elle aimait le duc, elle ne pouvait s'empêcher de souhaiter qu'il ignorât ce qui se passait sur son domaine.

Elle en était sûre : Nicholson ne lui avait pas proposé de laisser les mineurs mourir de faim et il n'avait pas accepté. Quand il verrait les visages émaciés, livides, des enfants, il comprendrait qu'il fallait agir, et vite.

Cependant, elle était assez franche pour admettre que, si elle avait une telle hâte de voir partir la charrette de nourriture, c'est qu'elle n'était pas absolument certaine que le duc acceptât son projet.

Il voudrait peut-être attendre, délibérer et agir ensuite. Et ces tergiversations, Marisa était décidée à les empêcher.

– La charrette est-elle partie ? demanda-t-elle à miss Whitcham.

– Si ce n'est pas fait, cela ne saurait tarder. Le chef et les autres cuisiniers ont été gagnés par votre idée... une véritable frénésie ! Il ne reste pas une miette de pain au château et ils sont presque heureux de faire une nouvelle fournée, même aussi tard !

– J'espère qu'il y aura assez, murmura Marisa, presque pour elle-même.

– Oh, oui ! la rassura miss Whitcham. Il y avait près d'un demi-cerf dans le garde-manger et j'ai dit qu'on le mette avec le reste.

Marisa lui sourit :

– Merci. Je savais que je pourrais compter sur vous quand vous sauriez tout ce qui est en jeu.

– Je pensais à Aline. Elle doit être terrifiée, seule avec ces brutes.

– Ce ne sont pas des brutes ! Ils sont rustres, sans éducation et vraisemblablement stupéfaits de trouver qu'ils ne comptent pas. En ce moment, ils ont même un peu peur de leur manifestation de courage.

Miss Whitcham ne comprit pas, mais Marisa ne faisait que formuler ses propres pensées. Elle avait parfaitement conscience que les mineurs l'avaient traitée avec un respect et une gentillesse qui ne se seraient peut-être pas manifestés en d'autres circonstances.

Ce n'était pas des brutes, mais des hommes au désespoir. Ils avaient tenté d'attirer l'attention sur eux et leurs souffrances, par leurs seuls moyens, mais ils n'étaient pas de taille à lutter avec l'astuce de Nicholson qui les avait défaits en les ignorant tout simplement.

« Mon Dieu, faites que le duc comprenne et les aide ! »

Jamais le temps ne s'était écoulé avec une telle lenteur. Marisa ne quittait pas des yeux la pendule installée dans un coin du vestibule. Elle avait l'impression que les aiguilles s'étaient immobilisées. 2 heures moins le quart... 2 heures... et toujours aucun signe de l'arrivée de Milverley.

Il était 2 h 20 quand enfin l'un des valets de pied en faction à la porte poussa une exclamation :

– Le voilà !

Marisa s'avança vivement. Elle aperçut, tout au bout de la grande allée, un attelage à quatre qui traversait le parc. Le soleil brillait sur les harnais d'argent.

Un tourbillon de poussière s'élevait derrière la voiture ce qui prouvait qu'elle était menée grand train. Soudain, Marisa sentit le défi qui l'habitait fondre et la nervosité s'emparer d'elle.

– Quand M. le duc sera là, je veux lui parler seule, dit-elle à Turner à voix basse. Demandez-lui de venir immédiatement dans le bureau, s'il vous plaît.

– Bien, miss.

La jeune fille regarda miss Whitcham.

– Le mieux, je pense, est que je raconte à M. le duc exactement ce qui s'est passé, dit-elle.

La secrétaire comprit où elle voulait en venir :

– Je monte. Mais, mon Dieu, je suis sûre que Sa Grâce se sera attendue à ce que nous ayons fait davantage pour sauver Aline !

Marisa ne répondit pas. Elle se contenta de traverser la galerie et de s'engager dans le couloir menant au bureau.

Elle laissa la porte entrouverte et traversa la pièce jusqu'à la fenêtre. Elle avait très froid, soudain.

Elle n'avait pas compté revoir le duc. Le matin, en se levant et en s'habillant, elle avait pensé qu'il serait très improbable que, de toute sa vie, elle l'aperçoive de nouveau, même de très loin, et il était inconcevable qu'ils se rencontrassent jamais. « Allez au diable ! » lui avait-il dit, la veille, et elle avait voulu lui obéir.

Les circonstances en avaient décidé autrement et, à présent, elle l'attendait, la peur lui serrant le cœur. Elle avait entendu le murmure des voix dans la galerie, mais pourtant, quand il entra dans la pièce, elle en éprouva un véritable choc. Il était là, immense et, c'était visible à ses sourcils froncés, profondément irrité.

– Que s'est-il passé, miss Mitton? demanda-t-il d'un ton dur. Votre mot me dit qu'Aline a été enlevée et le garçon d'écurie m'apprend qu'elle est chez les mineurs.

– C'est exact. Ils l'attendaient ce matin quand elle est sortie à cheval et ils ont renvoyé le laquais qui l'accompagnait au château avec un message pour vous. Le voici.

Elle sortit de sa poche la feuille de papier qu'elle lui tendit. Il ne fit aucun effort pour la prendre.

– Pourquoi n'étiez-vous pas avec Aline? demanda-t-il d'un ton qui lui parut accusateur.

– Je... j'avais mal à la tête, répondit-elle, sentant qu'elle ne pouvait lui dire la vérité en ce moment.

Elle avait baissé les yeux en parlant et il s'avança pour prendre le billet. Il le lut et le jeta sur le bureau.

– Bon sang ! s'écria-t-il. Pourquoi ne m'a-t-on pas prévenu qu'ils étaient en grève ?

– Vous l'ignoriez ?

– Nicholson m'avait laissé entendre qu'ils n'étaient pas satisfaits, répondit-il. Mais je n'imaginais pas qu'il s'agissait de quelque chose de sérieux.

Il avait fait demi-tour et se dirigeait vers la porte.

– Où allez-vous ? demanda Marisa.

– Réunir mes hommes et envoyer quelqu'un prévenir la police.

– Je vous en prie, ne faites pas cela, supplia-t-elle. J'ai promis aux mineurs que vous viendriez seul à la mine, que vous écouteriez leurs revendications et que personne ne vous accompagnerait, sauf moi.

Le duc fit volte-face, une expression d'intense stupeur sur les traits :

– Vous avez promis à qui ?

– Aux mineurs.

– Mais comment ?

– J'ai été à la mine. Je leur ai parlé.

– Vous y avez été seule ?

– Hanson m'attendait dans les bois. J'y ai été seule car c'était le seul moyen que j'avais de voir Aline et de la sauver. Ils l'avaient cachée dans une galerie de mine.

– Dans la mine ! (Il avait poussé un véritable rugissement.) Comment ont-ils osé ! Je les tuerai tous pour avoir fait une chose pareille !

– Elle n'y est plus, expliqua Marisa. Je l'en ai sortie et elle attend dans l'une de leurs maisons avec une petite fille de son âge. Elle n'a plus peur et elle a compris qu'elle joue un rôle d'otage.

– Vous avez arrangé tout ça ! s'écria-t-il. Je ne peux

pas arriver à comprendre ce qui s'est passé et quel a été votre rôle. Tout cela me paraît complètement fou!

Il parlait avec une telle irritation que Marisa sentit la colère la gagner.

– Ces hommes ont des raisons de se plaindre, dit-elle. Peut-être ne vous a-t-on pas dit ce qui se passe sur vos terres et je veux bien croire que vous ignoriez le sérieux de la situation. Le puits est dangereux. Mais votre agent s'est refusé à écouter les plaintes des mineurs, même quand l'un d'eux a été tué par une chute de pierres provoquée par l'effondrement des poteaux de soutènement complètement pourris!

Elle vit la colère s'effacer sur les traits de son vis-à-vis :

– C'est vrai?

– J'ai vu de mes yeux l'état de la mine et j'ai promis que vous le verriez vous aussi.

– Vous vous attendez à ce que j'aille là-bas, seul?

– Ils ne vous feront pas de mal, répliqua Marisa sans douceur. Pas si vous essayez de comprendre leurs souffrances. Et, très franchement, il n'y a pas d'alternative : vous irez et vous vous rendrez compte de leurs conditions de travail, comme je le leur ai promis.

– Et pour être sûre que je ferais ce que vous vouliez, vous leur avez laissé Aline en otage?

– Que comptiez-vous que je fasse une fois qu'ils s'étaient emparés d'elle? Que je me batte toute seule contre une vingtaine d'hommes? Et si vous amenez la police, ce qu'ils attendaient de votre part, au début, il est fort douteux que vous retrouviez votre fille en vie quand la bataille aura cessé.

Marisa se tut et le silence tomba.

– Je comprends que vous avez agi comme vous le jugiez le mieux, dit-il enfin d'un ton très différent. Je vais aller me changer. Voulez-vous demander que l'on me selle un cheval?

– Je l'ai déjà fait, répondit-elle. Autre chose... j'ai envoyé à la mine toute la nourriture disponible au château.

Une fois encore, le duc ne put cacher sa stupeur.

– Ils sont en grève depuis plus de trois semaines. Ils n'ont pas d'argent et absolument rien à manger.

– Vous auriez au moins pu attendre que j'aie parlé avec ces hommes.

Il ne paraissait plus irrité, mais il y avait dans sa voix une nuance de blâme qui blessa la jeune fille.

– Les enfants souffrent, dit-elle. Ne comprenez-vous donc pas? Ils meurent de faim! Pour eux, quelques heures, c'est une éternité. (Elle sentait toujours la critique en lui et elle redressa le menton.) J'ai dit à miss Whitcham que j'en prenais l'entière responsabilité. Si vous estimez que c'est une extravagance inutile, je suis prête à tout payer de ma poche.

Un éclair de colère brilla dans les yeux du duc :

– Et comment, miss Mitton, pourriez-vous vous le permettre? Peut-être offrez-vous de me rembourser avec le produit de la vente de votre livre?

Elle eut l'impression de recevoir un coup de cravache. Déjà pâle, elle devint livide, puis elle s'empourpra.

– Je suis navré, excusez-moi, dit-il d'un tout autre ton avant qu'elle ait pu parler. Je n'aurais pas dû, pardonnez-moi.

Marisa ne put lui répondre, mais elle le regarda. Leurs regards se fixèrent et, durant quelques secondes, ce fut le silence total. Puis il se détourna et, sans un mot, sortit de la pièce pour aller se changer.

Quelques minutes plus tard, ils galopaient côte à côte à travers le parc. Au début, Marisa eut du mal à contrôler sa monture, pleine de fougue.

Elle n'avait pas envie de parler à son compagnon qui, les lèvres serrées, le menton carré, avait l'air très sombre. Ce ne fut qu'au moment où ils furent contraints par les arbres de ralentir leur allure qu'il posa une question :

– Aline a-t-elle très peur?

– Elle a été étonnamment courageuse, répondit Marisa. Elle est persuadée que vous attendez d'elle qu'elle se montre ainsi et je lui ai dit qu'elle vous représentait.

La réponse de Milverley surprit la jeune fille.

– Merci, lui dit-il simplement.

Ils ne parlèrent pas jusqu'à un autre bouquet d'arbres les séparant de la mine, à droite de laquelle se groupaient les maisons des mineurs. D'instinct, ils retinrent leurs chevaux.

– Il y a bien longtemps que je ne suis pas venu ici, remarqua le duc. Je n'ai laissé cette mine ouverte que par sentimentalité. Peut-être aurais-je dû la fermer.

– La plupart des hommes ici sont trop âgés pour apprendre un autre métier, dit Marisa. Mais vous pourriez la fermer, peu à peu, au cours des années, et employer les plus jeunes ailleurs, sur le domaine. Vous avez des maçons, des charpentiers et des ferronniers. Il est facile, à des jeunes gens, d'apprendre un nouveau métier. Pour les petits, il devrait y avoir une école. (Son compagnon ne répondit pas et Marisa poursuivit.) Il y en a peut-être une, mais cela me surprendrait.

– Ce qui veut dire que c'est aussi un sujet dont j'aurais dû m'occuper plus tôt?

– Et qui d'autre? Ces gens dépendent de vous.

– Comme je vous l'ai déjà dit, miss Mitton, vous êtes d'une remarquable franchise, dit-il d'un ton froid.

Il cravacha son cheval et Marisa le suivit.

Comme elle l'avait prévu, les mineurs attendaient, mais beaucoup plus nombreux, grossis vraisemblablement de ceux qui avaient été à la recherche d'un ravitaillement illusoire. Les champs alentour devaient depuis longtemps être dépouillés de tout ce qui était comestible.

Comme ils s'approchaient, elle put lire sur les visages une expression de surprise presque enfantine. Elle le savait, ils ne l'avaient pas crue quand elle leur avait promis de revenir seule avec le duc. Ils s'attendaient évidemment à devoir affronter les autorités et sans doute les jeunes gens avaient-ils reproché à leurs aînés de l'avoir laissée partir.

A présent, il y avait quelque chose d'obséquieux dans la façon dont ils se précipitèrent pour tenir la bride du cheval de Milverley et pour aider la jeune fille à mettre pied à terre.

Le duc se dirigea immédiatement vers l'homme auquel Marisa avait eu affaire à sa première visite et qui menait les autres. Il lui tendit la main.

– Vous vous appelez Cobbler, n'est-ce pas? Quand j'étais petit garçon j'ai connu votre père et votre grand-père qui travaillaient ici, avant vous.

– C'est exact, monsieur le duc.

– On me dit que vous avez des ennuis. Le mieux est que vous me racontiez tout, à commencer par vous, Cobbler. J'écouterai ensuite ce que les autres ont à dire.

Les mineurs l'entourèrent aussitôt et Marisa s'adressa à l'homme qui tenait les chevaux :

– Je vais voir miss Aline. Voulez-vous m'aider à me remettre en selle?

Il s'exécuta aussitôt et elle parcourut la courte distance qui les séparait des maisons. Un garçon d'une quinzaine d'années se tenait devant l'une d'elles. Marisa lui fit signe d'approcher et il vint aussitôt prendre la bride du cheval.

Elle mit pied à terre, la porte s'ouvrit aussitôt et Aline se précipita vers elle en courant.

– Vous êtes revenue... vous êtes revenue! s'écria-t-elle. Oh! comme je suis contente! Où est papa?

– Un peu plus loin. Il va venir te voir dans quelques minutes.

Un bras autour des épaules de la petite fille, Marisa

s'adressa, par-dessus sa tête, à Mrs Crake parue sur le seuil.

– Je vous remercie de vous être occupée d'elle, dit-elle avec douceur.

– Ça a été un plaisir, miss, répondit la femme. C'est une vraie petite demoiselle.

Au même instant, Marisa entendit un bruit de roues et, se retournant, elle aperçut la charrette approchant sur la piste grossière qui séparait les deux rangées de maisons.

Il y avait un valet d'écurie à côté du cocher et un autre derrière lui. Marisa marcha au-devant d'eux et la charrette s'arrêta.

Comme par magie, toutes les portes s'ouvrirent et femmes et enfants se précipitèrent à l'extérieur. Le domestique à l'avant de la voiture repoussa une bâche et Marisa aperçut la nourriture entassée.

L'une des femmes poussa un cri et, presque aussitôt, ce fut un concert d'exclamations, de commentaires assourdissants. Longeant la charrette, Marisa s'adressa à l'homme qui s'y tenait, debout.

– Demandez-leur de m'écouter, dit-elle.

– Silence ! tonna-t-il. Miss veut vous parler !

Il avait une voix puissante et de l'autorité. L'instant d'après, l'on n'entendait plus que les cris de quelques enfants et les pleurs des bébés.

– Je vous ai apporté à manger, dit Marisa. Pour commencer je vais distribuer, à toutes les femmes qui ont des enfants, un œuf pour chacun, un morceau de pain et du beurre. Vous direz à ces messieurs combien vous avez d'enfants et je vous suggère d'aller vite faire cuire vos œufs pendant que nous découperons la viande. Il y en aura assez pour tout le monde, et du lait pour les plus petits va bientôt arriver.

Un véritable cri de joie salua cette annonce.

– Que cinq d'entre vous m'apportent leur table de cuisine et m'aident à découper les jambons. Il y a des lapins et les lièvres à dépouiller et à faire cuire. Avec le reste du gibier que nous avons là, chaque foyer pourra faire un ragoût. (Elle jeta un coup d'œil au contenu de la charrette et ajouta :) Je ne sais pas exactement ce qu'il y a d'autre, mais je compte sur vous pour m'aider à tout partager équitablement. Demain, j'en suis sûre, tout aura changé et vous aurez de l'argent pour acheter ce qu'il vous faut. Mais pour le moment, tout ce que nous pouvons faire, c'est nous assurer que tout le monde a quelque chose à manger.

Cette fois, les femmes l'acclamèrent et, malgré la faiblesse de leurs voix, Marisa en eut les larmes aux yeux.

Elle avait réussi une opération bien ordonnée avec ce qui aurait pu être le chaos.

Les hommes distribuèrent les œufs, des morceaux de pain et des parts de beurre. Les femmes commencèrent à couper les jambons en tranches et le gibier en morceaux.

La jeune fille se félicitait d'avoir songé à apporter des couteaux bien affilés qui facilitaient le travail.

De son propre chef, miss Whitcham avait ajouté aux provisions de gros pâtés de porc, un énorme fromage de tête, du fromage et plusieurs poulets fraîchement rôtis.

Marisa fit découper ces derniers et les distribua aux mères de très jeunes enfants. Leur gratitude eut quelque chose de pathétique.

Elle avait vu, quand elles étaient retournées chez elles avec la première distribution d'œufs, les enfants de cinq ou six ans leur arracher des mains les morceaux de pain et le dévorer, incapables d'attendre davantage.

Enfin, la charrette fut vide, mais Marisa avait la certitude que, dans chaque maison, il y avait assez pour un bon repas. Peut-être n'était-ce pas beaucoup pour un adulte n'ayant pratiquement rien mangé depuis plusieurs semaines mais, ce soir, personne n'aurait faim.

Les femmes découpaient le dernier jambon lorsque le duc, accompagné par Cobbler et ses camarades, revint de la mine. Aline fut la première à le voir.

– Papa ! s'écria-t-elle. Papa !

Laissant Marisa qu'elle n'avait pas quittée, elle se précipita vers lui.

La jeune fille avait été trop occupée pour se préoccuper de l'apparence de l'enfant et elle se demanda soudain ce qu'il penserait de son visage barbouillé et de ses mains sales.

Après tout, se dit-elle, cela lui ferait du bien. Au château, il contemplait la vie à travers une vitre. Il voyait la pauvreté et la privation, mais n'était pas en contact avec elles, ne comprenant pas ce qu'était la souffrance humaine.

Et Aline, comme les autres enfants et les femmes de l'aristocratie, ignorait tout du « peuple », n'avait aucune idée des conditions lamentables dans lesquelles vivait la grande majorité des déshérités. Et pourtant, songeait Marisa, elle avait appris que le luxe n'était pas synonyme de bonheur et un estomac plein, de contentement.

Elle-même savait que cela lui était horriblement pénible de voir les souffrances morales ou physiques des autres et qu'elle n'avait qu'une envie : soulager la douleur où qu'elle fût.

« Ne peux-tu aider le duc ? » demandait son cœur. « Non, pas lui... plus jamais ! » songeait-elle avec amertume, en se rappelant le dégoût, la condamnation de sa voix quand il lui avait dit de partir.

Elle regardait Aline courir à son père et, à sa grande surprise, elle vit celui-ci tendre les bras à sa fille, la soulever comme elle s'y précipitait et l'embrasser. C'était là un geste spontané et, Marisa le savait, c'était la première fois qu'il embrassait l'enfant. Aline lui entoura le cou de ses deux bras et c'est, la portant, qu'il s'approcha de Marisa.

– Je vois que vous avez été occupée, dit-il en arrivant à sa hauteur.

– Nous avons partagé tout, aussi équitablement que possible, répondit-elle sans le regarder. Au moins, les enfants auront-ils à manger ce soir.

Elle jeta un coup d'œil aux mineurs qui avaient suivi le duc.

– Le lait ne tardera pas à arriver, ajouta-t-elle, s'adressant à Cobbler. Évidemment, il est destiné aux tout-petits. J'ai demandé que l'on envoie d'autres œufs et il y aura peut-être encore du beurre, mais je doute qu'il reste du pain pour l'étaler.

– On s'arrangera, répondit Cobbler. M. le duc a été très généreux.

Il parut à Marisa que Milverley la regardait avec ironie, la mettant au défi de le prendre en faute.

– J'en suis heureuse, dit-elle doucement.

– A présent, je vais ramener ma fille chez moi, dit le duc. La journée a été longue pour elle. (Il remit Aline par terre et tendit la main :) Au revoir, Cobbler. Et la prochaine fois, si quelque chose ne va pas, venez donc me voir vous-même au château. Cela vaudra beaucoup mieux si nous réglons ces difficultés entre nous.

– C'est entendu, monsieur le duc. Et merci pour ce que vous avez promis.

– Vous aurez l'argent à la première heure demain et je m'occupe immédiatement des autres choses dont nous avons parlé.

– Merci beaucoup, répondit Cobbler – et ses camarades murmurèrent leur approbation.

On mena leurs chevaux au duc et à Marisa.

– Dois-je emmener Aline dans la voiture? demanda la jeune fille.

– Je pense qu'elle préfère venir avec moi.

Il adressa quelques mots à l'un des valets qui lui tendit Aline quand il fut en selle. Elle s'installa, à califourchon, devant son père.

– Ce que c'est amusant, papa ! Jamais je n'ai monté un cheval aussi grand.

L'autre domestique aida Marisa à se mettre en selle et le duc fit ses adieux aux mineurs qu'il dominait.

– Au revoir, dit-il. Je suis content de vous avoir vus tous.

Ils s'éloignèrent sous les acclamations et, une fois encore, Marisa sentit les larmes lui piquer les yeux.

« Je dois être très fatiguée », pensa-t-elle. Et c'était bien vrai.

Elle n'avait pas dormi la nuit précédente, et elle n'avait rien mangé depuis le léger souper pris avant de descendre dans la bibliothèque, son manuscrit sous le bras. Elle avait presque oublié l'horreur de la veille parce qu'elle s'était activée toute la journée, cherchant à sauver Aline et à aider les enfants des mineurs.

A présent, l'humiliation provoquée par la colère du duc et la façon insultante dont il l'avait embrassée se refermaient sur elle comme un brouillard noir.

Pendant quelques heures, elle avait eu la responsabilité d'une situation très délicate. Elle avait pris des décisions, contraint des gens à s'y plier et réussi ce qui, à y réfléchir, tenait du miracle.

Mais le moment de gloire était passé. Elle n'était plus qu'une femme surprise dans une situation honteuse. Une créature abjecte, attirée par le côté sale des choses, méprisable pour un homme digne de ce nom. Elle éprouvait encore le choc ressenti au moment où elle avait, du haut de la galerie, regardé dans la pièce et vu le duc avec son manuscrit à la main.

Le chemin du retour parut extrêmement long à la jeune fille. Aline avait beaucoup à dire à son père et celui-ci avait du mal à parler à Marisa. Ils étaient sous les arbres quand il lui dit d'un ton sarcastique :

– Vous êtes satisfaite, je l'espère, miss Mitton ?

– Que leur avez-vous promis ?

– Une augmentation de salaire et qu'ils seraient payés pour les semaines de grève. De nouveaux soutènements pour la mine, tout le matériel de sécurité qu'ils jugent nécessaire, une maison et une pension à vie pour la veuve et les enfants de l'homme qui a été tué.

– C'est merveilleux !

– J'ai aussi suggéré que les charpentiers du domaine procèdent aux réparations essentielles dans les maisons. Si vous avez l'intention, avec Aline, de vous rendre dans ce genre d'endroits, il faut qu'ils soient améliorés.

– Ne serait-ce que pour leurs habitants.

– Mes intentions partent d'un bon naturel, miss Mitton, quoique, j'en suis certain, vous trouverez des sujets de critique.

– Je n'en n'ai nullement l'intention, répondit-elle à voix basse. J'étais sûre que vous ignoriez ce qui se passait.

– Mais, comme vous me l'avez fait remarquer, c'était une faute en soi que de ne pas être au courant.

– Ils sont très pauvres, papa, intervint Aline. Ils dorment par terre, ils ont seulement des chaises très dures et même elles sont cassées.

Son père ne répondit pas et, un moment après, Aline ajouta :

– J'ai promis mes jouets au petites filles, mais je ne sais pas si elles ont compris exactement ce que c'était qu'un jouet. Elles n'en ont pas chez elles, pas un seul.

– Nous ferons en sorte que cela change, à l'avenir, promit le duc – et Marisa crut discerner une note d'embarras dans sa voix.

Ils avaient traversé le bois et il lança Samson au

grand trot vers le château. Il leur restait cependant un assez long trajet à parcourir et, quand ils atteignirent le gravier de l'allée devant le perron, Aline ne dit rien. Marisa comprit qu'elle devait être très fatiguée.

Elle n'avait pas fait de sieste, elle avait été privée de déjeuner et elle avait dû avoir très peur. Le temps que son père arrête son cheval et elle dormait presque. Un valet de pied la souleva de la selle.

– Portez-la directement dans sa chambre, ordonna le duc.

Un autre valet aida Marisa à descendre de cheval. Elle se sentit soudain tout étourdie en touchant terre. Sa fatigue n'avait fait que croître et elle se demandait si elle aurait la force de gravir les marches du perron.

Le duc l'avait précédée et, quand elle atteignit le hall d'entrée, il lui parut envahi par une foule.

Elle entendit la voix surexcitée de miss Whitcham venant de très loin, et elle eut soudain beaucoup de mal à respirer.

D'instinct, sans savoir ce qu'elle faisait, elle ôta son chapeau. Puis, tout tourna autour d'elle et l'obscurité l'engloutit.

Elle cheminait dans un long tunnel au bout duquel brillait une lueur, très faible.

Elle pensa qu'elle devait être à cheval et puis elle comprit soudain qu'elle était dans les bras de quelqu'un. Elle avait dû s'évanouir et, brusquement, elle sut qui la portait.

Elle éprouva un sentiment de sécurité, de confort inconnu jusque-là. Le duc la tenait serrée contre lui, mais avec une telle facilité qu'elle avait conscience que cela ne lui coûtait aucun effort.

Il avançait avec régularité et, sans ouvrir les yeux, elle comprit qu'il la portait dans l'escalier du second.

La veille, il l'avait embrassée et elle avait eu peur; à présent c'était divin d'être si proche de lui, de connaître la force de ses bras.

Elle voulait cacher son visage contre son épaule. Mais elle resta immobile, songeant que jamais plus elle ne vivrait un moment pareil, jamais plus elle ne sentirait les battements de son cœur contre sa joue. Quelqu'un ouvrit la porte de sa chambre et Marisa se sentit transportée dans la pièce.

Il la coucha très doucement et elle résista à l'impulsion absurde d'étendre les bras et de s'accrocher à lui.

– Mettez-la au lit, l'entendit-elle dire de sa voix grave. Elle est complètement épuisée. Et tâchez de la persuader de manger quelque chose.

– Oui, monsieur le duc.

C'était la voix de l'intendante. Elle crut que le duc s'était écarté et ses paupières battirent. Puis elle sentit sa main sur la sienne et il lui dit doucement :

– Je vous suis profondément reconnaissant, miss Mitton.

« Il a compris que j'étais consciente », songea-t-elle, affolée soudain. Puis, elle entendit son pas traverser la chambre, descendre l'escalier.

Elle était dans un tel état de fatigue qu'elle se laissa déshabiller. L'une des femmes de chambre lui enfila une chemise de nuit et ôta ses épingles à cheveux. Elles lui apportèrent à manger et, pour leur faire plaisir, elle but un peu de soupe et avala une bouchée de poulet.

Cela lui demanda un tel effort qu'elle éprouva une impression de soulagement intense quand on la laissa enfin seule. Elle sombra immédiatement dans un sommeil sans rêves.

Elle dut dormir longtemps car, quand elle se réveilla, la pièce était plongée dans l'obscurité. Elle resta étendue à penser à ce qui s'était passé, se souvenant, plus nettement que de tout le reste, du contact des bras du duc quand il l'avait portée.

Elle avait cru, quand elle avait cherché à quitter le château, la veille, que le dernier souvenir qu'elle aurait de lui serait ses insultes, la colère de sa voix quand il lui avait ordonné de disparaître.

A présent, elle le savait, jamais elle ne pourrait oublier la sûreté de son étreinte, quand il l'avait portée dans l'escalier comme une enfant, ni la douceur avec laquelle il l'avait posée sur son lit.

« Je vous suis profondément reconnaissant », lui avait-il dit.

Il y avait eu dans sa voix une telle gentillesse, une telle gratitude qu'elle avait envie de pleurer. Puis, submergée par son amour pour lui, elle se souvint soudain de ses reproches cinglants au sujet de son livre.

Elle réentendait le mépris, le dégoût de son ton, et elle comprit qu'il ne lui avait manifesté de gentillesse que pour la façon dont elle avait su s'occuper des mineurs. Rien, au fond, n'avait changé entre eux : il la méprisait et rien n'y ferait, quoi qu'elle dise. Non, elle n'aurait pas la force de le revoir.

Elle devait quitter le château comme elle en avait eu l'intention. Si elle ne le faisait pas d'elle-même, il l'en chasserait, aucun doute à cela. Elle serait incapable de le supporter. D'instinct, à la pensée de la condamnation peinte sur son visage, de la dureté de sa voix, elle s'assit dans son lit et tendit la main vers les allumettes.

Elle alluma une bougie et la pendule, sur la cheminée, lui apprit qu'il était près de 5 heures. Bientôt, il ferait jour; il fallait qu'elle soit partie avant que tout le monde soit réveillé au château.

Elle se leva et s'habilla. Elle ne se sentait pas très d'aplomb sur ses jambes et ses idées étaient encore un peu confuses, mais le sommeil avait dissipé le plus gros de sa fatigue. Elle enfila son costume de voyage bleu. On avait monté l'une de ses malles, sans doute pour permettre aux femmes de chambre de lui trouver une chemise de nuit.

Elle réfléchit quelques secondes puis décida que les robes données par Kitty Berrington n'avaient plus d'importance pour elle. Elles étaient destinées à quelque chose de particulier. Tout cela, c'était du passé. Elle n'emporterait rien.

Plus tard, peut-être, écrirait-elle à miss Whitcham pour la prier d'envoyer ses bagages à l'adresse de sa tante, à Londres. Jusque-là, rien de ce qu'ils contenaient ne lui était réellement nécessaire. Elle mit sa brosse et son peigne dans le sac de cuir qui abritait ses bijoux et qui avait contenu son manuscrit.

Quand elle fut prête, Marisa sortit de son tiroir la lettre écrite pour Aline.

Une bougie à la main, elle traversa le palier et posa l'enveloppe sur la table de la salle d'études. Puis, elle descendit et, par une porte de côté, sortit pour se diriger vers les écuries.

Elle entendit des voix dans la galerie et dans les cuisines mais elle ne rencontra personne.

Deux jeunes palefreniers balayaient les écuries. Ils la regardèrent arriver avec surprise.

– Je désire immédiatement une voiture pour me conduire à la gare, dit-elle. Je dois aller à Londres.

– Très bien, miss.

S'ils estimèrent étrange qu'un habitant du château vînt lui-même aux écuries plutôt que d'y envoyer un domestique, ils ne dirent rien cependant. Il leur fallut très peu de temps pour sortir et atteler un coupé.

Un cocher, enfilant en hâte sa livrée, grimpa sur le siège et saisit les guides. On aida Marisa à s'installer et l'un des palefreniers sauta à côté du cocher.

La voiture s'ébranla et Marisa se laissa aller contre les coussins. Cette fois, elle ne regarda ni le château ni la beauté du décor. Elle avait l'impression très nette qu'elle s'échappait.

Elle ne partait pas simplement, elle fuyait quelque chose de tenace qui s'accrochait à elle, qui insistait pour qu'elle ne s'en aille pas. C'était une sensation absurde, qu'elle ne pouvait même pas s'expliquer, mais indiscutable. Elle éprouvait le besoin intense de faire accélérer les chevaux.

Elle n'aurait pas été surprise d'entendre un bruit de galopade derrière elle et retentir un ordre disant au cocher de s'arrêter et, à elle, de retourner. Elle avait l'impression de se mouvoir dans un rêve, mais un rêve d'une telle acuité qu'elle avait parfaitement conscience des battements violents de son cœur. Elle haletait comme si elle venait de franchir une longue distance en courant.

Ils atteignirent la gare et le palefrenier ouvrit la porte.

– A quelle heure arrive le premier train ? demanda la jeune fille.

– Je ne crois pas que le train du lait soit déjà passé, miss.

Tout en parlant, il s'était approché du signal pour le faire fonctionner. Il trancha, rouge sur le ciel bleu pâle.

« Vite, vite ! » se retenait de crier Marisa.

Il faisait froid sur le quai et elle frissonnait. Le vent de novembre lui mordait les joues et se glissait sous sa jupe. Mais cette morsure même la renforçait dans sa détermination de partir, d'être libre, de laisser derrière elle ce passé qui s'accrochait à elle comme avec des vrilles.

Elle avait résisté à la tentation de regarder derrière elle sur la route. Qui donc aurait pu la suivre ? Qui aurait pu souhaiter réellement l'empêcher de partir ?

Puis elle entendit le sifflet du train et aperçut un flocon de fumée au-delà d'un lointain virage.

– C'est le train des laitiers, miss, lui dit le garçon d'écurie. Il y a deux voitures de voyageurs d'habitude, mais à cette heure-là il n'y a pas beaucoup de monde. (Il regarda le convoi grossir avant d'ajouter :) Vous revenez ce soir, n'est-ce pas, miss ? Avez-vous une idée de l'heure à laquelle il faudra qu'on vienne vous chercher ?

Un instant, Marisa fut surprise par sa question. Puis, elle comprit que son absence de bagages lui avait fait croire qu'elle ne passait que la journée à Londres.

Sans savoir pourquoi, elle eut du mal à lui répondre la vérité, mais elle y parvint.

– Je ne reviendrai pas, dit-elle d'un ton ferme.

9

Marisa traversa l'ancien bureau de son père et resta un moment à regarder par la fenêtre le jardin négligé.

C'était une triste journée de novembre. La nuit avait été très froide et les dernières feuilles étaient tombées. Les branches, déjà nues, se silhouettaient contre le ciel gris. Tout était gris aussi dans le cœur de la jeune fille. Avec un petit frisson, elle se détourna de la fenêtre pour se rapprocher du feu. Les mains tendues vers les flammes, elle se demandait pourquoi rien ne pouvait avoir raison du froid qui glaçait son sang.

« J'ai le cœur gelé », avait-elle dit à sa tante.

Elle portait l'une des deux robes noires qu'elle avait achetées dans une boutique de Saint-Albans à la mort de son père. L'étoffe en était pauvre mais elle ne pouvait pas déguiser les douces courbes de son corps et faisait ressortir la blancheur éclatante de sa peau et le roux intense de ses cheveux.

En se levant, elle les avait tordus en un chignon serré sur sa nuque, les avait épinglés hâtivement et s'était détournée du miroir.

Elle ne le savait que trop, elle y aurait vu des yeux battus et misérables, des cernes profonds dus à une nuit sans sommeil et une bouche encore frémissante du souvenir des larmes amères versées sur son oreiller.

Elle était rentrée chez elle comme un animal blessé, cherchant le sanctuaire de ce qui lui était familier, mais trouvant fort peu de réconfort aux souvenirs du passé.

Il lui était impossible de ne pas être hantée par la voix de son père, proclamant sa haine de la haute société, s'emportant contre tous ceux qui portaient un nom noble, se précipitant sur tous les détails scandaleux et en usant pour étayer sa conviction que tous les maux dont souffrait le pays étaient la seule faute de l'aristocratie.

« Comment ai-je pu être assez stupide pour le croire ? » se demandait-elle à présent.

Cependant, il l'avait à tel point nourrie de son animosité qu'elle aurait été un phénomène si elle avait été assez forte pour ne pas se laisser influencer.

Mais maintenant elle avait l'impression que toute la haine accumulée en elle, toutes les convictions qu'elle avait faites siennes avec une telle fougue, tous ses désirs de vengeance avaient disparu comme par magie.

Elle n'avait pas besoin de se demander ce qui avait provoqué cette transformation, elle le savait très bien : c'était l'amour.

Pendant le trajet vers Londres, elle avait espéré que, puisqu'elle s'était échappée, elle pourrait retrancher de sa vie les semaines passées à Vox, les oublier. Mais plus la distance augmentait qui la séparait du duc, plus sa douleur croissait à être séparée de lui.

Comment pourrait-elle jamais oublier qu'il l'avait tenue deux fois dans ses bras, une fois par colère, l'autre par pitié? Il lui suffisait de fermer les yeux pour se sentir portée dans l'escalier, ressentir son contact, la gentillesse et la sincérité de sa voix quand il l'avait remerciée.

Le seul fait d'y penser lui mettait les larmes aux yeux. Elle avait fait un effort terrible pour ne pas s'écrouler et éclater en sanglots avant d'être chez elle, dans son petit lit, à Berrington Park.

Les domestiques, le vieux Bates et sa femme, n'avaient pas été surpris de la voir.

– Nous nous demandions quand nous aurions de vos nouvelles, milady, avait dit Bates.

Ils lui avaient préparé un dîner. Mais elle avait été incapable d'y toucher. Elle s'était levée précipitamment de table pour monter s'enfermer dans sa chambre et pleurer jusqu'à épuisement.

En se levant, le matin, elle s'était promis d'être courageuse.

La vie continuait, et même ceux qui souffraient d'avoir le cœur brisé devaient trouver quelque chose pour s'occuper l'esprit au cours des ans. Cependant, elle se demandait comment elle pourrait vivre avec ses seuls souvenirs.

Non seulement son amour pour Milverley était tel que le seul fait de penser à lui risquait de la faire fondre en larmes, mais Aline aussi lui manquait. Elle s'était profondément attachée à l'enfant et elle avait éprouvé une joie immense à la changer, dans son aspect et son comportement, à la guider, à l'éduquer et à recueillir si vite le résultat de ses efforts.

Aline était bien la fille de Milverley. Elle avait son obstination et son esprit de décision, mais elle possédait aussi beaucoup de son charme et de sa générosité. Elle avait hérité de lui également cette qualité qu'il avait démontrée en discutant avec les mineurs : sa faculté de comprendre les difficultés et les problèmes des autres.

Aline avait tout cela, à un degré moindre, et si, pendant son enfance, elle subissait d'heureuses influences elle deviendrait, Marisa en était sûre, une femme à la forte personnalité. Mais saurait-on l'éduquer comme il convenait?

C'était une torture supplémentaire que de se demander si une nouvelle gouvernante ne déferait pas tout le bien qu'elle avait fait à Aline. A tout le moins, avait-elle pu rendre à la petite fille l'affection de son père.

Aucun doute à cet égard, toute l'attitude du duc envers Aline avait changé dès l'instant où il avait compris qu'elle était bien son enfant et que le mensonge, auquel il avait cru pendant tant d'années, n'était que l'invention ou la vengeance d'une femme malade. Avec le temps, le père et la fille ne feraient que se rapprocher.

Son cœur se serra à l'idée qu'elle ne serait pas là pour le voir et même pour apprendre que, grâce à elle, ils étaient très unis.

Tendant ses mains aux flammes, elle se força à penser à ses problèmes immédiats. Elle entendit la porte s'ouvrir dans son dos et le vieux Bates qui avait, depuis longtemps, passé l'âge de la retraite, entra en traînant les pieds dans la pièce.

– Je viens demander à Milady ce qu'elle aimerait pour le déjeuner, dit-il d'une voix chevrotante.

– Je ne veux rien, merci.

– Milady, ça ne sert à rien de parler comme ça, répondit-il avec la familiarité grondeuse d'un vieux domestique de la famille. Mrs Bates et moi on est inquiets pour Milady. Vous n'avez pas mangé hier soir et vous n'avez pas touché à votre petit déjeuner. Mrs Bates s'était pourtant donné du mal pour vous trouver un œuf de cane !

– Je sais, Bates. Remerciez-la pour moi, s'il vous plaît, mais je n'ai pas faim.

– On se demande si vous n'allez pas nous tomber malade.

– Non. Je me porte bien. Je suis seulement fatiguée.

– A vous voir, milady, on pourrait craindre qu'un courant d'air vous emporte.

Le vieil homme marqua un temps d'arrêt et, Marisa ne répondant pas, il poursuivit :

– ... Mrs Bates pensait faire de l'agneau en croûte pour le déjeuner. Feu M. le comte aimait beaucoup ça.

– Ce serait très gentil de sa part. Je m'efforcerai d'en manger un peu.

– Je vais le lui dire, elle sera contente, ah oui !

Le vieil homme s'apprêtait à sortir lorsque Marisa le rappela :

– Qu'a-t-on projeté au sujet de la maison, Bates? J'ignore ce que mon oncle a décidé.

– Je crois que M. le comte veut entreprendre pas mal de décorations et on dit que les ouvriers seront là dans quinze jours, mais je n'ai pas de détails. C'est seulement ce que j'ai appris par la lettre que M. le comte a envoyée au nouveau régisseur.

– Il y a un nouveau régisseur?

– Oui, milady. Il s'est installé dans la ferme de la Combe la semaine passée. Un homme bien élevé et j'espère qu'il va faire quelques améliorations. Ce ne serait pas de trop.

– Effectivement. Mais qu'allez-vous devenir, Mrs Bates et vous?

– M. le comte nous offre une petite maison au village, milady. On a hâte de prendre notre retraite. Cela fait cinquante-neuf ans que nous sommes en service et, pour tout dire, nous sommes trop vieux pour continuer.

– Vous me manquerez, Bates. La maison ne sera plus la même sans vous.

– Milady habitera ici?

Elle secoua la tête :

– Non. J'ai l'intention d'aller voir miss Gillingham, cet après-midi. J'espère pouvoir rester un peu avec elle, le temps de trouver quelque chose à faire.

– Oh ! je suis sûr qu'elle sera très contente de voir milady. Elle est venue ici quelques jours après votre départ pour Londres.

– Vraiment ? s'écria Marisa. Je suis navrée de l'avoir manquée.

– Elle l'était de ne pas vous trouver. Pour dire la vérité, miss Gillingham s'ennuie beaucoup toute seule.

– Mais elle n'avait qu'une envie, c'était de prendre sa retraite ! Non pas qu'elle soit vieille. Elle n'a certainement pas plus de soixante ans. Mais elle a toujours dit qu'en partant d'ici elle n'enseignerait plus.

– Les gens parlent comme ça, commenta Bates avec la sagesse du grand âge. Mais ce qui arrive, milady, c'est que, quand ils n'ont plus rien à faire, le temps leur paraît interminable. C'est pas que miss Gillingham soit en mauvaise santé. D'après ce qu'elle m'a dit, je crois qu'elle envisagerait de reprendre des élèves, s'il y en a qui ont besoin de leçons à Little Minus.

– Eh bien ! elle ne s'ennuiera plus si je suis avec elle.

– Non, c'est un fait, reconnut Bates. Miss Gillingham aimait tellement milady qu'on a souvent pensé, Mrs Bates et moi, qu'elle avait pris sa retraite parce qu'elle ne voulait pas mettre un autre enfant à votre place.

– J'ai peine à le croire, répondit Marisa en souriant.

– C'est bien dommage, milady, qu'il n'y ait pas eu d'autres enfants dans la famille dont elle aurait pu s'occuper quand milady a été trop grande pour prendre des leçons.

– C'est quelque chose que j'ai regretté toute ma

vie, soupira Marisa. J'ai été une enfant très seule.

– Oh ! c'est bien vrai. Avec M. le comte qui n'aimait pas les visites et qui ne voulait personne dans la maison; on peut le dire, ce n'était pas une vie normale pour une jeune fille.

– Peut-être, en effet.

Elle se tourna vers le feu.

– Milady peut être sûre que miss Gillingham l'accueillera à bras ouverts. Maintenant, si milady veut m'excuser, je vais dire à Mrs Bates que milady veut bien de son agneau en croûte. Ça a toujours été sa spécialité.

Le vieil homme s'éloigna et Marisa resta assise à contempler les flammes. Elle irait voir son ancienne institutrice. Elle s'installerait avec elle et elle chercherait à s'occuper.

« N'importe quoi ! Sauf écrire ! »

C'était là un domaine dorénavant interdit dans lequel elle ne se risquerait plus jamais. Elle pensa au manuscrit brûlant dans la cheminée de sa chambre, à Vox, aux pages se recroquevillant sous la chaleur, puis noircissant, et au ronflement des flammes. Elle revit les restes calcinés quand elle s'était jetée par terre devant la cheminée, bourrelée de remords.

« Fouilleuse de boue ! Calomniatrice ! » Ces horribles mots restaient gravés dans son cœur.

Comment avait-elle pu sombrer si bas? Comment avait-elle pu laisser son père l'influencer au point de faire d'elle une personne aussi vile?

Tout cela allait tellement à l'encontre de ses rêveries romantiques, de tout l'amour qu'elle avait éprouvé pour le monde sauvage et animal entourant la maison et qui avait été la consolation de son adolescence solitaire...

Ce qui lui avait paru réel, à l'époque, c'était les nymphes sortant de la brume, au-dessus de la rivière, au fond du jardin.

Elle avait cru aux elfes errant à l'ombre des arbres; chaque nuit elle avait rêvé des hauts faits d'armes de l'histoire, des légendes dont la lecture l'enthousiasmait.

Tout ce monde avait été beaucoup plus réel, pour elle, que ces marionnettes informes qui dansaient sur l'ordre de son père, mais qui, au fond, n'avaient jamais été autre chose que des mots tracés par l'encre qui coulait de sa plume.

Elle entendit la porte s'ouvrir derrière elle et la voix de Bates lui annoncer :

– Un monsieur demande à voir Milady.

Elle pensa qu'il devait s'agir du nouveau régisseur et, peu désireuse qu'il se rende compte qu'elle avait pleuré, elle sortit vivement son mouchoir pour s'essuyer les yeux avant de se retourner.

Puis, lentement, espérant que le nouveau venu n'avait pas remarqué son geste, elle fit demi-tour et se figea brusquement sur place.

Le duc lui faisait face.

Les petites dimensions de la pièce le faisaient paraître extraordinairement grand et large. Il était habillé de façon très classique d'un costume de ville sombre qu'elle ne lui avait jamais vu. Prise de panique, elle se dit qu'elle ne pourrait pas lui parler, qu'il lui fallait s'enfuir, se cacher.

Mais il était entre la porte et elle et l'orgueil qui avait toujours été le sien vint à son secours. Elle fit appel à tout son courage et leva le menton.

– Pourquoi êtes-vous ici... ? commença-t-elle.

Puis frappée d'une pensée atroce, elle s'écria :

– ... Aline ?

– Aline va bien, répondit-il avec douceur. (Il vit la terreur disparaître de ses yeux.) Et elle m'a demandé de vous ramener à Vox.

Un instant, elle le regarda fixement, puis elle se détourna :

— Non !

Elle avait parlé plus fort qu'elle ne l'aurait voulu et les murs du bureau parurent renvoyer le mot, en écho.

— Hier matin, quand nous avons découvert que vous étiez partie, Aline m'a dit : « Je vous aime, papa, mais tout est très vide ici sans miss Mitton. Voulez-vous nous la ramener ? »

Il parut à Marisa qu'il s'était rapproché d'elle en parlant et, effrayée par sa proximité, elle s'écarta de la cheminée, s'avança vers le bureau placé entre les fenêtres.

— C'est... impossible, dit-elle d'une voix étranglée.

— Pourquoi ?

Elle ne répondit pas et, au bout d'un moment, il lui demanda :

— Pourquoi vous êtes-vous enfuie ?

— Vous... m'avez dit... de partir.

— J'ai parlé sous l'empire de la colère et vous saviez que je n'en pensais pas un mot. J'ai cru que vous aviez oublié cette colère après ce qui s'est passé le lendemain... quand vous avez sauvé Aline.

Marisa ne dit rien. Elle avait posé une main sur le bureau et regardait le buvard comme si elle ne l'avait encore jamais vu.

— Ne voulez-vous pas oublier nos désaccords et revenir au château ? Nous avons terriblement besoin de vous... Aline et moi.

Il était plus difficile de résister à la douceur de sa voix qu'à tout ce qu'elle avait connu jusque-là. Elle se tenait la tête penchée et une larme qu'elle ne put retenir s'écrasa sur le bureau, devant elle. Elle cherchait à retrouver l'usage de la parole, quand il lui demanda :

— Pourquoi pleurez-vous ?

— Je... je ne pleure pas, répondit-elle vivement — mais une autre larme rejoignit la première.

– Regardez-moi, Marisa, dit-il.

Elle ne remarqua pas qu'il l'avait appelée par son prénom.

– Si vous ne pleurez pas, poursuivit-il comme elle ne bougeait pas, je veux que vous me regardiez.

– Je... je ne peux pas, murmura-t-elle.

– Pourquoi? Et pourquoi ne voulez-vous pas revenir à Vox? Vous savez à quel point nous avons besoin de vous.

– Non... non! cria-t-elle d'une voix affolée.

– Donnez-m'en la raison, demanda-t-il avec douceur.

Il se tenait à présent juste derrière elle et elle le sentait tout proche. Elle tremblait et, les yeux noyés de larmes, dans un effort soudain, elle lui dit la vérité :

– J'ai... j'ai... tellement honte.

Elle sentit ses mains sur ses épaules. Il la fit pivoter vers lui et elle ferma les yeux. Les larmes coulaient sur ses joues pâles, sa bouche tremblait et puis, soudain, sans savoir comment, elle se retrouva sanglotant contre son épaule, ses cheveux sous ses lèvres.

– Ne voulez-vous pas essayer de me pardonner tout ce que je vous ai dit de méchant, de faux et de cruel? demanda-t-il, la voix grave. Je ne savais rien, alors, de votre père, Marisa, de la vie que vous aviez menée ici. J'étais seulement furieux que quelqu'un d'aussi noble puisse être mêlé à quelque chose d'aussi déplaisant.

– Je l'ai... brûlé... J'ai brûlé... mon livre, dit-elle entre deux sanglots. Mais vous aviez... raison! Je... remuais de la boue. C'était méprisable... sale... et je suis tellement humiliée.

– Chérie, chérie, oubliez tout cela. Vous devriez comprendre que je vous ai aimée dès le premier instant où je vous ai vue!

Il sembla à Marisa que tout ce qui s'était passé

jusque-là n'avait été qu'un rêve. A présent, elle vivait réellement, elle l'entendait dire des mots qu'elle avait cru ne jamais l'entendre prononcer.

– Ce n'est pas... vrai ? murmura-t-elle.

– Si, c'est vrai.

Avec une extrême douceur, du bout des doigts, il leva son visage vers le sien. Ses larmes perlaient au bout de ses longs cils et ses yeux semblaient immenses dans son petit visage. Ils se regardèrent longtemps, s'interrogeant. Comme s'il comprenait, il dit dans un souffle :

– Je t'aime.

Il l'embrassa alors doucement, très doucement, comme s'il avait peur de lui faire mal, puis sa bouche se fit plus possessive, plus passionnée, jusqu'à ce qu'il la sentît frémir entre ses bras, comme s'il s'emparait de son âme, la faisait sienne. La pièce parut tourner autour d'eux. Le monde disparut.

La tristesse, l'horrible, le malheur n'existaient plus. Il ne restait qu'un lieu d'enchantement doré où ils étaient seuls tous les deux : un homme et une femme émergeant d'un gouffre noir pour se rencontrer, se trouver.

– Dieu sait si je t'aime ! dit-il, la voix rauque.

Il entraîna Marisa vers le sofa, devant la cheminée, sans la lâcher de peur qu'elle lui échappe, semblait-il.

– C'est... vraiment... vrai? demanda-t-elle, au bout d'un moment.

– C'est ce que je me demande aussi ! Si tu savais l'état dans lequel je me suis trouvé quand j'ai su que tu étais partie et que je n'avais aucune idée de l'endroit où te retrouver.

– Il fallait que je parte. Je croyais que... vous me méprisiez.

– Comment a-t-il pu te venir une idée aussi stupide ? Je n'ai pas cessé de penser à toi, de te vouloir et de t'aimer depuis que je t'ai vue avec Aline chassant le faisan. Mais tu m'as regardé avec une telle animosité ! Je n'ai pas compris pourquoi.

– Je me suis forcée à... vous détester longtemps avant de venir à Vox. Et puis... quand je vous ai vu...

– Que s'est-il passé ?

– J'ai cherché à continuer... et je n'y suis pas parvenue, murmura-t-elle. Je crois que j'ai dû... vous aimer... dès le début... mais je ne savais pas que... c'était de l'amour.

Les lèvres du duc avaient repris celles de la jeune femme et elle ne put parler pendant de longues minutes. Enfin, sa tête au creux de son épaule, elle lui demanda :

– Comment... m'avez-vous retrouvée ?

– Mon seul espoir de retrouver votre trace était lady Berrington qui avait écrit pour vous recommander. J'ai réussi à la voir hier soir. Elle était sortie et elle n'est rentrée chez elle qu'à 5 heures, sans quoi je serais venu dès hier soir ici. Évidemment, je ne me doutais pas qu'elle fût votre tante.

Marisa ne put cacher sa surprise.

– Et elle vous a dit qui j'étais ?

– Au début, elle m'a menti de façon très convaincante, répondit-il en souriant. Vous l'aviez terrorisée avec le livre que vous projetiez d'écrire.

– Je suis... confuse, murmura Marisa en se cachant le visage contre son épaule.

– Nous pourrons, je crois, la rassurer à ce sujet. Mais elle avait une telle peur que, pendant très longtemps, elle a prétendu ne rien savoir de vous.

– Comment avez-vous fait pour la persuader ?

– Je lui ai dit que je voulais absolument trouver miss Mitton car j'avais l'intention d'en faire ma femme.

– Vous lui avez dit *quoi ?* s'écria-t-elle.

– Tu dois m'épouser, ma chérie, je ne peux pas vivre sans toi.

Il accentua l'étreinte de ses bras et ajouta, le regard joyeux :

– ... Si vous avez l'intention de refuser, miss Mitton, je vous signale que vous vous tenez de façon très répréhensible pour une gouvernante.

Marisa émit un petit rire qui tenait du sanglot :

– Mais vous ne pouvez... vouloir m'épouser... en sachant... ce que je pense de la haute société.

– De laquelle vous ne savez strictement rien ! A part les scandales sordides appris par votre père. Kitty Berrington m'a renseigné. Elle m'a dit quel était son fanatisme à ce sujet et je le comprends si votre mère était aussi jolie que vous.

– Oh ! elle était beaucoup plus belle que moi.

– Je ne crois pas qu'on puisse être plus belle que toi et je comprends très bien ce que ton père a dû éprouver quand il l'a perdue. (Il serra Marisa contre lui :) Jamais je ne te perdrai une fois encore, mon trésor adoré. Si tu savais à quel point j'étais désespéré pendant le voyage vers Londres et quand, au début, j'ai cru que ta tante disait la vérité, qu'elle prétendait ne pas savoir où te trouver.

– Et qu'avez-vous ressenti... quand vous avez su où j'étais ?

– Tu veux réellement que je te le dise ? Parce que, ma chérie, tu as parfaitement compris que tu es la femme que j'ai cherchée toute ma vie. La femme qui m'était destinée, la femme qui fait partie de moi. Nous nous sommes trouvés et Dieu m'est témoin que les mots me manquent pour dire à quel point je lui en suis reconnaissant.

Il regarda le petit visage levé vers le sien, les yeux brillants de bonheur, et il l'embrassa à nouveau. Il l'embrassa avec une passion qui fit chavirer son cœur, l'embrasa totalement. Il lui baisa les yeux, les joues, le cou. Elle sentit un frisson la parcourir.

– Non, non, murmura-t-elle. Non...

– Non ? s'étonna-t-il. Cela te déplaît ?

– Non... ce n'est pas ça... Au contraire, ça me bouleverse... ça me rend folle. (Elle hésita, avant de demander :) Est-ce... mal ?

– Mal ? répéta-t-il. Quel âge as-tu, ma chérie ?

– J'ai vingt ans, presque vingt et un.

– Oh ! mon amour ! s'écria-t-il. Miss Witcham m'avait dit que tu en avais vingt-quatre et je l'ai crue. J'étais si horriblement jaloux de tous les hommes qui avaient dû t'aimer et t'embrasser peut-être.

– Personne ne m'a jamais embrassée... sauf vous.

– Tu es encore une petite fille innocente. J'ai tant à t'apprendre, tant, mon trésor aimé... je veux que tu saches ce qu'est l'amour.

– Vous m'avez dit qu'il y avait des choses... que l'on pourrait s'apprendre l'un l'autre.

– Je pensais, quand nous avons bavardé dans mon bureau, que tu étais la créature la plus ravissante que j'aie jamais rencontrée. Il y avait quelque chose en toi qui m'attirait intensément, qui me disait que je devais te garder, ne jamais te perdre, que tu devais être mienne. Mais la froideur de ta voix, la condamnation que je lisais dans tes yeux me faisaient peur.

– J'étais attirée par vous, moi aussi, murmura Marisa. Mais je me répétais que je détestais tout ce que vous représentiez.

– Et maintenant, quels sentiments éprouves-tu pour moi ?

Elle lui adressa un sourire. Jamais encore il n'avait vu quelqu'un manifester son bonheur de façon aussi radieuse.

– Je vous aime. Je vous aime... de tout mon cœur.

Il l'enlaça à nouveau et, alors que tout son être vibrait dans l'attente de ses baisers, il releva la tête.

– Quand j'ai dit à ta tante que je voulais t'épouser, dit-il, elle a immédiatement dressé des plans pour un grand mariage.

– Oh, non ! s'écria Marisa. Non ! Je ne pourrais pas le supporter !

– ... Pour dans un an, quand ton deuil sera terminé, continua-t-il.

– Sommes-nous... forcés... d'attendre si longtemps ? murmura-t-elle.

– Crois-tu réellement que je pourrais t'attendre aussi longtemps ? Crois-tu que je courrais le risque de te perdre à nouveau ? Je te veux maintenant. Tout de suite. Parce que je t'adore ! Je te veux à côté de moi, savoir que tu es à moi, que tu m'appartiens, que tu es ma femme.

– Mais que pouvons-nous faire ?

A la surprise de Marisa, il se leva, la força à en faire autant.

– Monte mettre ton costume de voyage, dit-il. Tu n'as pas de valises à faire puisqu'elles sont restées à Vox.

– Où allons-nous ?

– A Londres. Pour nous marier.

– Maintenant... aujourd'hui ?

– J'obtiendrai une licence spéciale et nous pourrons nous marier à Londres dans un bureau d'état civil ou dans la chapelle à Vox.

– Oh, s'il vous plaît, à Vox ! s'écria Marisa. D'ailleurs, il faut d'abord prévenir Aline. Je ne voudrais pas qu'elle soit jalouse de moi comme elle l'a été de toutes les femmes que vous avez aimées.

– Je n'ai jamais aimé personne d'autre que toi. Je ne te permets pas d'établir la moindre comparaison à ce sujet, tu m'entends ? (Il leva vers le sien le visage de la jeune fille, puis, la regardant au fond des yeux :) Nous avons plusieurs choses à oublier, tous les deux. Oublions-les, enterrons-les ! Il y en a tant que nous pourrons faire ensemble.

– Ensemble, murmura-t-elle.

Puis elle lui échappa et sortit en courant.

Il ne lui fallut pas longtemps pour mettre l'élégant costume bleu qu'elle avait sur elle pour venir. Elle jeta sur une chaise la robe noire qu'elle portait et ce geste conjurait tout le noir, toute la tristesse du passé. Légère comme un oiseau, elle redescendit.

Le duc l'attendait dans le bureau et, quand elle y entra, il lui tendit les bras. Elle courut à lui, radieuse.

– Je t'aime, je t'aime, dit-il.

Et ses lèvres furent sur les siennes. Ils étaient déjà unis et rien ne pourrait les séparer.

Ils n'arrivèrent au château qu'à la fin de l'après-midi.

Milverley avait envoyé un télégramme pour annoncer l'heure de leur train et une voiture les attendait à la gare. Une fois assise, Marisa glissa sa main dans celle de son compagnon.

– Heureuse, ma chérie ?

– Très heureuse !

– Et pas trop fatiguée ? Tu m'as paru avoir tant à faire, à Londres.

– Je voulais absolument m'acheter une robe de mariée, quelque chose qui m'appartienne réellement et aussi, pour Aline, une robe spéciale pour notre mariage et quelques autres convenant mieux à son âge.

– Si tu penses tant à ma fille, j'ai l'impression que je deviendrai jaloux d'elle, dit-il, taquin.

– J'ai peur que l'idée que je t'épouse ne lui déplaise. Mais elle sera heureuse avec miss Gillingham, j'en suis sûre. Tu as pu constater qu'elle n'a pas hésité une seconde quand nous lui avons demandé de venir s'occuper d'Aline.

– Je crois surtout qu'elle était heureuse à l'idée d'être près de toi.

– Elle m'a promis d'arriver demain matin. J'aimerais lui présenter Aline avant notre départ.

– Nous ferons exactement ce qui te plaira, ma

chérie. Du moment que je puis t'emmener en France et en Italie où nous pourrons être seuls ensemble, c'est tout ce que je demande.

– Tout le monde va être furieux d'avoir été privé d'un grand mariage.

– Et que nous importe? L'essentiel est qu'il y ait le moins de bavardages possible. Nous serons absents au moins trois ou quatre mois, et juste avant notre retour, j'annoncerai que notre mariage a eu lieu.

– Tu crois que l'on peut compter sur tante Kitty pour garder un secret de cette taille? demanda Marisa en souriant.

– Je pense qu'elle est si ravie que tu deviennes quelqu'un de respectable en m'épousant qu'elle acceptera toutes les conditions que nous lui imposerons.

– Ma parole, tu es gonflé de ta propre importance!

Il rit et l'embrassa.

Mais elle était sérieuse quand ils s'engagèrent dans la grande allée et qu'elle vit le château en face d'eux. Les fenêtres éclairées avaient un éclat doré au crépuscule et le grand édifice respirait la chaleur, le bon accueil.

Marisa sentit que son futur foyer occupait déjà une place importante dans son cœur. La voiture s'arrêta et Aline se précipita, dévalant le perron. Elle courut à Marisa, l'entoura de ses deux bras.

– Papa vous a ramenée! s'écria-t-elle.

– Oui, ma chérie, il m'a ramenée à la maison.

– Que je suis contente! J'avais si peur qu'il ne vous retrouve pas. Papa, vous êtes formidable.

Elle s'était tournée vers son père en parlant, mais d'un air un peu timide. Il se pencha vers elle pour l'embrasser.

Un sourire éclairait le visage grave de Turner quand ils pénétrèrent dans le vestibule. Aline, tenant Marisa par une main et le duc de l'autre, les entraîna vers le salon.

– Turner vous a préparé à boire, papa. Il y a du thé pour miss Mitton. Je sais qu'elle préfère ça.

Marisa sourit.

– C'est très gentil d'y avoir pensé, dit-elle.

Mais ce fut d'un regard un peu inquiet qu'elle suivit le duc quand il ferma la porte et les rejoignit vers le canapé où elles étaient assises.

Il y eut un silence et Aline, comme si elle sentait qu'il allait se passer quelque chose d'inhabituel, leva un petit visage interrogateur vers la jeune fille.

– Ton papa a quelque chose à te dire, ma chérie.

– Quoi donc?

– Tu m'as demandé de retrouver miss Mitton et de te la ramener, commença le duc.

– Et vous l'avez retrouvée, l'interrompit la petite fille, très excitée. Je suis si contente, papa.

– Oui, je l'ai retrouvée, mais je suis un peu inquiet, Aline. Elle nous a quittés une fois déjà, elle peut recommencer.

Une expression de consternation se peignit sur le visage de l'enfant. Elle se tourna vivement vers Marisa :

– Oh, vous n'allez plus nous quitter? Il faut le jurer!

– J'ai eu une meilleure idée, lui expliqua son père.

– Qu'est-ce que c'est?

– Tu vois, continua-t-il en choisissant ses mots avec soin. Une gouvernante peut donner son congé, elle peut partir quand elle en a envie et personne n'a le droit de la retenir. Aussi, j'ai trouvé que le seul moyen d'être certain de garder miss Mitton avec nous c'était de lui demander de m'épouser.

– Vous épouser? s'écria Aline. Vous voulez dire qu'elle serait votre femme?

– Elle serait ma femme, répéta-t-il tranquillement.

Aline les regarda à tour de rôle :

– Alors, puisque vous êtes mon papa, miss Mitton sera ma maman?

– Oui, Aline, exactement.

– Oh, ça me plairait ! Ça me plairait énormément ! s'écria la petite fille qui se jeta au cou de Marisa et la serra contre elle avec fougue.

Marisa rendit son étreinte à la petite fille et leva des yeux embués de larmes vers le duc. Il lui sourit.

– Maintenant, Aline, dit-elle heureuse et soulagée, nous avons une surprise pour toi. Ton papa et moi, nous nous marierons ce soir et tu seras la seule invitée.

– Mariés ici, au château ? s'écria l'enfant.

– Dans la chapelle. Je t'ai acheté une robe spéciale et plusieurs autres toilettes différentes de tes robes de bébé habituelles.

Aline lui sauta de nouveau au cou :

– Oh ! je vous aime ! Je vous aime tant !

– Nous n'avons pas beaucoup de temps, fit remarquer son père. Aussi, Aline, sois gentille et demande à Turner de dire aux jardiniers de décorer la chapelle avec les fleurs des serres.

– Oh ! oui, je vais lui dire ! Et je vais dire aussi au chef de vous faire un gâteau de mariage.

Marisa lui sourit.

– Je doute qu'il en ait le temps, mais il nous préparera sûrement quelque chose de bon.

– Je vais le lui dire ! Je vais le dire à tout le monde !

Brusquement, Aline ceignit à deux bras la taille de son père.

– ... Oh, papa, c'est tellement formidable ! Et je suis si contente que vous épousiez miss Mitton !

Puis elle quitta la pièce en courant.

– Tu vois, ma chérie, dit Milverley en tendant les mains à Marisa, tu t'inquiétais sans raison.

– J'aime ta fille.

– Et tu m'as appris à l'aimer. C'est déjà une leçon que tu m'as donnée.

– Il faut que j'aille me préparer. A quelle heure devons-nous nous marier ?

Il tira sa montre de la poche de son gilet.

– J'ai envoyé, de Londres, un télégramme au pasteur qui est également mon chapelain, lui disant d'être ici à 7 h 30, répondit-il. Cela te donne le temps de te faire belle.

– J'essaierai.

– Ce ne sera pas bien difficile, dit-il, ses yeux dans les siens. Demande à miss Whitcham le voile de dentelle de la famille et le diadème fleuri que toutes les duchesses portent pour les occasions spéciales.

Elle le regarda, très sérieuse soudain :

– Tu es sûr... vraiment sûr... que tu as pris la bonne décision ?

– En t'épousant ? C'est la seule bonne décision que j'aie jamais prise. Et, ma chérie, nous avons tellement de choses à faire, bonnes et justes, non seulement en ce qui nous concerne, mais aussi envers ceux dont nous sommes responsables.

Il pensait aux mineurs, elle le savait. Elle se rapprocha de lui et le laissa, avec joie, la serrer sur son cœur.

– ... Mais avant de penser aux autres, il me paraît normal de penser à nous. C'est pourquoi je veux t'emmener, toi toute seule. J'ai tant à apprendre à ton sujet.

– Et moi au tien. J'ignorais à quel point tu étais intelligent et cultivé avant qu'Arthur Balfour ne m'en parle.

– Ce sera non seulement une lune de miel mais un voyage de découverte, à ce qu'il paraît, dit-il en souriant.

Il l'embrassa avec douceur et elle se détacha de lui pour monter. Elle atteignait le sommet de l'escalier quand elle l'entendit donner des ordres, dans le hall. Sa voix grave avait un accent nouveau.

Marisa trouva miss Whitcham sur le palier.

– Oh, miss Mitton! s'écria-t-elle. Aline nous a dit la bonne nouvelle. Je peux à peine y croire. Tout ça est si excitant, si merveilleux! J'espère que vous serez très heureux, M. le duc et vous.

– Oh, oui, nous le serons.

– Vous dormirez ici, dorénavant, expliqua la secrétaire.

Traversant le couloir, elle ouvrit la porte de la chambre d'apparat.

Quand elle avait exploré le château, Marisa avait appris que cette pièce avait toujours été la chambre à coucher des épouses des ducs de Milverley. Elle contenait le fameux mobilier sculpté et doré fait pour le château sous le règne de Charles II.

– Je le sens, beaucoup de jeunes mariées ont été heureuses ici, dit doucement la jeune fille après un regard circulaire.

– Et vous le serez aussi, déclara miss Whitcham. (Elle s'arrêta un instant avant d'ajouter d'une voix hésitante :) Peut-être ne souhaiterez-vous pas que je reste ici au retour de votre voyage de noces. Ce n'était évidemment pas la même chose tant que M. le duc n'avait pas de femme pour tout diriger...

L'anxiété se lisait dans ses yeux et, ouverte soudain à de nouveaux problèmes, Marisa comprit la peur cachée derrière ces paroles. Elle eut conscience que, sans cet amour tout neuf qui l'avait dessillée, elle n'aurait pas compris que la loquacité et l'amour du bavardage de miss Whitcham venaient de sa solitude, de son état de vieille fille frustrée. Consciente que tout l'avenir de la secrétaire dépendait de sa réponse, elle dit avec douceur, comme l'avait fait la mère du duc avant elle :

– Et que ferions-nous sans vous, Whitchy?

Puis elle se détourna pour ne pas voir les larmes dans ses yeux.

Les femmes de chambre, à cet instant, se précipitèrent dans la chambre, apportant leurs félicitations. Miss Whitcham sortit le voile de mariée qui semblait tissé par des doigts de fée.

Jamais encore Marisa n'avait vu plus belle pièce de joaillerie que le diadème en diamants.

On sortit de son carton la robe blanche achetée à Londres et on l'étala sur le lit. Aline, sautant sur place de joie et d'énervement, emporta celle qui lui était destinée pour aller la mettre.

– J'aimerais prendre un bain, dit Marisa à la première femme de chambre.

Le feu brûlant dans la cheminée de marbre et les bougies allumées donnaient un reflet doré à tout le mobilier. Une ombre douce régnait sous les lourds rideaux brodés du vaste lit. Un bouquet de plumes d'autruche en ornait le ciel et atteignait le plafond. Derrière les oreillers bordés de dentelle, des cupidons dorés supportaient un cœur.

– Je sois aller me changer, remarqua la secrétaire d'un ton embarrassé. (Puis, elle ajouta :) Sa Grâce a donné des ordres pour qu'Aline seule assiste à la cérémonie, mais je pense que vous le comprendrez, tout le monde, au château, sera profondément blessé si personne ne peut être là. Voyez-vous, beaucoup de ceux qui ont travaillé ici toute leur vie ont l'impression de faire partie de la famille.

Marisa ne répondit pas et miss Whitcham se reprit, très vite :

– ... Peut-être n'aurais-je dû rien dire. Que Mademoiselle me pardonne !

– Attendez une seconde. Attendez-moi, je reviens.

La jeune fille sortit très vite et descendit l'escalier en courant. La galerie était vide, mais elle trouva le duc dans son bureau, parlant à Turner. Le maître d'hôtel se retira à l'entrée de Marisa qui traversa vivement la pièce.

– Que se passe-t-il? demanda Milverley.

– Rien de grave : je viens seulement de me rendre compte que tout le monde ici désire assister à notre mariage.

Il ne répondit pas et elle continua :

– Vois-tu, mon chéri, ils ont habité ici depuis si longtemps qu'ils ont le sentiment de faire partie de la famille... ta famille qu'ils ont servie depuis des générations.

Il sourit.

– Notre famille, corrigea-t-il. La tienne et la mienne, ma chérie.

Il l'embrassa et, avec une note de gaieté dans la voix que Marisa n'avait encore jamais entendue, il ajouta :

– Qu'ils viennent donc tous ! Après tout, comme tu le dis, c'est une affaire de famille !

Des douzaines de cierges illuminaient la chapelle, d'époque Tudor, et l'air embaumait du parfum des lys et des œillets apportés en hâte des serres.

Il n'y avait personne pour mener Marisa à l'autel aussi le duc lui-même lui prit-il le bras pour remonter la courte nef, Aline les suivant.

Avec ses cheveux brillant sous le voile fragile, ses yeux aussi lumineux que le diadème de diamants, Marisa était extrêmement jolie.

Son futur époux l'avait attendue dans le hall. Quand elle était apparue dans l'escalier, la traîne de sa robe blanche froufroutant derrière elle, il avait retenu sa respiration. Lorsqu'elle était arrivée à sa hauteur, pendant quelques secondes ni l'un ni l'autre n'avait parlé, puis enfin d'une voix vibrante d'émotion, il avait dit :

– Je ne pensais pas que l'on puisse être aussi ravissante.

Le personnel du château avait pris place dans la chapelle, chacun selon son rang. Miss Whitcham occupait la place d'honneur et derrière elle venaient les domestiques au grand complet, jusqu'au petit cireur de bottes qui n'avait pas trouvé de siège et restait debout serré contre la porte.

Marisa trouva le service très émouvant.

Nul n'aurait pu douter de la sincérité du duc quand il répéta les phrases rituelles et, tout en étant consciente de la timidité de sa propre voix, Marisa, de tout son cœur, priait de ne jamais le décevoir.

Elle le sentit glisser à son doigt l'anneau qui avait été celui de sa mère. Puis, leur joignant les mains, le chapelain les déclara mari et femme.

Marisa leva les yeux vers le visage de son époux et elle y lut tant d'amour qu'elle oublia tout, dans la joie de le savoir à elle.

De la chapelle, le duc la conduisit à la grande salle de banquet où, en dépit du peu de temps dont il disposait, le chef avait réussi un gâteau qui enthousiasma Aline.

Il y avait du champagne et tout le monde put boire à la santé des nouveaux mariés.

Turner prononça un petit discours et leur souhaita beaucoup de bonheur et le duc les remercia tous.

Puis Milverley entraîna Marisa vers la petite salle à manger où il dînait quand il était seul ou recevait quelques intimes.

C'était une pièce de forme ovale, aux murs ornés de très beaux tableaux. La table, couverte d'orchidées blanches, était ornée des plus beaux chandeliers d'or de la collection Milverley.

– Miss Whitcham m'a dit que je devais aller me coucher maintenant, dit Aline qui les avait suivis.

– Il est tard, constata son père. Et tu dois être fatiguée.

– Je suis trop contente pour être fatiguée. Mais je vais aller me coucher car vous devez avoir envie d'être seuls.

– J'aurai quelque chose de sensationnel à te dire demain matin, lui annonça Marisa.

– Mais vous partez tous les deux, demain, remarqua l'enfant, attristée soudain.

– C'est ce dont je veux te parler. J'ai trouvé quelqu'un qui va venir pour rester avec toi, pendant que nous serons partis. Quelqu'un que tu aimeras beaucoup. Elle s'appelle miss Gillingham et c'est elle qui m'a appris toutes les histoires que je t'ai racontées.

– Toutes? demanda Aline, intriguée.

– Oui. Et beaucoup d'autres encore que je n'ai pas eu le temps de te dire. Je désire que tu t'occupes d'elle et que tu lui demandes de t'apprendre tout ce qu'elle m'a appris quand j'étais petite. Et, pendant notre absence, ton papa s'est entendu avec miss Whitcham pour que d'autres enfants viennent ici, chaque jour, prendre des leçons avec toi.

Tout en parlant, Marisa lança un regard malicieux à son mari dont les yeux brillèrent.

– Tu m'as retiré les mots de la bouche, dit-il. Effectivement c'est ce que j'ai demandé à miss Whitcham de faire. Cela te plaira beaucoup.

– Oui, ça me paraît bien, répliqua Aline. Mais vous ne m'oublierez pas pendant que vous serez partis?

– Non, je te le promets, répondit Marisa. Et nous t'enverrons des cartes postales de tous les endroits où nous séjournerons. Ainsi, tu te rendras compte où nous sommes. Miss Gillingham aura des centaines d'histoires à te raconter sur les villes et les pays que nous visiterons.

– Je vais compter les jours jusqu'à votre retour.

– Bon, va au lit maintenant, lui dit son père. Ou bien demain matin tu seras trop fatiguée pour pouvoir nous parler.

Aline lui tendit sa joue qu'il embrassa. Puis elle mit ses bras autour du cou de Marisa.

– Bonne nuit... maman, murmura-t-elle.

Puis, intimidée soudain, elle sortit de la pièce en courant.

– Viens manger quelque chose, ma chérie, suggéra Milverley.

Il venait de l'installer à table quand Turner et les valets de pied entrèrent, portant le premier d'une série de plats délicieux.

Plus tard, déshabillée avec l'aide de la première femme de chambre, Marisa, seule dans la chambre nuptiale, s'assit sur une fourrure blanche, devant la cheminée.

Elle avait éteint les bougies, mais la lueur du feu donnait à ses cheveux, qui touchaient le sol autour d'elle, un éclat de flamme.

Le duc entra dans la chambre très doucement. Elle ne bougea pas, mais leva son visage vers lui. Il resta à la contempler, très grand dans sa robe de chambre de brocart au col et aux poignets de velours.

– C'est comme cela que je voulais te voir, dit-il, la voix grave. Si tu savais ce que j'ai éprouvé le soir où je suis monté dans la salle d'études pour te trouver visant de ton pistolet ce porc de Farrington.

– Je te croyais fâché contre moi.

– Je l'étais! J'étais fou de colère! Et furieusement jaloux qu'un autre homme ait pu voir tes merveilleux cheveux sur tes épaules.

– J'avais fermé la porte de ma chambre, mais Aline avait eu un cauchemar et j'avais été forcée d'aller la calmer.

– J'ai pensé qu'il y avait eu quelque chose de ce genre. Tu ne vas tout de même pas imaginer que j'ai cru un instant qu'une fille comme toi allait encourager un individu comme Farrington.

– C'était pourtant l'un de tes amis.

– On a plusieurs sortes d'amis. Je ne suis pas ici, Marisa, pour parler de mes amis, mais de notre amour.

– Moi, je pensais à toi.

– Et que pensais-tu?

Tout en parlant, il s'était assis, regardant la jeune

fille à ses pieds, son petit nez droit, ses yeux verts contemplant les flammes.

– Je pensais que je t'aime, dit-elle un peu intimidée. Je t'aime tant que j'ai peur de me réveiller et de découvrir que ce n'est qu'un rêve... un de ces beaux rêves qui disparaissent si vite.

– Il ne disparaîtra jamais... je te le promets. Tu es à moi, Marisa. Et c'est la première idée qui m'est venue quand je t'ai vue. J'ai toujours su que quelque chose manquait à ma vie et, quand je t'ai rencontrée, j'ai compris que c'était toi.

– Comment pouvais-tu le savoir?

– Par instinct, mais avec une telle force que c'est devenu une conviction inébranlable. Crois-tu, mon trésor, que nous nous sommes acheminés l'un vers l'autre depuis notre naissance?

– Oh, j'en suis sûre! Et c'est merveilleux d'avoir, tous les deux, trouvé celui que nous cherchions.

Elle s'interrompit quelques secondes.

– ... Tu m'as dit, mais je ne l'ai pas compris alors, que les hommes et les femmes à la recherche du véritable amour doivent, le plus souvent, se contenter de ce qui le remplace. Nous, qui avons eu tant de chance, nous devons essayer d'apporter le bonheur... aux autres.

– C'est une chose qu'il faudra que tu m'enseignes.

Il se leva, tendit les bras et attira Marisa contre lui, sentant la chaleur de son corps sous la fine chemise de nuit.

– Je suis tout disposé à apprendre, ajouta-t-il. Et toi, ma chérie?

– Tu sais bien que oui, murmura-t-elle.

– Je t'aime. Je t'aime plus que je ne suis capable de le dire mais je sais pourtant que, pour nous deux, ce n'est que le commencement. Le commencement d'une vie nouvelle... une vie pleine, riche. Oh! mon amour chéri, fais en sorte que je ne te déçoive pas.

Il avait parlé, sa bouche contre la sienne et, comme il l'embrassait, elle se sentit attirée vers lui, de plus en plus près.

Soudain, un feu brûlant monta en elle.

C'était là cette vague toute-puissante, irrésistible, cette extase qui ne faisait pas d'eux un homme et une femme mais un être unique aux yeux de Dieu.

– Je t'aime..., murmura-t-elle contre sa bouche.

Il leva la tête, regarda les lèvres entrouvertes, les paupières alourdies par la passion qu'il avait éveillée en elle et les cheveux roux cascadant sur ses bras.

– Je t'adore, fit-il la voix rauque.

De nouveau, il l'embrassa. Ses lèvres s'attardèrent sur sa bouche, puis cherchèrent la douceur de son cou.

– Cela te bouleverse-t-il ? demanda-t-il.

– Ou... oui, murmura-t-elle.

– Te sens-tu devenir comme folle ?

– Ou... oui...

– Oh ! ma chérie ! Mon amour... ma femme !

Il la souleva dans ses bras et elle s'abandonna à lui, corps et âme, comme il l'emportait.

ope (France)
Flèche (Sarthe)

BN 2-277-11804-4
ection : janv. 1978

06 Paris
er : Flammarion